讀者朋友，你好
謝謝你讀我的書
祝平安喜樂，
萬事勝意

八月長安♡

這麼多年

上

八月長安

Contents

楔子 路過蜻蜓 005
一 見夏 012
二 江湖 022
三 不依不饒 031
四 你好，周杰倫 039
五 同類 050
六 沒頭腦和不高興 057
七 你撒嬌也沒用 063
八 陳見夏，妳眞可悲 082
九 一百年後 092
十 道不同 110
十一 陪我出去玩 119
十二 可惜不是我 126
十三 帶我走 133
十四 往事又不能殺人 148
十五 像狗一樣純淨 160
十六 塵埃落定 168
十七 找妳玩 175

Contents

十八　斷掌　185
十九　生亦何歡　191
二十　初雪之後　205
二十一　斷點　213
二十二　你喜不喜歡我　220
二十三　愛的克漏字　230
二十四　一半是火焰，一半是海水　237
二十五　一般般的妳　245
二十六　北極雪　256
二十七　拼不出的你　266
二十八　父女　280
二十九　人生海海　287
三十　夏天　298
三十一　知識改變命運　303
三十二　蛻變　313

楔子 路過蜻蜓

南京冬天下起雨的時候，有一種涼薄的氣質。

秦淮八豔，金陵煙雨，六朝舊事隨流水。

這座城市見慣高樓乍起和王朝傾覆，生命枯榮平常得如同它的呼吸聲。輝煌或傾頹，燦爛或黯淡，它都安之若素。

陰雨讓夫子廟安靜了許多。周邊鼎沸的市場此刻有些沒精打采，平日隨風打轉的細碎垃圾都被積水黏在柏油路上，濕氣驅散了臭豆腐的氣味，也驅散了橋上熙熙攘攘拍照留念的遊人。

陳見夏在秦淮河邊站了好一會兒，默默凝視著對岸那一對碩大的紅底赤金蟠龍。

剛剛計程車司機跟她閒聊，問她是來出差還是見朋友。

「不出差。我在這裡沒有朋友。」

陳見夏一直都沒什麼朋友。曾經避之唯恐不及的母親和弟弟現在卻時常給自己打電話，親暱而自然。過去的種種都被時間泡得褪了色，血緣這種甩不掉的牽連，在見夏越走越快的今天反而顯示了它眞正的威力。只有他們還在她身邊。

重要的人越來越少，剩下的人，也就變得越來越重要。

她慢慢地沿著岸邊的石壁向前走，默讀著每一個浮雕人物的名字，認眞揣摩著石頭裡的神韻。她當年曾經在大總統府買過一把扇子，正面寫著「天下爲公」，背面寫著「博愛」，還拿著這把扇子遊了半天的夫子廟，站在那一年剛剛落成的石壁前，用扇子做道具扮演石雕人物。她扮柳如是、他扮唐寅，惟妙惟肖，惹得旁人紛紛停下來拍照。

她站在石雕前有些恍惚，又有點遺憾。

那麼好的場景，她都沒有留下一張照片。當年的他們都被陌生人的相機帶走，不知道去向何方了。

岸邊的走道並不長，她走了一會兒就到了盡頭，想了想，花了六十元買了一張觀光船票。

賣票的人告訴她十分鐘後才開船。她表示願意等。

售票處的男人看到眼前的女人舉著油紙傘，咧嘴一笑剛想要搭訕兩句，被見夏冷冰冰的眼神堵了回去。

陳見夏自己也抬頭看了看這把青色油紙傘，很重，品質卻並不好。剛下雨的時候，她在小市場的紀念品商店裡買到它，價錢不便宜，應該是被宰了一刀，然而她並沒有計較。

從小陳見夏就不願意計較，只是曾經她不得不計較，跟自己的面子做困獸之鬥。

當年她祈雨那麼久，就爲了咬牙買一把油紙傘。他對她的唸唸叨叨很不屑，卻在雨滴落下時，一把拉起她的手跑回秦淮河邊，將傘遞到她手中。

記憶中那把傘那麼完美，後來被她收到哪去了？不像現在這一把，傘骨斑斑點點，拼接處溢出乳白色的膠痕。

「好啦好啦，妳不是要演《紅樓夢》嗎？演吧演吧，林妹妹現在該妳吐血了，Action！」他是這樣說的嗎？

油紙傘喚起了一些記憶，卻模糊了另一些。

售票的男人敲了敲窗，驚醒了陳見夏。

「乘客太少了，妳別坐了，他們也不想因爲這麼一點人開一次船。」

陳見夏再次將冰冷的目光投向他，「是嗎？我等。」

男人爲難地縮了縮脖子，關上窗口打電話。過了一會兒，不耐煩的船工喊了一聲，見夏踏上船頭。

觀光船從夫子廟出發，朝著白鷺洲公園的方向緩緩行駛。導遊在倒數第一排，手裡拿著擴音機，耳邊掛著麥克風，一臉面無表情，嘴巴幾乎沒動，抑揚頓挫的語調卻是訓練有素，像配錯音軌的電影。

見夏並沒有聽。

曾經她也坐過觀光船，卻並不是這種馬達轟隆的大船。船夫搖櫓，只帶他們走短短的一段，解說也並不專業，摻雜著當地方言和放聲大笑。見夏和他吵了架，含淚倔強著不理他，仰頭看兩岸，努力想像著千年前夜泊秦淮的風情，卻因為身邊人一句「董小宛也算當年的知識分子了吧」而破涕為笑。

如今只剩下嘆息。

「妳不用講了。我不需要聽。」

她回頭朝導遊微微笑了一下，導遊愣了愣，似乎覺得這樣不合規矩，想要拒絕。

「真的，妳可以歇一歇，就我一個人，又不會投訴妳。」

導遊小姐終於還是不想錯過偷懶的機會，縮脖子窩進了座位裡，拿出手機打字聊天，盯著螢幕的臉比剛才生動了許多。

見夏將頭靠在窗上。緩慢行駛的大船終於將現代的夫子廟碼頭甩在了背後，沿著窄窄的碧綠河道前進，兩旁的白牆黑瓦像一場默片，不斷倒退。這艘船帶著陳見夏，一幀一幀倒讀時間。百年間才子佳人灰飛煙滅，哪怕留下一絲魂魄，也只能浮在空中看著遊客們的數位相機微笑了吧。

過橋時，船的引擎出了點問題，尷尬地停在了橋下。橋墩下用陰陽文打亂了順序，刻著那首「紅豆生南國」的相思詩，岸邊的舊居卻早已經改造為高級會所，門口隱約聽到音樂聲，從雨中幽幽飄過來。

見夏鬼使神差地推開了窗。濕冷的氣息讓她不由得瑟縮了幾分。

旋律聲是張國榮的〈路過蜻蜓〉。

若你沒法為我安定
寧願同渡流浪旅程
不怕面對這無常生命

見夏一晃頭，頸椎處傳來了輕微的咔咔聲，她的肩頸因疲勞損傷一直好不了，此刻關節一頓，徹底繃斷了理智的那根弦。

讓我做隻路過蜻蜓
留下能被懷念過程
虛耗著我這便宜生命
讓你被愛是我光榮
無論誰在嫌我煽情
不笑納也不必掃興

曾經有個少年，站在搖櫓船上，大聲地爲她唱這首歌。她聽不懂粵語，問他在唱什麼。

他說，陳見夏，妳就當是路過了我這隻蜻蜓吧。

會大剌剌地說「一、二、三，林黛玉該妳哭了，Action」的輕狂少年，在分別時刻，靜靜地立在船頭，認眞地看著她的眼睛說：

「妳就當是，路過了我這隻蜻蜓吧。」

淚水中，橋下的相思詩糊成了一片。見夏旁若無人地哭著，花了眼妝，睫毛都黏在一起。

南京眞是個涼薄的城市。曾經她不覺得。

第一次來的時候，熱鬧的夫子廟市場敞開懷抱迎接她。大總統府、湯糰店、明孝陵、鴨血粉絲湯、蟹殼黃……沒有一處冷淡。或許是因爲當時身旁的男生胸腔裡跳著一顆熱騰騰的心，連南京也給了她幾分面子。

又或者涼薄的是她自己，沒了驚喜和感恩，走得越遠、見識得越多就越涼薄。見識是血肉，飼養著她內心的野獸，那頭曾經被餓得柔弱如貓咪的野獸——現如今它長大了，弱小的她終於可以站在它背後揚眉吐氣，再也不被人欺凌。

寧可花許多年獨自養大這頭野獸，也不願意依靠他。

她無數次問自己，妳後悔嗎？陳見夏，妳後悔嗎？

答案一直都是否定的。見夏深深知道，當初自己無論選擇哪條路，結果都是後悔。所以她默默告訴自己，那種感覺不叫後悔，叫作貪婪。

然而再怎樣貪婪，她所想要的，也不過就是騎著心中的那頭野獸，去捉住一隻路過的蜻蜓。

一 見夏

有那麼一段時間，如果有人問起陳見夏是誰，只能得到兩種回答。

男生們會說，那個軍訓課時暈倒的女生。

女生中有人會和男生做出同樣的回答，另一些則會在暈倒後面加上一句，「就是被代班長背的那個女生」。

然後是曖昧的笑容，只有女生才看得懂。

代班長只不過是背著她去醫務室。她暈倒了，什麼都不知道，再睜開眼時，窗外豔陽高照。陪在她身邊的那個麥色皮膚的漂亮女生笑得過分活潑，「妳還不知道呢，是我們大班長把妳背過來的喲！」

陳見夏甚至都沒敢抬頭瞄一眼這位站在床頭微笑的男生，忙不迭點頭道謝，然後堅持要回到操場上參加軍訓課。

女孩子驚訝地摀住了嘴，「妳瘋了吧，妳才剛醒過來啊。妳就這麼喜歡軍訓課嗎？我要是妳我就閉上眼睛再暈一次！」

這種說法讓陳見夏更加不安。

她的侷促讓漂亮女生咯咯笑起來，捏著她的臉問：「小美女太可愛了，妳叫什麼名字？」

見夏當時並不明白「小美女」只是一種非常普遍的稱呼，聽到之後一下子臉紅了。

「我叫陳見夏。」

陳見夏自打醒過來就心情沉重。

自己因爲暈倒而蹺掉軍訓課，那麼會不會有人覺得她在裝樣子、嬌氣偷懶，覺得不公平？

今天是高中生活的第一天。她不希望因爲「特殊待遇」給大家留下壞印象。就像當初被初中同學討厭一樣。

一丁點都不想。

在陳見夏心裡，家鄉縣城的那所小初中好似一鍋沸騰的小米粥，咕嘟咕嘟冒著黏稠的泡泡，學生們都被熬出模糊而雷同的樣子，從衆地叛逆著，不分彼此。無論他們曠課還是打架，老師都睜隻眼閉隻眼，反正這些孩子大多只需要混過九年義務教育拿到畢業證書，後面是去做工還是當兵，都看造化了。

陳見夏不一樣，她是粥鍋裡混進來的一粒銅豆子，怎麼煮都煮不爛。

她是老師的希望。班導師預言她會是這所初中有史以來第一個考上縣一中的女孩——這些老師沒什麼能獎勵乖寶寶見夏的，只能護著她。

所以大家都不喜歡她。然而也沒有人欺負她。

他們覺得見夏是以後會飛上梧桐枝頭的鳳凰——這隻鳳凰坐在第一排固定的位置上，不需要在每週五帶著全部家當辛辛苦苦換座位，也不需要擦黑板掃地倒垃圾。男生們不跟她開玩笑，不逗她不惹她，沒有緋聞沒有流言；女孩子當她透明，談論什麼都不會叫她一起，呼朋引伴時刻意避開她的方向。

只是誰也不知道，埋頭於平衡化學反應式的陳見夏其實一直在用耳朵傾聽著，每時每刻。

有時候她帶著某種早熟的優越感憐憫這些不知未來艱辛的同齡人，有時候，她憐憫自己這種早熟的優越感。

見夏的整個初中生活就像被兩種不同的情緒煎熬到焦糊的荷包蛋。她常常會在嘈雜喧囂的自習課上抬起頭，長長地嘆口氣，一種悵然的無力感撲面而來。

他們多快樂，究竟在笑些什麼呢？

然而這一切都與她無關，她甚至開始擔心，自己老了之後回頭遙望少年時代，會不會只能看到一片空白。

一片空白，帶著喧譁又疏遠的背景音，撲面而來。

就在這個夏天，陳見夏收到了縣一中的錄取通知書，同時得到了教育局長官的召見——省城的振華中學第一次向省會以外的縣市進行特優生選拔，用縣一中老師的話說就是，來搶學生了。

被搶的是陳見夏。

她第一次明白了班上的某些女孩子爲什麼那麼喜歡挑唆男生們爲自己打架。那感覺眞好。

爸爸媽媽特意買了鞭炮在家門口放，剛上初中的弟弟被所有長輩輪番摸頭教育「以後一定要像你姐姐一樣有出息」，直到不耐煩地遁逃。見夏覺得自己度過了上學以來最快樂的一個假期，快樂得幾乎害怕新學期的到來。

臨行前，媽媽一直在煩惱如何給見夏打包，一邊收行李一邊抱怨。暑氣難耐，家裡捨不得開空調，電風扇吹來的都是熱風，媽媽越加急躁，話鋒一轉又開始教訓人，讓陳見夏到了省城讀書一定要爭氣，別出去丟人，否則還不如留在縣一中，省錢離家近，還能多帶帶弟弟，弟弟剛上初中，她一走都沒人給弟弟輔導功課了，初中讀書多緊張，耽誤了可怎麼辦……

陳見夏聽得心煩，抓起牛仔斜背包，說要上街轉轉。

「姐，那麼大太陽妳不嫌熱啊？」

弟弟正坐在沙發上一邊吃冰棒一邊目不轉睛地看電視劇，陳見夏偷偷瞪了他一眼。

小縣城裡面只有一個商業中心，兩條主幹道交會成大十字路口，中間佇立的最高樓是縣城第一百貨商場。

很久很久之前這裡繁榮是因爲縣政府和市場，很久很久之後，是因爲肯德基、Nike、Sony和周大福。這幾乎是縣城裡唯一可以好好逛街的繁華地帶，所以熟人頻頻在這裡偶遇彼此，小情侶們分享同一支冰淇淋甜筒，女孩子們在攤位前圍成一圈嘰嘰喳喳討論哪只髮夾更漂亮……

然而那天見夏獨自散步到這條街上的時候，行人卻很少。星期三下午兩點，八月最熱的一天，一天中最熱的時候，見夏一路踩著整排高樓和行道樹的陰影，低著頭，任額前掉落的瀏海掃過清潤的眉眼。過馬路時，計程車排氣管的熱氣噴在小腿上嚇了見夏一大跳，她伸出左手蓋住眼睛，才感覺稍稍涼快了一些。

她不知道要往哪裡走，反正就是走。也許是馬上要出發去省城了，心裡有些慌。

不知怎麼的，她想起小學時媽媽牽著弟弟和她的手來第一百貨商場給外公買老花眼鏡，弟弟忽然問，省城究竟是什麼樣？媽媽逗他說，省城就是好多好多個第一百貨商場集合在一起。

然而見夏聽見過女同學們聊天說，第一百貨商場其實沒什麼可玩的，甚至快餐店只有肯德基，連麥當勞都沒有，更別提必勝客什麼的了。

還是省城好玩，她們說。

這幾個名字讓她一直記到初中。初中時，從沒去過網咖的好孩子陳見夏借用在老師辦公室幫忙批改考卷的機會，偷偷溜到公用電腦上打開新浪主頁，在搜索引擎中輸入

「必勝客」三個字，終於第一次看到了披薩的樣子。

那時候，媽媽摸著弟弟的頭，笑著說，以後有出息了去省城上大學！

這些話以前爸媽都只對弟弟說，然而最後被振華搶走的特優生，是見夏。

見夏抬頭看著第一百貨商場門上早已失去光澤的燙金大字，默默告訴自己，要加油。

陳見夏，省城不是終點。

她漫無目的地在第一百貨商場裡面轉了一圈，出門後第一眼看到的就是肯德基。上校老爺爺人偶坐在門口的長椅上，拄著枴杖，依舊笑咪咪，不慌不忙的樣子。

她推開門，撲面的冷氣讓渾身毛孔都舒服到戰慄。店裡人很少，見夏找了個靠邊的位置坐了一會兒，覺得只享受冷氣有些過意不去，好像占肯德基爺爺的便宜似的，於是站起身打算點些吃的，但還沒走到點餐櫃檯，就愣在了半路上。

一個服務生把餐盤放進回收檯，轉過身，剛好對上見夏驚詫的目光，「陳見夏？」

男生叫王南昱。

熟悉的同學穿著熟悉的制服，可是看起來那麼陌生。

陳見夏和王南昱幾乎沒怎麼說過話，這個男孩坐在倒數第二排。她初中的班級是按照成績來排座位的，老師也知道課堂上亂，生怕好學生聽不清課，於是將不良少年們一股腦都放在了後排，任其自生自滅。班上爆發出的起鬨和爆笑大部分來自倒數幾排，有時候見夏會覺得自己是背對著岸的稻草人，每天都聽著人聲如海浪般從背後滾滾襲來，止步於很近的地方，再漸漸退去。

陳見夏有時不得不走到教室後面去丟垃圾，也會神經質地感到自己正在被一些不善的目光洗禮。

但這目光裡絕不包括王南昱。他也算半個不良少年，然而見夏直覺他對自己很友好——只是因爲一件小事，僅有的一件，很小的小事。

初二秋天的一個早上，陳見夏拿著香蕉皮站在走道不知所措，垃圾桶和她之間阻隔著一大群男生，正在踢打玩鬧。王南昱注意到了她，走過來，伸出手，笑著說：「給我，我去幫妳丟吧。」

見夏呆呆地把香蕉皮遞給眼前的男孩，忘了道謝，一扭頭就走了。

「是、是你啊，你在這裡打工嗎？」見夏生硬地寒暄。

王南昱笑了，「嗯，對，也不算打工，要是適應的話，就一直做下去。」

適應的話？見夏有些靦腆地笑了，「總不能做一輩子啊。」

她說完就後悔了，哪有自己這麼講話的，眞難聽。

陳見夏不知道應該再說些什麼來彌補這句顯得居高臨下的無心之語，但王南昱倒沒在意，好像很諒解見夏不擅言辭。

「暫時先做一陣子。以後，家裡可能讓我去當兵吧。」

見夏侷促地盯著腳尖，「那、那很好……好好加油。」

兩個人很快就沒什麼話可說了，王南昱拿起身邊的水桶，朝點餐櫃檯努努嘴說：

「妳要點餐？快去吧。」

見夏點頭，走了幾步，忽然站住。

「王南昱？」

「嗯？」

「上次，上次我忘記跟你說謝謝了。」

王南昱張著嘴想了半天，才一拍腦袋，笑了。

「多大的事情啊，不就是丟香蕉皮嗎？」

是啊，多大的事情——而且還是一年前的事情。

可他們兩個人都記得。

見夏和王南昱相視一笑，臉上都有些紅。

「什麼時候去省城？」

見夏有些意外。她的大部分同學都不怎麼關心初中畢業考試成績，很多人甚至拿到畢業證書後壓根沒去參加升學考試——比如王南昱。

她心底有些小得意。他竟然知道她要去的不是縣一中，她可是被振華錄取了呢。

「下週二。」她笑了笑。

「妳爸媽送妳？」

「我堂姑和姑父要去省城辦事，正好開車把我帶過去，我爸媽就不去了，車子坐不下。」

「他們很捨不得妳吧？」

見夏點點頭，又搖搖頭，最後再次點點頭。

她自己都不知道父母究竟會不會眞的想念她。還有弟弟陪著，他們應該不會覺得有太大不同吧，反正原本在家裡，見夏也不怎麼說話的。

老話說，手心手背都是肉。

老話又說，十個指頭不一樣長。

王南昱看出她不想多說，很體諒地轉移了話題，「到新環境，照顧好自己，也別光顧著埋頭讀書，既然去了省城生活，週末就出去四處轉轉。」

頓了頓，又說：「但是也要繼續加油，得給我們爭光啊。」

她臉一紅，不知道怎麼回答，剛剛被媽媽嘮叨的憤懣似乎被撫平了。陳見夏只是點點頭，輕聲說：「我……謝謝你。」

王南昱朝她擠擠眼睛，「不能再說了，一會兒領班該罵我了。這個給妳吧！」是買快樂兒童餐就能得到的發條玩具，透明的包裝袋裡是正在滑雪的上校。

他說完就拿著水桶跑了。見夏盯著手裡面的包裝袋愣了一會兒，心裡突然有些不好受。她沒有帶多少錢，就到點餐櫃檯點了小杯可樂回到靠窗的座位咬著吸管發呆，有時候看看驕陽似火的窗外，有時候用餘光觀察王南昱。他忙前忙後，擦桌拖地，很努力，卻還是被領班罵了一頓。

見夏摩挲著手中結上一層冰涼水氣的蠟質可樂杯，上面的肯德基爺爺一邊微笑一邊流著冷汗。

校園裡面吊兒郎當的「畢業班大哥」，總是在低年級的小弟面前趾高氣昂，穿上制服工作起來卻也同樣勤快，挨罵的時候，羞赧的臉上仍然是屬於孩子的神情。

見夏忽然意識到校園其實是一個多麼溫柔的地方，可是她的很多同學，也許再也回不去了。

那一絲剛剛泛上心頭的感傷被她自己狠狠抹去。天下無不散的筵席，他們總要走上自己的人生路，並不會因爲年少懵懂就被命運厚待。

陳見夏要走的那一條，至少表面看起來明亮而坦蕩。這是她自己爭來的。知識改變命運。

可是知識沒有告訴她，什麼樣的命運才算好。

二 ● 江湖

于絲絲不止一次誇獎，見夏的名字很好聽。

當她回答對方自己叫陳見夏的時候，這個剛剛揶揄她是軍訓課積極分子的漂亮女孩笑得更燦爛了，「這名字眞好聽！唉，爲什麼我就要叫于絲絲？」

十幾年前，絲絲婷婷一類的名字正流行，家長喜歡用這些聽起來洋氣的疊字給孩子取名字，然而洋氣也不過是此一時彼一時，等孩子長大了，反而開始嫌棄娜娜玲玲這些名字俗氣了。于絲絲就是這樣。

「絲絲絲絲，嬌滴滴的，膩人。」

見夏被她的直爽嚇了一跳，只好說：「于絲絲……滿好聽的，眞的。」

于絲絲聳聳肩，沒搭理這句乾巴巴的安慰。陳見夏發現了，她雖然是朝著自己笑，話卻不是說給自己聽的。

「其實一開始我爸想讓我叫于湘，我爸是湖南人，于湘唸著比于絲絲好聽多了！都怪我媽非要給我取這麼個名字，這個中年婦女，俗氣死了！」

見夏第一次聽見有人稱呼自己媽媽爲中年婦女——雖然她的確應該是中年婦女。

「我還是喜歡我的英文名字，雖然普通，但也有特殊的意義。要不然你們以後叫我Rose吧。」

見夏笑了，「如果妳的名字叫于湘，那麼妳的英文名字就得一起換，不能再叫Rose了。」

于絲絲完全沒有聽懂，「爲什麼要換？」

因爲魚香肉絲。

見夏差點被自己逗笑，但很快就在于絲絲的目光下忍住，連忙搖頭，「不，不爲什麼。」

這時候，一旁沉默很久的男生笑了。

見夏有那麼一瞬間相信這個男孩一定聽懂了自己沒說出口的玩笑，她抬起頭，男孩逆光站著，背對窗外午後熾烈的太陽，她還暈著，沒辦法直視陽光，更不敢直視男生，立刻避開眼神。

「于絲絲妳陪著她吧，看樣子沒什麼事了，我先回去了，一會兒俞老師還要找我呢。」

「沒問題，」于絲絲大笑，「謝謝帥哥班長給我機會偷懶！」

男孩的笑聲很溫和。

見夏垂下眼睛，「眞是謝謝班長了。」

班長剛離開醫務室，于絲絲就貼近她的耳朵輕聲說：「呀，妳臉紅了。」

見夏很詫異，認認眞眞地否認，「沒有啊。」

于絲絲笑嘻嘻的表情有了一絲尷尬的裂縫。

見夏有點懊惱，自己果然是個呆子吧，連開玩笑都不會。她想要補救點什麼。陳見夏是那麼希望這個新班級裡面優秀的同學們能夠喜歡自己，比如眼前的于絲絲。

「對了，妳初中是哪個學校的？」

見夏還在爲自己蹩腳的社交表現思前想後，冷不防被問起，有點遲鈍，「我……我不是省城的學生。我是外地生。」

她知道新同學都是來自省城各個初中的高材生，卽使不是同校同班，也可以聊聊「你們學校的某某很有名」一類的話題，於是她從善如流，「于絲絲，妳是師大附中的嗎？」

這所全省聞名的初中每年都有不少優秀畢業生升入振華，威名遠播到了陳見夏的家鄉。然而于絲絲冷淡地看了她一眼，否認得很乾脆，「我是八中的。你們只聽說過師大附中吧？」

「八中我知道的，」陳見夏連忙道，「在我們那裡很有名的！」

于絲絲的表情略微鬆動了一點。陳見夏根本沒聽說過八中，但她覺得自己總算說對了一句話。

「妳是外地生，那妳住在……」

「就在學校後面過一條馬路的眷區裡面有個教師宿舍，空出來了幾間給我們這些外地生。反正我們人也不多。」

「哦。滿好的。」

半晌無話。于絲絲似乎更樂於看窗外，把剛才被她稱爲「好可愛好可愛」的陳見夏丟在床上發呆。她忽冷忽熱的態度令見夏惶恐，不知道是不是自己眞的那麼不討人喜歡，初中如此，高中的第一天也如此——初中也就算了，但這裡是振華。

陳見夏低頭穿鞋下床，窘迫地發現自己左腳襪子的大腳趾位置上破了一個小洞。這雙膚色尼龍襪品質一般，洗了幾次就開始破洞，她本來打算今天晚上趕緊拿針線補上的，誰想會遇到這種突發狀況？

她家並不窮，偏偏第一次就在新同學面前表現得像一個鄉下來的營養不良的低收入戶。見夏默默猜測到底是誰幫她脫了鞋，她希望是男班長，她覺得男生相對來說不是那麼細心，也不那麼願意傳閒話。

「看見二班那個正在喊口號的男生了嗎？林楊，師大附中的，我們這屆最有名的就是他了，初中畢業考試之前，師大附中的人個個提起他都踐得二五八萬的，好像考試榜首非他莫屬似的。」

醫務室窗戶對著的這片區域有兩個班級在上軍訓課，正好就是高一的兩個「資優班」一班和二班。陳見夏順著于絲絲的指引看過去，有個白淨的高個男孩站得筆直，正在指揮他們班同學做正步分解動作。

「那他最後考了第幾？」

于絲絲半笑不笑的：「只考了第四。」

見夏思索著這句話。

備考期間，初中班導師告訴她，想要考上縣一中，就要每次都把總分穩定在五百五十分以上。所以最後一次模擬考試發布成績時，仍然考了第一名的見夏卻因爲總分只拿了五百三十分而伏在桌子上掉眼淚，後面名叫饒曉婷的女生看見了，把自己得了三十分的數學考卷捲成筒敲在桌子上，罵她：「神經病。」

見夏迅速轉過頭，含著淚惡狠狠地對饒曉婷說：「我不滿足是我的事，我不是妳，我也沒有跟妳比較！比妳強也沒什麼好滿足的！」

那幾乎是見夏唯一一次在班級裡面大聲講話，也是安靜靦腆的她唯一一次顯露出屬於優等生的驕傲自負。

年少輕狂，以爲不爭就是沒自尊的孬種。

然而此時聽到于絲絲用幸災樂禍的口氣說出「只考了第四」這種話，見夏發現自己竟然也很想罵一句「神經病」。

燕雀安知鴻鵠之志，誰有資格教別人要知足呢。

「其實我認識林楊。暑假時我和他上過同一個補習班，提前學高中的課，講課的都是振華的特級教師，三百人的大教室，每次連走道上都坐滿了人，好多人託關係想進都進不來。」

見夏認眞聽著于絲絲天馬行空地離題，感到很新奇——「想進都進不來」的補習班，怎麼聽都有種貴族氣。

等等，今年暑假？提前學高一課程？

見夏的心沉了下去。人家已經提前起跑，基礎又比她好，自己怎麼比得上？要知道這個夏天她可是徹徹底底放鬆了兩個月，四處給別人家的孩子「傳授讀書經驗」，被親戚朋友捧上了天，光顧著得意，根本沒有爲競爭激烈的高中生活做什麼準備。

「林楊這人還滿好的，很和氣。我就是討厭他們師大附中的人，每個都不知道神氣什麼，跩得二五八萬的。」

陳見夏正暗自焦慮，終於注意到于絲絲斜眼瞄她。她已經好久沒有接于絲絲的話了。

「所以，最後考了第一的是誰？」

于絲絲語氣昂揚，「就是剛才背妳過來的我們班長啊，楚天闊，我們八中的。」

見夏笑了，「這麼厲害呀！眞好。」

于絲絲那一刻的表情，和她所不屑的師大附中衆人一樣，跩得二五八萬似的。

于絲絲就像一個裝滿了學籍檔案的活動文件夾，窗外站軍姿的風雲人物沒有她不認識的：有人是奧林匹克競賽金牌，有人是初中畢業考試作文滿分，有人是全國希望英文大賽一等獎……她看見誰說誰，想到哪兒講到哪兒，見夏明白她只是在藉機炫耀，但還是認真聽著，一一記在心裡。

聽到最後實在吃不消也記不住了，見夏忍不住抬起頭打斷，「于絲絲妳也很出色啊，不比他們差的。」

于絲絲誇張地大叫：「什麼啊，我能考進我們一班純屬幸運，和這些厲害的人哪是一個等級的？恐怕開學考試考個倒數，我就要跟我們班徹底 say goodbye 了。」

「開學考試？」

「妳不知道嗎？軍訓課結束了就考。」于絲絲笑。

「啊?!」見夏叫出聲，「我沒準備，考不好的話……」

「當然我也不知道是不是考不好就要被踢出資優班啦，不過妳有什麼好準備的啊，妳從外地被振華花重金挖過來，一定很厲害，該擔心的不是妳，是我！」

于絲絲的安慰連一丟丟真誠的味道都沒有，見夏心中僅剩的一點點考上振華的喜悅和驕傲，也在這一刻被陽光曝曬乾淨。

「我得回去上軍訓課了，」于絲絲說夠了就起身，「可不能再偷懶了。」

「偷懶」二字讓見夏臉頰發熱，她急急地表態：「我跟妳一起出去，我也休息夠了。」

「妳省省吧，桌子上的杯子蛋糕還有巧克力牛奶都是大班長給妳買的，趕緊吃，否則站不了五分鐘又要暈倒了。有機會還不好好休息，軍訓課上癮了啊妳？」

于絲絲把桌上的零食推到她面前，快步走出了門。

見夏自討沒趣，呆坐了一會兒，伸手撕開蛋糕的包裝袋。她的確餓了。她昨晚第一次獨自睡在宿舍裡，太興奮了，翻來覆去也睡不著，天快亮了才一陣迷糊，自然起得晚了，來不及吃早飯就上了一上午軍訓。本以爲午飯能多吃點，偏偏到了食堂才想起來，外地生的飯卡被收上去集體辦理餐飲補助了。茫茫人海全是陌生人，陳見夏不好意思朝陌生人借卡，只好餓著。

於是順理成章地暈倒了。

門噹啷一聲被推開。見夏抬起頭，眼前赫然站著一個血流滿面的男生。她嚇得倒抽一口氣，蛋糕的碎渣吸進氣管裡，嗆得她咳嗽不止，淚眼婆娑，肺都快嘔出來了。那男生已經走到她面前，迅速拿起桌上的巧克力牛奶，拆開吸管外面的塑膠包裝，插進紙盒裡遞到她手中。

她連忙喝了好幾口，終於慢慢平息了劇烈的咳嗽。

「妳沒事吧？」

被一個血淋淋的人關心，見夏有點哭笑不得，「我沒事。謝謝你。」

見夏這才發現自己手裡還緊緊捏著蛋糕邊。她不好意思地把蛋糕塞回袋子裡，對那個男生說：「校醫幫我看完之後就有事出去了，不知道什麼時候回來。」

男生沒說話，那一臉的血讓見夏沒有辦法辨認他的表情。

見夏沒來由地緊張。她想起暑假時弟弟一直在看一部偶像劇，她偶爾也瞄兩眼，剛好看到女主角給籃球隊的男主角包紮手臂上的傷口，連消毒都沒有，直接就把繃帶往上纏，她還嗤笑了好一陣子，偶像劇就是偶像劇。

這樣想著，她鬼使神差地開口問：「需要我幫你包紮嗎？」

「好啊。」

對方的回答，乾脆得不像話。

三 ♦ 不依不饒

見夏張大了嘴巴，說出去的話收不回來，然而她既沒有酒精紗布也沒有經驗技術。兩個人面面相覷很長時間，男孩噗哧笑出聲來，沒有繼續爲難她，自己走到洗手台邊，滿不在乎地就著水龍頭沖洗腦袋，臉上乾涸的血跡很快沖得乾乾淨淨。看來傷口不大，早就止血了。

他低著頭，大聲喊：「同學，有面紙嗎？」

見夏連忙跑到桌邊抓起一包面紙給他，對方伸出濕漉漉的手來接，她卻又急急忙忙一把搶了回來。

「妳幹嘛啊？」男生不解。

見夏硬著頭皮撕開外包裝，拿出三張紙，展平了疊成方手帕一樣，重新遞給他。

「你手濕，打不開，我怕……」

男生把臉埋在面紙中，長出一口氣。

「謝謝妳。」他的聲音有種昂揚的明朗氣息。

男生留著略長的平頭，遠看毛茸茸的，髮梢竟然泛著些許紅色的光澤，沾到了晶晶亮的水珠，陽光一晃就更明顯，像一簇跳躍的火苗。

陳見夏的一包面紙很快就被他用掉大半，他再次道謝，她擺擺手說：「我中午餓暈了，是我們班長給我買了零食和面紙，是他細心，不用謝我。」

「是嗎。」他洗乾淨了臉，卻也沒離開醫務室，而是搬了一把椅子坐到陽光下，挨著見夏右邊。於是見夏的餘光只敢往左邊掃，腦袋都被帶偏過去。

然後就是長久的沉默。

陳見夏無事可做，重新把蛋糕拿出來，小口小口地吃。

男孩忽然道：「妳剛說妳中午餓暈了？」

陳見夏再次被碎屑嗆個正著，眼淚鼻涕齊飛，男生一愣，第一反應是笑，放聲大笑，一邊笑一邊禮尚往來地也給她疊了三張紙。陳見夏好久才整理好自己狼狽的樣子，悶悶地盯著窗外等他笑完。

「對不起，我也不知道爲什麼這麼好笑。」他笑夠了，象徵性地道個歉，語氣並不誠懇。

陳見夏無奈地轉頭，第一次正視對方，不小心看進一雙格外明亮的眼睛裡面。

男生看陳見夏盯著他，就不笑了，眼神不馴。這是自然，溫馴的人不會開學第一天就掛著一臉血。

見夏慌亂地扭過頭，沒膽量繼續打量他臉上其他的部分。

「外面是哪個班啊？」男生沒話找話，似乎有意緩解剛才的尷尬。

「一班和二班。」

「那妳是……」

「我是餓暈的。」她看也不看他。

女孩子耍起小性子來很要命，見夏也不例外。

男孩無聲地笑了，沒有和她計較，「我是問妳叫什麼名字。」

「……陳見夏。」

「見夏？」

「遇見的見，夏天的夏，」見夏想了想，試探地反問，「你呢？」

「李燃。」

「燃燒的燃。」他補充道。

見夏點點頭，表示記住了。

「咦，」見夏驚奇地揚起眉，「很少見，爲什麼？」

李燃聳聳肩，一副不以爲意的樣子，從書包裡拿出一瓶礦泉水，仰著頭咕咚咕咚喝起來。

「我爸做生意的，迷信。算命的說我五行缺火，取名字的時候就用了燃燒的燃。」

見夏盯著淺綠色的紗窗，慢吞吞地自言自語：「這樣啊，那我五行缺什麼呢？……

怕是缺錢吧。」

李燃沒忍住，水從嘴角漏出來，灑了一身。

他上下打量見夏，陳見夏的腦袋越發往左偏。

「妳是哪班的？」他問。

「一班。」

李燃吹起了響亮的口哨，「喲，資優班，厲害啊，失敬失敬。」

陳見夏本就對臥虎藏龍的一班心生恐懼，此刻聽出他語氣中戲謔的誇讚，本能地低頭否認，「他們是，我不是。」

「什麼？」

見夏深吸一口氣，「我是外地生，成績也不好。」

「外地生？對哦，我聽說振華特別招生了一批各縣市的第一名，第一名還不厲害？」

李燃的語氣越來越愉快，像街邊頑皮的小孩，非要招惹野貓來抓他。

「你知道他們都是多強的人嗎？」陳見夏穩了穩，慢聲細語地，從林楊開始，將剛才于絲絲指給她的所有厲害的人轉而介紹給了李燃，想不起名字的就隨便安一個名字，彷彿只要把這些人比作未來的海森堡和薛丁格，她自己的平庸就立刻變得合情合理了。

李燃專注地聽著，臉上的興致與其說是來自陳見夏描述的這些厲害的人，倒不如說是來自她本人，小裡小氣，絮絮叨叨的。很好玩。

「所以呢？」他興致勃勃地追問。

「所以……」陳見夏興致也來了，自如得像于絲絲，「他們才是厲害的人呢，我今年要是也在省城參加初中畢業考試，一定連振華的邊都摸不著。我能考好，只是因爲縣裡統一考試的命題簡單而已，說不定開學考試之後就要捲舖蓋回家了，唉。」

「有這個可能。」李燃說。

陳見夏噎住了。

「所以妳珍惜這幾天吧，能來一次也不容易，當旅遊了，算妳命好，祖墳著大火。」李燃又說道。

陳見夏迅速瞪過去，濕漉漉的目光觸及李燃眞摯的笑容後不自覺向上飄，迅速被他頭上的火苗蒸發乾淨。她本來以爲他說這些賤話是故意的，現在倒不確定了。

「我覺得妳也不用太擔心，」李燃渾然不覺自己有多氣人，一本正經安慰起了陳見夏，「其實妳說的這些人我都認識。」

他朝窗外努努嘴，「那個女的，全市第二那個，近視九百多度，拿下眼鏡連親媽都不認識；哦，還有那個男生，英文競賽一等獎的，身高一六〇，跑步比我四年級的妹妹都慢，因爲逃避掃除被衛生股長揍得尿褲子，後來成習慣改不了了，妳不信妳把他褲子扒下來，下面一定穿著紙尿褲呢！」

「我扒人家褲子幹什麼！」陳見夏輕聲抗議。

李燃自顧自繼續說：「林楊就更別提了，他跟我同一個初中，人還不錯，可惜啊，初三的時候給我們班班花寫情書，被人家男朋友打掉兩顆大門牙！後來雖然鑲了假牙，但總掉，吵架一急了就往外吐牙，跟暗器似的。唉，很好一個傢伙，可惜了。」

「真的假的……」陳見夏聽得出了神，不知不覺嘴巴都張成O形，她感到了一絲隱秘的快樂。

「心裡爽翻了吧？」李燃話鋒一轉。

陳見夏一愣。

李燃笑了，這次的笑和剛才完全不一樣了。

「妳不會當真了吧？」他問。

陳見夏迷惑地看著窗外，漸漸反應過來：近視九百多度的全市第二名根本沒有戴眼鏡，而英文競賽一等獎是女生不是男生，林楊門牙缺兩顆怎麼可能見誰都笑，他又不是少根筋……剛剛那段話恐怕是李燃根據陳見夏的介紹隨口胡謅的，她卻輕易接受了，她潛意識裡也希望這些拿不上檯面的隱私都是真的。

這是她開學的第一天。她暈倒，而且是餓暈的；被全市第一名背到醫務室，卻穿著一雙露出腳趾的襪子；馬上就要開學考試，自己卻一無所知；班上同學都強得不像話，還提前補習了高中課程；好不容易吃個東西，還連續兩次毫無形象可言地嗆出鼻涕眼淚……

她願意相信李燃說的都是真的。她希望這些都是真的。

「說白了，妳就是妒忌他們這些天才嘛。其實妳自己也不差啊，你們這些讀書讀得好的，都愛哭窮喊弱，假謙虛，實際上心裡又不服氣……」

李燃吊兒郎當的樣子讓陳見夏氣血翻湧，可是無從反駁。

「你一個大男生怎麼那麼三八！你心理眞陰暗！」她義正詞嚴。

李燃哈哈哈笑出了聲。

「對對對，我心理陰暗，您多陽光美少女啊！」

陳見夏沒出聲。李燃笑夠了，側過臉，看到旁邊女孩子深深低著頭，哭了。她即使哭泣也不出聲，但眼淚劈哩啪啦地掉在T恤前襟上，因爲料子不吸水，於是一顆顆淚珠就明晃晃掛在她身上，晃得他頭疼。

女生眞夠煩的，就會哭，一哭起來，無論有理沒理，都是他沒理。

——他好像的確沒理。

李燃心裡明白自己只是逮住了一個不明就裡撞到槍口上的陌生人發脾氣，沒什麼光彩可言。滴滴答答的淚水讓他窘迫得直抓頭。

「我心理陰暗，刻薄三八，是我不對，給妳賠不是可以了吧？我跟會讀書的人有仇，故意抹黑你們，我道歉，妳別哭了好嗎？」

陳見夏沒有搭腔，她抓起桌上那包用剩下的面紙，忽地起身朝門口跑去，把旁邊的小圓凳都踢倒了。李燃也急了，來不及站起來就伸長手去撈她，人沒撈到，自己帶著摺疊椅一起朝後倒了下去。

「我還沒道完歉呢，妳往哪兒走?!」他連滾帶爬地揪住了陳見夏的褲腳。

陳見夏眼淚汪汪地瞪他，「你有完沒完?你那也叫道歉啊?何況你哪兒對不起我了？」

她說話的聲音終於大到和李燃抗衡，帶著少女冤屈的哭腔。

李燃被她看得傻住，尷尬地退了兩步。剛才還是相互自我介紹的新同學，怎麼就變成現在這個樣子了？

他張張嘴，千言萬語最終化爲一個耍賴的傻笑。

「我……我也不知道哪兒對不起妳。所以，妳哭什麼呢？」

陳見夏覺得此人根本不可理喻，她眼淚掉得更快，搖搖頭拔腿就跑，終於被李燃拉住手腕一把拽了回來。不巧她的手肘撞在他胃部，疼得李燃大叫一聲，像隻煮熟了的大蝦一樣蹲到地上蜷成一團。

陳見夏的眼淚瞬間截流。

她猶豫半天，還是走回他身邊，也蹲下來，抽抽搭搭地問：「你沒事吧？」

李燃似乎疼得厲害，齜牙咧嘴地發出嘶嘶吸氣聲，好像一條被踩了七寸的響尾蛇。

見夏被自己冷笑話般的聯想逗笑了，她極力控制，可還是笑出了聲。

李燃斜眼瞟她，「高興了？」

見夏突然想到了什麼，彎起嘴角，笑得很俏皮。

「我知道你五行缺什麼了，其實不是缺火。」

「那是什麼？」李燃瞪圓了眼睛。

「缺德。」陳見夏大笑起來。

四 ◆ 你好，周杰倫

房間裡的火藥味就像陳見夏的眼淚一樣，來去都稀裡糊塗的，一瞬間消散不見。

她俯身對他微笑，他也仰起頭露出小白牙。

消氣的一刻，他們才發現為個莫名其妙的問題而露出尖牙利爪的樣子是多麼可笑。

「不過你剛才真的很三八。」見夏還是作了一句總結陳詞，她拿出一張面紙擦眼淚擤鼻涕，語氣輕鬆。

李燃聳聳肩，「我討厭『一班』這兩個字。」

見夏不解，「為什麼？」

「不為什麼。」

也許李燃是很想進一班而不得，所以吃不到葡萄說葡萄酸；也許他只是抱有一種對高材生的成見，就好像當初很多初中同學對見夏的敵視一樣。

但她沒有追問。陳見夏雖然不善交際，卻很懂得見好就收的藝術，更是不願意把這些亂七八糟的揣測安在眼前這個男生身上，儘管他剛剛把她氣哭。

「聽歌嗎？」

李燃扶起歪倒在地上的椅子，若無其事地從書包裡面拽出一台CD隨身聽，銀白色的機身折射著陽光，一晃，有點刺眼。

Sony的CD隨身聽呢，和幾天前在第一百貨商場看到的那款一樣。

見夏望著機器出神。

初一的時候，陳見夏想要一款語言學習機來學外語，然而媽媽總是說家裡那款愛華的老牌隨身聽就夠用，反正都是聽英文錄音帶，自己多動動手，倒帶翻面就可以，何必用什麼語言學習機。

陳見夏無數次想要大聲反駁，「弟弟根本不用電子字典學習，他就是用它來打那款什麼什麼英雄壇說的RPG遊戲，妳不還是給他買了，可是語言學習機的價錢還沒有電子字典一半貴呢……」

卻說不出口。

後來考上振華，媽媽在親戚朋友面前把陳見夏大誇特誇，「我家小夏初中就用好幾年前買的破隨身聽學英文，初中畢業考試英文照樣考了一一九分，差一分就滿分呢！所以你也告訴你家東東，別任性，這讀書成績可不是物質條件堆起來的，重要的還是自身要努力！」

一瞬間變身爲熱心子女教育的專家，高瞻遠矚，殫精竭慮，富有計畫地一手培養出了優秀而簡樸的陳見夏。

陳見夏在別的家長欽佩誇讚的目光中低下頭，自己也說不清楚是自豪還是委屈。

後來還是爸爸提議，去省城念高中前，怎麼也應該給女兒買一件像樣的禮物，媽媽漫不經心地說了一句：「那就給她買語言學習機好了，反正她一直想要。」

陳見夏徹底被激怒了。原來媽媽一直都記得，卻直到兩年後語言學習機落伍，連相關電視廣告都銷聲匿跡了，才這麼隨隨便便地提起。

「我才不要語言學習機！」

爸媽被這聲大叫震住了。見夏平靜下來，有點後悔，頓了頓，用舒緩的口氣重新說：「我想要 Sony 的 CD 隨身聽，上次在第一百貨商場看到過，可以嗎？」

初中班上最時髦的女同學在初中畢業考試前也買了那款 CD 隨身聽，見夏不管多麼懂事，多麼「不虛榮」，到底還是羨慕的。何況她對 CD 隨身聽的渴望中附著了些許因語言學習機和電子字典而起的、說不清道不明的怨念。

爸爸並不知道什麼 Sony 什麼 CD 的，他只是點點頭說：「好啊，買吧，明天和妳媽去第一百貨商場買不就好了？」

然而第二天在專櫃前，媽媽瞟到價格牌，臉一下就拉下來了，立刻扭頭問：「小夏，妳說的就是這個東西啊？這東西對讀書真的有用嗎？」

專櫃小姐迎上來熱情轟炸：妳給孩子買啊，妳女兒多大了啊真漂亮，上初中還是高中啊，想看哪款啊——但見夏媽媽始終矜持，一句也不答，彷彿對方是透明的。

陳見夏的餘光一直追隨著媽媽細微的表情，直到她又看向自己，聲音發澀地再次詢問：「小夏，眞的想要？」

陳見夏低頭盯著腳尖，半晌抬眼笑起來，「也不是那麼想要，要不然算了，逛逛別的地方吧。」

專櫃小姐唰地冷下臉，毫不吝嗇地送了母女倆一對臨別白眼。見夏媽媽挽起女兒的手轉身，因爲知道專櫃小姐在背後看，走得不急不緩的；倒是陳見夏步履急躁，她想快點離開這兒。

「慌什麼！」媽媽捏了她一把，徐徐轉回頭瞥了瞥專櫃，輕聲嘟囔，「一個站櫃檯的囂張什麼，再囂張也不過就是個站櫃檯的。」

她消了氣，側過臉看到見夏乖巧的側臉，心中慰藉。

「看看還有沒有別的什麼喜歡的，晚上我們回家給妳和小偉做好吃的。」

「喂，妳在想什麼？」

被人用手肘拐了一下，見夏回過神，也不知道已經呆了多久。

「喏，給妳。」他遞過來一只耳機，模樣怪怪的，是個奶油餅乾大小的、扁扁的半球體，旁邊掛著半圈塑膠環。陳見夏第一次見到這種樣式的耳機，有點不知所措，放在手裡研究了一會兒。

「這個……」她支支吾吾，李燃一把將耳機搶了過來，掰開塑膠環掛在她右耳廓，再將半球扣在耳朵上。

陳見夏驚訝地低著頭，耳機扣下來的時候，他的拇指按在她耳垂上，很輕柔的一下，癢癢的，她卻感覺到溫度從耳垂蔓延到臉頰和脖子上，燒得火熱。

不用照鏡子都知道，一定羞紅了。

這個男生怎麼膽子這麼大，動作還那麼自然。

陳見夏心神不寧，始作俑者卻已經若無其事地開始操作按鈕了，一段帶著怪異美感的前奏響起來。

那是一首陳見夏從沒聽過的歌，說不上哪裡怪，卻意外地好聽，和聲很特別，只可惜不知道唱的是哪國語言，歌手好像咬到舌頭了，含含糊糊，一句歌詞都聽不清。

這首歌結束之後的短暫空白，她側過臉問：「這是誰的歌？」

李燃頭也不抬，「周杰倫啊。」

見夏疑惑，「周杰倫是誰？」

說完就有點忐忑，她不希望聽到李燃甩出一句類似於「妳連周杰倫都不知道妳土不土啊」的話。

李燃耐心地對陳見夏解釋道：「周杰倫是台灣的一個音樂人，自己寫歌，方文山給他塡詞，出過三張專輯，口齒不清，很有風格，我滿喜歡的，他最近很紅。」

陳見夏鬆了一口氣。

她知道自己是個書呆子，對同學們最關心的娛樂圈知之甚少，所以從來不在班上和別人聊這些。有天帶弟弟去剪頭髮，聽到沿街大聲播放音樂問這什麼歌，弟弟都笑話她：「孫燕姿新出的〈綠光〉，妳怎麼什麼都不知道。」

陳見夏狗急跳牆，回嘴道：「聽過能怎麼樣，考試考你默寫歌詞嗎？」弟弟笑得整條街的老闆們都探頭出來看。再後來這句話被他傳播得好多人都知道了，徹底成爲名人名言，成爲陳見夏「學傻了」的有力證據。陳見夏也知道自己的話蠢。她不喜歡別人笑她只有成績，但她的確只有成績，她沒有別的優點。

其實他們告訴她就好了呀，就像李燃介紹周杰倫一樣，是誰，幹什麼的，好好說不行嗎？

陳見夏偷偷瞄著李燃。男孩正對著CD隨身聽表面的刮痕哈氣，用袖子擦拭，對著陽光觀察，再次哈氣，對陳見夏感激的目光渾然不覺。

周杰倫。

她決定喜歡這個歌手。

午後的陽光均勻灑在他們身上，見夏一隻耳朵交給周杰倫，另一隻耳朵捕捉著窗外遙遠的喧囂，卻仍然能清楚地聽到身邊男孩子的呼吸。那是她此生第一次距離如此之近地感覺男生鮮活的生命力——專注，頑皮，喜怒無常，大剌剌，直白凜冽，卻又很溫柔。

像一隻初長成的溫柔野獸。

見夏彎起嘴角。她不知怎麼的就把那些優秀同學和開學考試所帶來的恐慌拋在了腦後，只是專心地聽著歌。窗外烈日下的操場好像一幅凝固了時間的畫。

李燃終於徹底放棄修補刮痕，對著CD隨身聽憤憤地罵了一聲「媽的」。

見夏歪頭笑了，指著機器說：「我喜歡這一款，Sony的CD隨身聽眞好看。」

李燃滿不在乎地掂了掂，「妳們女生就喜歡長得好看的，眞俗氣。」

見夏燦爛一笑，「你長得也好看啊。」

李燃彷彿見到鬼一樣扭過頭盯著她，嚇得她把椅子往左邊一撤，漸漸也發覺自己的話不妥當，正要解釋什麼，李燃咧嘴一笑。

「我也覺得我滿帥的。」他說。

看陳見夏還是不自在，李燃將話題引向CD隨身聽，「妳喜歡這款？」

「是，」見夏答得很快，「因爲……」

「那送妳吧。」

見夏的嘴巴又張成了O形。

「這不是我的，我自己的送修了，這是……是我表姐借給我的，但不用還了，因爲……因爲今天摔倒的時候被我刮壞了。」他指指play鍵旁邊大概一指長的細長刮痕，「妳不知道她，公主病，多好的東西只要有一點瑕疵，她一定不會要，妳硬讓她用，她就會順著窗戶往外砸。我不誇張，她就是這個脾氣，很糟蹋東西。所以妳要是喜歡就拿著吧，反正這種女生款式的我也不會用的。」

他急急地說著，陳見夏聽得一愣一愣，隱約覺得哪裡不對，這種流暢程度有點熟悉，好像剛才也發生過。

李燃打斷了她的回想，「所以，送妳了！」

「爲什麼？」

「什麼爲什麼？」

「爲什麼隨便送這麼貴重的東西給一個不認識的陌生人？」

李燃很詫異，「否則我也不知道給誰啊，這樣總比浪費要好，既然妳喜歡，就拿著囉，哪有那麼多爲什麼？而且我們現在不是認識了嗎！」

「那也不行啊！」

「怎麼不行了？」

「反正我不要，你不喜歡就自己丟了。」

「那我丟了。」李燃說。

在陳見夏驚詫的目光中，李燃左手拉開沒有紗窗遮擋的那半扇窗戶，毫不作假地舉起CD隨身聽，姿勢像要丟鐵餅，右手拿著的銀白色機身在陽光下閃了一瞬，飛離他的掌心。

「不要啊！」陳見夏大喊。

CD隨身聽沒飛出去。李燃笑嘻嘻地把機器像鐘擺一樣垂著盪來盪去。陳見夏心疼那根細弱的耳機線，上前一步接過來，「謝謝，那我不客氣了。」

這次輪到李燃驚訝了，「妳也有乾脆的時候啊。我以爲妳還得再囉嗦一會兒呢。」

陳見夏低頭摩挲著銀白色的機身，用沉默來過渡內心極度的震動。她從來不是一個貪小便宜的人；即使她是，也不會像現在一樣，如此不遮掩地在陌生人面前表現出來。

或許她還太年輕，與眞正的自我沒有想像中熟悉。

她安慰自己，因爲對方是個怪人，怪人激發了她的不尋常。

「你家很有錢？」她抬起頭直白地問。

李燃想了想，誠懇地說：「只能說，我五行不缺錢。」

這種表達方式比有錢還過分。

「裡面那張《范特西》也給妳吧。我沒帶 CD 盒，妳自己去買一個 CD 包好了。」

「這不是你喜歡的 CD 嗎？」

「妳不是也喜歡嗎？」

見夏想了想，「謝謝你。也幫我謝謝你姐姐。」

李燃含含糊糊地「唔」了一聲。

陳見夏輕輕摩挲著磨砂表面的機身，發現背面刻著一個符號，像是一朵花。

「其實我早就想要這款 CD 隨身聽了，」她誠實地說，「可是……」

「想要就買啊，這款又不貴，」李燃說完，尷尬地咧咧嘴笑了，「我，我不是那個意思，對不起。」

見夏搖頭，「沒，我家可能沒你姐姐家那麼……但是也絕對不困難，不過……」

她沒有往下說，「總之謝謝你。我，我是不是太過分了？」

「把好東西送給需要的人，應該的，總比被丟到櫃子裡積灰塵要強得多。妳怎麼老想那麼多，累不累啊，老了要禿頭的！」

他竟伸手敲了她的腦袋一下。

陳見夏抬頭，迎上李燃坦蕩的目光。不知怎麼，初入振華的那些小心翼翼和謙卑偽裝在這個男生面前一點點剝落，她一路提著的那顆心，一點點落回胸膛裡。

「陳見夏！」「見夏，找妳有事！」

陳見夏剛要說點什麼，就聽見背後的敲門聲，門外說話的應該是班長楚天闊和于絲絲。

她慌張地看了一眼李燃，剛才聽歌聽得忘了時間，現在一想到自己和一個陌生男生在一起偷懶不上軍訓課，就很緊張。

敲門只是禮貌性的，很快門把被轉開，探頭進來的是于絲絲。

「見夏，俞老師說……」

于絲絲說到一半，笑容就被凍住了。見夏聽見李燃輕蔑地哼了一聲。

于絲絲面無表情地把話說完，「俞老師聽說妳暈倒了。她讓我們問問妳好了沒有，她正好有事情要跟班長和我們兩個說。」

楚天闊這時候才走進來。陳見夏眼前一亮。

早上俞老師在隊伍前宣布代班長的名字的時候，她只看到他的後腦勺，雖然是救命恩人，可剛才在醫務室，暈乎乎的她面對逆光照舊什麼都沒看清。

楚天闊果然是個很英俊的男孩，氣質不凡。

他瞥了一眼桌子上的包裝紙和牛奶空盒，「吃飽了？」

陳見夏感激地笑了，「謝謝班長，于絲絲說是你特意幫我買的，麻煩了。我現在已經沒事了，我們一起去找俞老師吧。」

于絲絲早就轉頭出門了。陳見夏走了兩步，突然轉身跑回去將桌上的紙盒垃圾丟進垃圾桶裡面，然後抱緊懷裡的ＣＤ隨身聽，用口型對李燃說了聲「謝謝」。

李燃卻倚在桌子上翻著死魚眼，表情陰晴不定。

「妳得把耳機還我，這個我可沒說要給妳。」他大聲說。

五・同類

面對楚天闊疑惑的目光，陳見夏窘得滿臉通紅。

雖然李燃的確沒有說過將耳機給見夏，見夏也並沒想過將耳機一起收下，然而就這麼故意當著班長的面直白地大聲追討，她連殺了他的心都有了。

她很快地將耳機拔下，另一半甚至還連在她自己的右耳上，也速速扯下來，彷彿是燙手的木炭，直接塞到李燃手裡。

「對不起我剛才沒注意到眞是對不起。」

她低下頭，匆匆出門，懷裡面的CD隨身聽也開始發燙。走著走著，大腦從當機狀態恢復過來，陳見夏突然想到，她剛剛就應該把耳機連帶整個CD隨身聽都塞還給他啊，眞是蠢，又蠢又得意忘形。

她後悔得要命，現在再回去，又擔心楚天闊看出什麼來，只能硬著頭皮繼續走。

「于絲絲去哪兒了……」見夏開口緩和氣氛。

「可能先回教室了吧，誰知道。」楚天闊聳聳肩。

他完全沒有問起和陳見夏一起待在醫務室的男生是誰，也沒有詫異於憑空出現的

CD隨身聽。楚天闊似乎非常善於避開別人的難堪，將話題引向了教官的東北口音和搞笑的口頭禪上，把見夏逗得眉開眼笑，打心眼裡感激他。

「對了，班長，我聽說你是今年初中畢業考試的全市第一名呢！你可真厲害。」

楚天闊不置可否地一笑，「初中畢業考試雖然靠實力，可是對我們這些水準差不多的人來說，究竟誰能拿第一，還真的就像中彩券一樣，憑運氣。沒什麼可炫耀的。」

這是見夏聽到過的謙辭中最自然真誠的。相處才幾分鐘，她就發自內心地喜歡上了這個優秀的班長。雖然他是男生，還是很帥氣的男生，可是見夏卻沒有感到一丁點害羞不自在。楚天闊優秀得很溫和，用笑容和教養包裹起了所有銳利的稜角。

所以見夏也更容易將內心的想法和盤托出。

「可是我很擔心自己跟你們並不是水準差不多的人。畢竟我們那裡的教學水準和省城是有不小差距的。如果我考了資優班的倒數第一，還不被人笑死⋯⋯」

楚天闊並沒有假惺惺地說些客套話來安慰她。

「只要有排名，就總得有人做倒數第一名啊。要說到丟人，妳想想，大家都在看著我，如果初中畢業考試第一名的第一次考試⋯⋯別說倒數了，就是考個中等，可能都會被笑話呢。誰沒有壓力啊，區別就在於心態。」

見夏臉上漸漸浮現出瞭然的笑容。

「我明白了，謝謝班長。」她大聲說。

「有什麼事情就來找我吧，讀書上的困難也好，其他方面的也好，我都會盡全力的。」

她正要道謝，抬頭看到于絲絲正抱著手臂站在教室門口等他們，眼神冷淡，雖然是在笑。

「俞老師等著呢，別慢吞吞的，快進去吧。」

她說完就自顧自進了教室，見夏停步在教室門口，有些無助地看了看楚天闊。

對方卻一副對于絲絲的小性子毫無察覺的樣子，於是見夏也只好緊隨其後進了門。

班導師俞丹前年剛生了個女兒，初爲人母，發福了不少。她穿著一套寬鬆洋裝坐在講台前翻學籍手冊，看到見夏進門，微微一笑，很親切。

「聽說妳剛才在操場上暈倒了？怎麼搞的，現在好點了沒？」

「沒事了，」見夏點頭，想了想又補充道，「多虧了班長和于絲絲照顧我。給他們添麻煩了。」

「眞夠客氣的，」楚天闊搖搖頭，「妳都謝過好幾遍了。」

「是啊見夏，有完沒完，祖宗八代都謝到了。」

陳見夏一愣，抬眼去看站在俞丹身邊的于絲絲，對方明明撂下一句刺人的話，語氣卻是親暱的，臉上笑咪咪，被班導師嗔怪地拍了一下後背就誇張地叫著躲開，彷彿那些陰鬱乖張的情緒統統只是見夏的錯覺。

俞丹笑著對見夏和楚天闊說：「這個于絲絲一天天淨胡說八道，不過滿熱心的，正式選舉班級幹部成員前，楚天闊做代班長，于絲絲就是代理副班長了。我們班一共有四個外地生，兩男兩女，這四個人的事情我就都託付給陳見夏了，妳既然住在宿舍，就幫老師多關照一點。我女兒還小，沒辦法堂堂自習課都看著，你們三個人各司其職，有什麼事情彼此商量，拿不定主意就來問我，可以嗎？」

他們乖巧地點頭。俞丹留下工作就出去了。

三個人彼此無話，圍著講台站了一圈，每個人拿著一疊學籍卡安靜地塡寫。陳見夏發現于絲絲時不時就偏頭偷看被自己放在第一排桌子上的CD隨身聽，正思考著要不要說點什麼解釋一下，于絲絲丟下一句「去上廁所」，晃出了門。

陳見夏不自覺鬆了口氣，繼而聽見楚天闊低低的笑聲，「妳啊。」

「我……怎麼了？」

楚天闊笑了一會兒終於嚴肅起來，答非所問：「見夏，我勸妳以後別總那麼在意別人。太敏感不是好事。」

見夏似乎聽懂了，又有些糊塗。

「你怎麼……你怎麼知道我在意？」

楚天闊低頭唰唰地寫字，寫得很快，直到見夏悶悶地把自己分配到的那一疊學籍卡都快寫完了，才聽到他淡淡地說：「可能因爲我跟妳有同樣的毛病吧。」

這時候于絲絲走進門，見夏失去了追問的機會。

下午軍訓課結束的鈴聲響起，學生們從烈日下衝進教學大樓，走廊開始熱鬧起來。陳見夏不想被別人看見自己獨自坐在教室裡乘涼，假裝去上廁所，然後混在隊伍裡從後門進教室。

大家只是隨便找地方坐，不一會兒俞丹就叫同學們出門按照身高排隊分座位。分配結果竟然是男生和男生一桌，女生和女生一桌，這樣的方式讓陳見夏有些意外。俞丹輕描淡寫地說：「你們這樣的年紀，容易在最關鍵的時期胡思亂想，影響了學業就不好了。」

陳見夏的個頭中等偏上，被安排在第四排，算是班上的中間位置，坐在她旁邊的是個梳馬尾的清秀女生，于絲絲坐在她們這一組倒數第二排，楚天闊則去了靠窗最後一排。

「我叫陳見夏，是外地生。妳呢？」她鼓起勇氣向自己的同桌同學打招呼。

「余周周。」

「怎麼寫？」

「伯余的余，周公的周。」

陳見夏覺得這樣解釋自己的名字有種說不出的怪異。她試著跟對方聊點什麼，「妳初中是哪個學校的？」

「十三中。」

對方並沒有禮貌性地回問外地生陳見夏家鄉是哪裡，好像根本不想將談話繼續下去。陳見夏絞盡腦汁想不到下一個話題，只好作罷。余周周的冷淡倒不像是出於傲慢，陳見夏突然覺得，楚天闊所說的「不在意別人」或許就是這樣吧。

她越過半個班級去看楚天闊所在的位置。周圍人都熱情地跟他攀談，他也笑得陽光、禮貌、大氣，充滿了親和力。剛才于絲絲陰陽怪氣，他也是同樣若無其事。不論怎麼看，他都比小裡小氣的自己要強許多，然而他說他們有一樣的毛病。

那麼現在的他，克服了這個弱點嗎？

一顆天生敏感的心，要怎麼才能變得粗糙呢？她也希望改變，但秘笈上不應該只有一句簡簡單單的「別想太多」。

陳見夏不期然對上了于絲絲的眼神——冷得像冰，充滿毫不掩飾的敵意與厭惡。再一定睛，于絲絲已經跟旁邊的女孩子笑嘻嘻地聊上了天，讓她以為自己出現了幻覺。

見夏輕輕地嘆了口氣。

「妳聽說有開學考試這回事嗎？」她不死心地再次和余周周挑起話題。

「沒。」

「……的確有開學考試。」陳見夏再次強調。

「嗯。」

陳見夏挫敗地伏在桌子上，把頭深深地埋進臂膀。

她想家了。儘管媽媽不願意花錢給她買 CD 隨身聽，儘管初中班級亂成一鍋粥，可是她想回家。

這個班上全是變態。

「門外好像有人找妳。」

余周周的聲音清亮。陳見夏抬起頭，發現教室前門探進一個紅毛腦袋，直直地看向她的位置。

李燃。笑嘻嘻的李燃。

「陳見夏！」他大聲喊。

教室裡霎時一片安靜。

被包圍在各種好奇目光中的陳見夏臉色發青。

這個傢伙果然五行缺德。應該改名叫李德全。

六 沒頭腦和不高興

陳見夏趕緊跑了出去，遠遠躲開背後的目光。

「你有什麼事?!」她的語氣僵硬。

「剛才……對不起。」

李燃誠懇嚴肅的樣子讓陳見夏一肚子悶氣無處發洩，她只能尷尬地垂下眼，「沒關係，耳機本來就是你的，我當時沒注意，是我的錯。」

語氣裡還是有埋怨的味道，可惜李燃絲毫沒有嗅到她的冷淡，立刻鬆了一口氣，「我眞的不是故意的，是我錯了。妳別往心裡去，不過……」

他停頓了一會兒，陳見夏疑惑地抬起頭，看到眼前男生擰著眉頭，露出很爲難的表情。

「怎麼了?」

李燃艱難地一個字一個字往外蹦，「能不能，把，CD隨身聽，還我?」

見夏很長時間沒說話。

那是她第一次有種衝動，想要搧人耳光。

不是搧李燃。是搧她自己。

她爲什麼要接下那個CD隨身聽？就那麼貪小便宜？爸媽不給買，難道她不能自己存錢買嗎，爲什麼會腦子進水似地接下對方不明不白的饋贈？她入學時是不是腦子被振華的大門夾了？

活該被人羞辱。

李燃的每一聲呼吸都小心翼翼的，她突然想笑，他就這麼害怕自己不認帳？

陳見夏不敢抬頭，因爲眼淚在眼圈裡打轉。

「稍等。」她說。

陳見夏轉身回教室去取CD隨身聽，從書桌裡面往外拿時帶出了一疊書，嘩啦啦撒在地上，她彎腰去撿，眼淚就一顆顆落在書頁上。

楚天闊剛好在附近，走到她身邊蹲下身來幫忙撿書。陳見夏只是搖頭，將爛攤子丟給楚天闊，抱緊懷裡的CD隨身聽急急地跑出門，塞到李燃懷裡。

「沒事吧？見夏。」

本來想說點什麼，挽回最後一點面子，可是此刻腦子裡面卻只想著要回家。

「那個，陳見夏，其實是這麼回事……」

她聽見李燃在背後想要解釋什麼。但是她沒有停步。

我管你怎麼回事。你去死吧。

她跑回座位，書已經被整理得整整齊齊，在抽屜裡躺著。眼淚鼻涕讓陳見夏無法正常抬頭，可是手邊沒有面紙了。桌上一下子出現了兩包，她連忙隨手抓起一包抽出面紙擦鼻涕。

「謝謝你們。」她說。

余周周微弱地點點頭，伸手拿回屬於她自己的那包面紙起身去上廁所。楚天闊什麼也沒問，輕輕地敲了她桌子兩下就回自己的座位去了。

這時候坐在她前面的女生突然回過頭，見夏發現這個人好像是于絲絲介紹的那一大群「名人」中的一個，初中畢業考試作文滿分的陸琳琳。

陸琳琳半笑不笑的，「妳以前認識我們班長？」

見夏惶恐地搖頭，「不認識，今天剛認識。他送我去醫務室……」

女生轉了話題，「陳見夏是吧？」

見夏受寵若驚，「妳怎麼知道？哦，妳是陸琳琳吧，」她又不長記性地熱情起來，「我聽說妳國文超級棒的，是不是作文滿分？好厲害，我就一直寫不好作文……」

陸琳琳心不在焉，完全沒有理會見夏的恭維，「我怎麼會不知道妳是誰，剛才門口那男生就是這麼喊妳的。」

見夏不再喋喋不休，她艱難地笑笑，「哦。這樣啊。」

陸琳琳長著丟到人堆裡面就再也挑不出來的面相，加上表情很淡，所以根本分辨不出來情緒如何，陳見夏垂下眼，也不再探究對方轉過來講話的目的是什麼。

她再次想起楚天闊說的，不要那麼敏感。

「妳剛才哭什麼啊？」陸琳琳講話東一句西一句，但每句都很直接。

見夏的食指和擰成麻花繩的面紙攪在一起，她正在苦笑著思考如何回答，余周周就坐回到座位了。

「有人找妳。」她說。

陳見夏如蒙大赦，站起身疾步走了出去——然後才想起來這個新學校裡面怎麼還會有其他人指名道姓找自己。站在後門外的，正是陰魂不散的李燃。

他規規矩矩站在走廊地板上那塊四四方方的陽光正中央，表情虔誠而膽怯，好像沒寫作業被老師罰站的小學生。

手裡那台CD隨身聽反射的陽光再次華麗麗地刺痛了見夏的眼睛。

她偏過頭躲開陽光，幾乎是認命地一步步挪過去，「又有什麼事？」

「我剛才跟妳解釋妳不聽。我知道我那樣做不對，但是我也是沒辦法。其實我一開始就跟妳撒謊了，那個CD隨身聽它其實不是我姐……」

見夏疲憊地揮揮手打斷他的話，「你喜歡是誰的就是誰的，反正不是我的，我既不想再看見那個CD隨身聽，也不想再看見你。」

李燃愣住了，陽光把他呆滯的表情定格，可是見夏連一眼都懶得看。終於，在他面前，她不再是新學校裡想方設法討好新同學的小鎮女孩，而是重新變成了初中班級裡面那個沉默又銳利的優等生。

「這個不是剛才的那個 CD 隨身聽，這個才是我自己的，剛才是我做得不對，我把這個賠給妳還不行嗎……」

這樣荒謬的「補償」簡直是對陳見夏的再一次侮辱，她很想笑，卻又累得笑不出來。都是自己的錯。所以要吸取教訓，然後全盤忘記，省得心裡難受。

陳見夏低垂著眼皮轉過身準備離開，卻被人拉住手臂，下一秒鐘，CD 隨身聽就被塞進了懷裡。

「眞的是我不對。不過妳必須原諒我，而且得聽我解釋！」

少年捏著她的手臂，用了很大的力氣，幾乎和他說話的聲音一樣大。走廊裡人很少，見夏擔心教室裡的新同學聽見這句不明不白的吼叫，立刻服軟了，語氣中幾乎有了點無奈的哀求，「你能不能小聲點？你這人怎麼這麼霸道啊，我憑什麼非得聽你解釋啊？」

李燃卻一副天經地義的樣子，「我解釋完了，我們兩個都能好受點。否則我委屈，妳也委屈。」

見夏低下頭，「我今天眞的倒楣到家了。你慢慢解釋吧，解釋完了，再也別來找我，我們就當沒認識過，可以嗎？」

李燃放鬆了手上的力道，有些詫異地說：「不見面怎麼行，我只帶了 CD 隨身聽和耳機，充電器得明天帶過來給妳啊，要不然妳怎麼充電？」

見夏腿下一軟，直接蹲在了牆角，哭笑不得。

「李燃，你不光缺德，還少根筋。」

七 • 你撒嬌也沒用

陳見夏蹲在牆角欲哭無淚的時候，于絲絲拿著水杯從後門走出來，後面跟著她的新同桌，兩人說說笑笑，還牽著手。新同桌看到見夏和李燃，不大不小地「呀」了一聲。

于絲絲頓住，目光繞著見夏、李燃和李燃正往見夏懷裡塞的ＣＤ隨身聽轉來轉去，臉上的表情怪異到了極致。

見夏的腦袋「轟」一聲炸響。剛開學就和不良少年拉拉扯扯，還直接被副班長抓了個現行，她都不知道應該怎麼解釋。關鍵在於，她其實沒有必要去解釋，對方卻有足夠的閒心去誤會。

李燃在看到于絲絲的一瞬間，嘴角輕蔑地揚了起來。

「好久不見啊。」

于絲絲明智地沒有搭理李燃，冷冰冰的目光直接投射到見夏身上。

「陳見夏，妳在做什麼？」

見夏怯怯地站起身，「我……」

李燃直接抓起見夏的手，把ＣＤ隨身聽塞進了見夏手中，「妳拿著，這是我賠妳的。

電源線什麼的我明天再帶給妳，妳到底原不原諒我啊？不原諒我每堂下課都過來給妳道一遍歉，保證放學的時候你們全班都認識我們。」

見夏咬牙切齒小聲說：「李燃你要不要臉？」

李燃回道：「我五行缺德，妳自己說的。」

咬完耳朵才想起旁邊還站著人，陳見夏慌張地轉過頭去看她們，于絲絲面無表情，她同桌則興致勃勃，一副看好戲的樣子。

「你們什麼關係啊，那個男生，你頭受傷了嗎？」于絲絲的同桌輕聲問。

李燃拉下臉，「干妳屁事，妳誰啊？」

見夏心中一跳，很好，現在不光于絲絲討厭自己輕浮，連她同桌也會怪罪自己。

「你會不會好好說話！」她情急之中吼了李燃一句。

「好好好，我錯了我錯了。」李燃倒是服軟得很俐落。

同桌臉紅得像豬肝，挽起于絲絲的手就走。

「真聽女朋友的話。走吧絲絲，別打擾人家，人家可是帶著男朋友來上學的，別招惹。」

見夏張口結舌。李燃和自己所站的角落是一塊四四方方的陽光地帶，像上帝的審判台。

「誰男朋友，誰女朋友？陰陽怪氣的有意思嗎？」

李燃不顧見夏的勸阻，上前幾步直接攔住了于絲絲和她同桌的去路。

「李燃你有完沒完啊！快上課了，你走好不好？」見夏拉著他的手臂一個勁兒往後拽，「CD隨身聽我收下了，我原諒你，可不可以？」

李燃完全不理會見夏的求救，居高臨下用鼻孔對著于絲絲的同桌。

「有妳這麼罵人的嗎？我找女朋友就找她這樣的?!」

見夏備受打擊地石化了。

「妳們女生怎麼一個個都他媽跟老母雞似的啊，咕咕咕咕咕咕，哪裡有事就往哪裡湊，我頭受傷了關妳什麼事，我還CD隨身聽關妳什麼事？」

于絲絲的同桌被李燃的氣勢震懾到了，迅速眼淚汪汪地躲在了于絲絲背後，話都說不出來。

見夏原以爲于絲絲會打抱不平，和李燃針鋒相對——意外的是，她只是拉著同桌快步繞開，走著走著，竟然跑了起來。

李燃目送兩個人落荒而逃，依然擺出一副「信不信我咬死妳個老母雞」的瘋狗樣。

經他這麼一鬧，陳見夏覺得手中的CD隨身聽滾燙滾燙的。

她要是還有種跟李燃推辭，她就是頭不識時務的豬。

所以當李燃殺人一般的眼神射過來的時候，陳見夏立刻像小母雞叼米粒一樣不停點頭，「我我我我收下了謝謝謝謝你。」

李燃一愣，綻開一臉笑容，在陽光下，燦爛得像隻拉布拉多。

「那這事就算了結了對吧？」

「對對對。」

「都說開了對吧？」

「是是是。」

「妳抖什麼？」

這時候預備鈴響起，陳見夏彷彿聽到天籟之音，三步併作兩步跑回了教室，丟下了背後迷茫得像隻流浪狗的李燃。

軍訓課一週期間，新生們是不上課的，每天下午三點之後都是兩個多小時的自習時間，直到五點半放學。見夏對於這個安排甚是滿意。

這才是振華啊。

如果是自己以前的學校，自習課會亂得像一鍋粥吧？見夏悄悄回頭環視一周：愈丹並不在教室裡，可教室中安靜得呼吸可聞。一顆顆腦袋都低著，不知道在做什麼，有種肅穆的緊張感，讓她的心也定了下來。

眞好。

被開學考試打擊得沉重的心情，因爲這種感嘆而稍微輕鬆了一些。見夏不是沒有自信的人，只不過她的自信藏在心底最深的角落，不會輕易浮出水面。

雞首牛後，見夏寧做牛後，也願意飛得高一點。

CD隨身聽被她藏進了書桌的最裡面。她不知道于絲絲和她的同桌——現在她知道對方叫李眞萍了——究竟會如何看待或對待自己。

左思右想，見夏還是翻開驗算本，輕輕扯下一頁，在上面寫了幾句，想了想，又揉成一團，不知道往哪裡丟，只能先塞進書桌裡。

一旁的余周周忽然頭也不抬地說：「妳可以去買一個掛鉤，黏在書桌邊，上面掛一個垃圾袋。」

見夏如臨大敵，自己是被嫌棄髒亂了嗎？

余周周繼續說：「這樣我也可以往裡面丟垃圾。」

見夏嘴角抽了抽。

她又撕下一張紙，斟酌了一番才下筆：「對不起，那個男生我今天剛剛認識，我也沒想到他會那麼兇，但是我也不能代他道歉，只能代表我自己對造成的不快表示歉意，眞的不好意思。」

這樣應該就沒問題了吧？

見夏又讀了幾遍，忽然福至心靈，在最後又加上一句：「他今天也罵了我好幾句，我眞的不認識他。」

然後發現最後一句和第一句前後矛盾了。

陳見夏扁扁嘴，心一橫，將紙條摺好，寫上「辛苦了，請交給李眞萍」，對自己身後的男生笑笑。

見夏悄悄回頭緊盯傳遞路線，只見紙條順利到了李眞萍手中。李眞萍拆開一看，愣了，轉手交給于絲絲。

于絲絲掃了一眼，就和李眞萍開始咬耳朵，不知道說了什麼。

見夏一直回過頭看著，脖子都有點痠了。她只是準備著，準備著當對方原諒自己了以後，第一時間對投射過來的目光報以微笑。

然而這兩個人咬完耳朵後彷彿說好了似的，誰也沒有抬頭看陳見夏一眼。

見夏的心迅速墜了下去。

從小到大，只要不是多麼嚴重的原則問題，發生摩擦時陳見夏都是第一個道歉的人——她不奢求每個人都喜歡自己，但跟那點面子相比，不被人記恨才是最重要的。

數學練習冊上所有符號花成一片。她低頭看了看錶，五點十五分。

剛一放學，楚天闊就站到講台前，重複了一遍俞丹交代的各項費用，提醒同學們明天不要忘記。

楚天闊在台上講話的時候，陳見夏一直用可憐巴巴的眼神看著他，他目光掃過見夏這一桌，頓了一下，安然地繼續講。

「好了，掃除的同學留一下，還有陳見夏，妳幫忙塡的學籍手冊現在交給我吧，其他同學可以放學了。」

見夏心生感激，她手裡根本沒有什麼學籍手冊，於是從書桌裡隨便拿了幾張廢紙走到窗邊去找楚天闊。

「班長……」

楚天闊實在耀眼，許多放學的女生經過他們，都要慢慢走幾步打量一下，所以楚天闊在跟見夏講話時並沒有看她，而是接過了計算紙，一副公事公辦的樣子，讓她壓力減輕了不少。

「妳怎麼了？」

「我惹麻煩了。」見夏控制著，講話卻還是有點哭腔。她覺得自己很沒用，明明兩個小時前楚天闊告訴她「別想太多」——做爲剛剛認識的新同學，這種關心已經夠有義氣了，可她像個麻煩精，竟然還眞的賴上人家了。

但她沒有辦法。大家都不敢接近的大班長，是她在這個陌生城市裡唯一感到親近的人。

見夏小聲將自己的遭遇講了一遍，越講越委屈。

「我知道了。」

「啊？」

見夏的傻裡傻氣把楚天闊逗笑了。

「不會怎麼樣的。」楚天闊寬慰道。

見夏急了，她本以爲楚天闊會明白，但是忘記了對方是個男生，男生，男生！男生哪裡會懂女生們之間那點小心眼和手段！

「你不明白！」見夏急了，聲音有點大，餘光感覺到教室前面有人看過來。她瞟過去，目光就消失了，只看到于絲絲和幾個女同學商量掃除的事情。

楚天闊拿起手中的一疊計算紙打了一下見夏的腦袋。見夏一愣。

「我明白的。如果她們眞的記仇了，有什麼閒言碎語流傳，我會幫妳澄清的。不過現在，什麼都沒發生呢，妳還是別東想西想了。庸人自擾。」

不知爲什麼，他講話有一種力量，不會讓見夏感到被敷衍。

她如釋重負地一笑，「謝謝班長！」

高一一班的教室曾經的主人是上屆高三畢業生，大學入學考試後的狂歡給地面遺留下很多髒泥痕跡，俞丹開完會後回了一趟教室，看到他們的掃除成果，明顯不太滿意。

「這個光靠掃地掃不乾淨的。」俞丹皺著眉。

于絲絲主動提出可以用他們八中以前的老辦法來清理。

「很簡單的，我們以前的教室也是水泥地面，」于絲絲親自去接了半桶水，放在地上，往裡面倒了不少洗衣粉，然後用掃把攪拌開，「拿掃把當刷子就好了，在地上使勁刷，最後再用拖把拖兩遍，把洗衣粉清理乾淨就好了！」

俞丹露出了一絲笑意，朝于絲絲點點頭。

等俞丹離開，同學們臉上乖巧的笑容漸漸化開成爲生動的無奈。掃除的人已經走掉了一大半，教室裡只剩下陳見夏在內的五、六個人。李眞萍仗著自己和于絲絲比較熟，大著膽子率先試探：「早知道我就選擦黑板和窗台了，妳看他們，早做完早走了。」

另一個女生也附和道：「我們晚上還要去補習呢。」

陳見夏在教室後面，正在將最後一小堆垃圾掃進畚箕裡，小心地壓著灰。她眼角偷瞄不遠處的人群，想看看主動向老師獻計的于絲絲會不會因此得罪了這幾個新同學。

于絲絲一無所察，依然笑嘻嘻的，「是啊，我在家也不做事，剛才俞老師一進門我就猜到大事不妙，一回頭，我們這組人已經走了一半，男生全沒了。怪不得人家都說，書讀得好的男生就是不行。」

輕輕鬆鬆地就把自己和李眞萍她們劃在了一個圈裡。幾個女生都被逗笑了。

「欸，陳見夏！」

正兀自感慨的陳見夏被喊得一抖，于絲絲忽然朝她招手，笑容燦爛。

「見夏，」于絲絲小跑幾步過來，十分自然地勾上了陳見夏的手臂，「跟妳商量一件事，今天是我沒料到要刷地的事，人留得太少了。李眞萍她們幾個跟我都在同一個補習班，六點半上課，我想讓她們還是差不多時間去上課，我們倆幫她們一把，好嗎？」

說是私下商量，但于絲絲語氣爽朗，講台附近的女生們都聽得到，目光炯炯，齊刷刷轉向這一邊。那張一去不回的道歉小紙條帶給陳見夏的委屈，一下子就被撫平了。

陳見夏有點慌又有點高興，「沒問題。」

她甚至鼓起勇氣轉向李眞萍，想對著她們喊，妳們放心去上課吧；只是「妳」字還沒出口，于絲絲整句話就已經飛了過去——「趕緊走吧，再慢吞吞的，等一會我可要反悔了！」

「謝謝絲絲！」

女孩子們高高興興地答應著，跑回各自的座位拿書包，轉眼間就都不見了；李眞萍走的時候還對于絲絲說了句謝謝副班長，被于絲絲從身後拍了一下。她們從頭到尾都沒看陳見夏一眼。

陳見夏轉瞬又有點不平衡了。

人剛走得乾乾淨淨，于絲絲就出去打電話，說要跟爸媽解釋一聲自己不去補習班了，消失了整整二十分鐘，回來的時候，陳見夏已經刷完了整間教室，還拖完了兩次的地面。

于絲絲還是幫了一點忙的。她一隻手抓著拖把桿，另一隻手發訊息，把拖把頭在水桶裡上上下下地壓，就是不肯伸手去擰乾。陳見夏做了最後一次努力——她微笑著走過去說：「來吧，我擰。」

于絲絲點點頭，「我們一起！」

一起。她擰拖把桿，陳見夏擰濕淋淋的拖把布。

于絲絲沒有提起紙條，也沒有提起走廊裡的不愉快，她鎖好教室門，就朝陳見夏揮手道別。陳見夏說不上來到底哪裡不對勁。

八月末的北方本來已經入秋，可是粗心的天氣似乎只記得將半夜轉涼，其他時間依舊熱得過分，一場掃除下來，陳見夏白色T恤的前胸後背都被汗水浸濕了，牛仔褲也微微汗濕，緊貼在腿上，動作大一點都會發癢。

走了幾步，陳見夏突然想到，或許兩個人應該一起下樓，走到校門口再道別，這才對吧？

好像就是這一點不對。也不只是這一點。

作爲資優班，一班和二班接收了所有來自外縣市的初中畢業考試榜首，一共九個人，六男三女。報到那天陳見夏是第一個去宿舍管理中心找老師報到的，老師讓她先挑，她一眼相中了四樓走廊盡頭的一間屋子，格局和別的宿舍不一樣，只能住一個人。其他兩個女生後來才到，就被安排在樓梯另一側的一間正常大小的宿舍裡。

第一天晚上湊合著住了，今天她打算大掃除一番。放學路上見夏拐進販賣部買了拖把和水桶，又從帆布旅行包裡翻出媽媽裝進去的一小塊乾抹布，將宿舍裡外擦了一遍，放學路上好不容易被晚風稍微吹乾的T恤和牛仔褲再次汗濕。她強忍著煩躁將行李打開，直到整個宿舍像樣了一點，才長出了一口氣跑去洗澡。

一樓澡堂門口的小黑板上寫著「晚9：00–10：30」。陳見夏氣得啞口無言。

她帶著一身的汗，抱著一臉盆的盥洗用品重新爬上四樓，鑰匙不小心掉在地上，想要去撿卻因爲穿著牛仔褲不舒服而彎不下腰，一個沒站穩，臉盆裡的東西撒了一地。

見夏愣了一會兒，漠然彎腰撿起鑰匙，對一地的洗髮精沐浴乳和毛巾視而不見，打開門走進宿舍，像扒皮一樣地將牛仔褲從腿上撕下來，又扯下T恤，只穿著內衣，一屁股坐到床上。

開始哭。

開學第一天，這樣的新生活。

命運在作曲的時候好像給見夏的這一首加入了太多不合節奏的鼓點，砰砰砰，敲得她永遠像一隻受驚的兔子。

陳見夏正哭得不可收拾，忽然聽到門嘎吱一響。

「同學我問一下……」

李燃把脖子伸進門裡，只露出一張臉和一腦袋紅毛，像一條陰魂不散的美女蛇。見夏，只穿著內衣的見夏，連叫都叫不出聲，幾乎是從床上彈射過去大力關門，直接夾住了李燃的脖子。

門再次彈開，李燃捂著脖子跪在地上，一聲也吭不出來。

見夏在地上慌張地轉了兩圈，不知道是應該先問問對方死了沒有還是先穿上衣服，最後從帆布包裡抓出一件藍色睡裙套在了身上。

「你死了沒？」

「妳他媽是想弄死我……」李燃啞著喉嚨抬頭剛罵了一句，看到見夏哭得滿臉通紅的樣子，把髒話硬吞了回去。

「妳才死了！」他低聲說，咳個沒完。

「你這人要不要臉啊，你爲什麼出現在這兒啊！」

「妳要不要臉啊，開著門穿成這樣！」

「你怎麼不講理啊！這一層都是女生和女老師，你怎麼上來的！」

「翻牆上來的呀！」

李燃回答得非常自然，見夏一瞬間甚至覺得這個答案滿正常的。

「我沒問你怎麼爬上來的！我問你爬上來幹嘛！」這時候見夏聽到外面傳來講話的聲音。她連忙丟下李燃，將宿舍門推上落鎖。

果然，不一會兒就有人敲門。

「陳見夏，在嗎？洗髮精和香皂是妳的嗎？怎麼撒了一地呀？」見夏聽出這是一班的另一位外地生鄭家姝。

「陳見夏是嗎？要不要一起去小食堂吃飯？」這應該是二班的外地生王娣。

見夏咬死了嘴唇不出聲，幸而李燃識相，也沒有講話，只在聽到鄭家姝說洗髮精和香皂時無聲地笑了。陳見夏心裡明鏡似的，後悔剛才關門夾他脖子的力氣沒有更大一點。

「幹嘛呀，怎麼回事啊她？」鄭家姝語氣不耐煩。

王娣柔柔的，「我先幫她收了吧，省得一會兒弄丟了。」

腳步聲漸漸遠去，見夏長出一口氣，忽然想起李真萍嘟囔過一句，「有混混撐腰就是不一樣」。

李燃竟是翻牆進來的。

「你是混混嗎？」見夏輕聲問。

李燃氣得七竅生煙，「混妳的頭！」

雖然李燃總是用髒話回答問題，可見夏得到這句近乎否定的回答，心中寬慰不少。很好，那就是還能講講道理的，對吧？

「等一下大家就都去吃飯了，你趕緊走吧，就算被抓到了也別說我掩護過你，你不認識我，根本不認識我，快走吧。」

陳見夏講話時，李燃正心不在焉地用手機螢幕反光照自己的脖子，表情越來越臭。

「陳見夏妳看看妳看看，妳把我弄得跟剛上過吊似的，妳看看脖子上這印子！」李燃的臉湊得很近，不斷地指著自己的脖子叫，見夏擔心別人聽到，急得不得了。

「你撒嬌也沒用，趕緊走！」她低聲怒斥。

「我，撒，嬌?!」

李燃豎起眉毛，見夏心中忽然打起了鼓。

完了，混混要砍人了。

陳見夏苦著一張臉和李燃一起坐在小飯館裡面的時候，依舊是一副慌張的兔子樣。

「妳有什麼忌口的嗎？」李燃倒是興奮得很，剛一坐下就興沖沖地開始翻菜單。

「你吃什麼我就不吃什麼。」陳見夏悶悶地說。

「哦，沒有是吧。」李燃低頭翻著菜單，壓根不聽陳見夏說什麼，「老闆老闆，你家招牌是什麼？」

老闆一口四川話，「豬腦花！」

「妳吃嗎？」李燃很體貼地問。

「你自己吃吧，缺什麼補什麼。」陳見夏繼續沒好氣地說。

「老闆！兩份豬腦花！」

對於李燃的無視，陳見夏徹底沒了脾氣。

她剛剛竟然在宿舍大樓裡幫李燃把風，或者說，被脅迫幫他把風，並眼睜睜看著他用鐵絲撬鎖，打開了一扇教師宿舍的門，從裡面偷出了一張《范特西》的ＣＤ。

《范特西》的ＣＤ，對。陳見夏在那一刻忍不住在心裡罵了髒話。

他媽的周杰倫你有完沒完？

見夏在門外戰戰兢兢地等待李燃，恐懼讓她生出幻覺，並從幻覺中領悟到了很多人生哲理。

如果她早上多吃一點，就不會餓暈，也就不會去醫務室，更不會遇見他。

所以吃早飯是很重要的。

「妳想家嗎？」李燃美滋滋地開了一瓶可樂，還沉浸在偷盜得手的喜悅之中。

「我很快就能被退學回家了。」陳見夏面無表情。

「放心好啦！宿舍大樓裡面沒有監視器，沒事的。」

「你知道什麼啊！」見夏激動起來，「那棟大樓裡面就我們幾個學生，出事了老師一定會查，一查就會查到我們頭上來，鄭家姝和另一個女生一起去吃飯了，只有我沒有不在場證明，她們來找我的時候我還表現得那麼奇怪，有沒有監視器我都死定了你明不明白啊！」

見夏在李燃面前總是紅著臉小裡小氣，話說一半就被噎，這次終於憤然起身朝李燃吼了回去。

李燃半張著嘴，見夏喘著粗氣說完了一整段話，他也沒有反駁。

然後就拍著桌子大笑了起來。

「哈哈哈陳見夏我服了妳，妳真厲害，不在場證明這種話妳都能說得出來哈哈哈哈……」

李燃笑得陳見夏額角青筋直跳，望見她已經憤怒得紅了臉，李燃連忙收斂了笑容，坐直身子擺出嚴肅的表情寬慰道：「妳放心，如果真的鬧到那一步，我不會把妳供出來，我直接去自首，大不了讓學校開除我，反正我無所謂。何況那張CD本來就是我的，他憑什麼沒收啊，還不是想留下來自己聽！」

得到了李燃的保證，見夏的臉色緩和了許多，想了想，勸慰道：「老師也是爲你好，你一定是自習課的時候偷聽。」

「妳知不知道妳從小到大被沒收的東西和拾金不昧的財物，都被老師拿回家自己用了？這都是不尊重私人財產的表現。」

陳見夏懶得和他爭辯。她這一整天經歷了太多，腦子早就不轉了，也許是應該多補一補豬腦。

老闆適時地端上來兩碗豬腦花，紅油滾燙，香菜和蒜末裹挾著香氣，見夏的肚子也咕嚕嚕叫起來。

「吃吃吃，我請，給您壓驚。」李燃掰開一雙免洗木筷遞給了陳見夏，又朝老闆要了兩個湯匙。

「那倒不用，我會給你我這份的錢。」見夏又恢復了小聲嘟囔的狀態。

「爲什麼？」李燃倒沒有生氣，饒有興趣地看著她。

「因爲不想跟你扯上關係。」

「爲什麼？」

「因爲你很麻煩。」見夏的聲音越來越弱。

「爲什麼？」李燃竟然開始笑了。

「什麼爲什麼啊，你總是在給我惹事啊。」

「我給妳惹什麼事了？」

「就一個CD隨身聽，你已經惹我一天了。」

「好啊，妳還我啊。」

「還你就還你。」見夏說著低頭用湯匙挖了一小塊豬腦花吞下去，卻被辣得滿臉通紅，急劇地咳嗽起來，那塊軟糯糯的豬腦花被嗆出來，不偏不倚地落在了李燃的鞋上。

李燃穿的運動鞋是見夏不認識的款式，很騷包，一塊塊的拼皮都是絨皮，豬腦花的油立刻浸出一小塊污漬。

李燃默默地從桌上抽出一張餐巾紙，彎腰將豬腦花挑掉。

見夏的整顆心都在顫。

那雙鞋看起來好貴。

李燃抬起頭，笑咪咪地看著陳見夏。

「這雙鞋一千五呢。」

「我幫你刷乾淨。」

「一千五哦。」

不知道是嚇的、辣的還是慾的，陳見夏的眼淚一直在眼眶裡打轉。

怎麼這麼倒楣。

她低頭想了很久，一咬牙。

「我賠你。」

李燃幾乎笑到中風。

陳見夏低頭小口小口吃著豬腦花，耳邊一直是李燃笑得上氣不接下氣的聲音。

「我賠你！」他捏著喉嚨假裝見夏的語氣，「不就一千五嗎，我賠你！」

見夏氣得拇指一用力，差點當他的面表演一齣超能力掰彎鐵湯匙。

「我問妳，總是這麼緊張兮兮的，不累嗎？」李燃朝見夏的方向探過身子，一副研究問題的正經樣子，讓見夏更爲難堪。她的頭都快埋進碗裡了，急於擺脫劣勢，於是生硬地轉移話題：「那個ＣＤ隨身聽，你爲什麼撒謊說是你姐姐的？」

李燃果然不再笑。

八 ● 陳見夏，妳真可悲

「你因爲這個CD隨身聽不停找我，我們副班長看到之後已經開始誤會我了。」

說到「誤會」這兩個字的時候，見夏還是遲疑了一下。

她原本要說的那個詞，是「討厭」。

然而看著日光燈下李燃腦袋上火焰般的紅毛，這兩個字被她硬吞了回去。

不知道爲什麼。也許她不希望這個五行不缺錢、天不怕地不怕的男生覺得自己太過怯懦和小裡小氣。她也應該和眼前的人一樣自信坦蕩，絕不會因爲別人無故討厭自己而慌張，不就是被討厭嗎，她才不在乎呢，她只是不想被誤會而已。

缺什麼補什麼，陳見夏決定從今天開始補習大方磊落。

雖然她心裡很明白，自己沒有什麼可以被于絲絲誤會的，醫務室中于絲絲對她的態度擺明了就是瞧不起和不在意，她根本沒有必要去誤會陳見夏。

想到這裡，見夏福至心靈。

于絲絲本來沒把她當回事，就是看到她和李燃在一起之後開始對她擺臉色的啊！

「你和我們副班長，認識？」

「你們副班長？誰啊？」

李燃的語氣讓見夏想起他堵住李眞萍的路，大聲喊妳誰啊關妳什麼事的混混樣。

「她叫于絲絲。」

李燃的嘴角微微抽動了一下。

「哦，認識。」

「你們是同學？」

「我以前有個好哥們和她是初中同學。」

「她是八中的，你哥們也是八中的？」

「對啊。」

「那你呢？」

「我是師大附中初中部的。」

見夏的八卦欲望猛地被這兩個名字拉回了現實。

于絲絲和李燃之間有什麼關係，CD隨身聽又是誰的，這關自己什麼事呢？陸琳琳、林楊、楚天闊，這些傳奇人物的名字連帶著下午操場熾烈陽光下的暑氣一股腦湧上來，見夏深深地意識到，她是沒有資格探聽那些與自己無關的是非的。

連一個師大附中初中部出來的紅毛混混，都比自己傲氣，何況是其他人，還不如趕緊回去複習開學考試的內容，跟一個紅毛小子跑出來吃東西算什麼。

李燃驚奇地看著對面的女生。她問起CD隨身聽的時候他還小小地緊張了一下——

他不想講出背後的故事，可自己的確騙了她，不給個交代說不過去。

他內心掙扎時，眼前的女生卻在幾個毫無關聯的問題後開始跟碗裡的豬腦花較勁，低著頭嘟嘟囔囔的，眉頭緊鎖，好像已經跌入了另一個世界。

李燃小心翼翼吃著，不敢打擾她，生怕她忽然再開口追問起「姐姐的CD隨身聽」。角落裡吵鬧的小桌子恢復了平靜，兩顆腦袋頭對頭，吃得很莊重。

走出餐廳門的瞬間，陳見夏像隻趕著去撞樹的兔子一樣，道了個別撒腿就跑。李燃下意識伸手去撈她——只抓到了空氣，兔子視死如歸地跑遠了。

李燃的手指呆呆地抓著夏末的晚風。

「陳見夏，妳有毛病啊！」

他大聲地吼，兔子連頭也沒回。

兔子陳見夏的確是被李燃踩到了開關。

師大附中初中部的李燃。師大附中初中部的林楊。

八中的于絲絲。八中的楚天闊。

討厭自己的于絲絲。說自己被混混罩的李真萍。

開學考試。「小地方的人才」。資優班倒數第一名。

這一切在陳見夏的腦海三百六十度循環滾動。她有點鼻酸。其實她本不應該有太多壓力的，這是一個嶄新的環境，誰都不認識她，從沒有過聲望，就無所謂丟臉。

倒數第一又怎樣呢？媽媽從來沒有發自內心地爲她驕傲，說不定她被振華趕回家鄉反而更好，媽媽會覺得她在家裡幫弟弟補習功課讓他考個好大學才是正事。

陳見夏，妳到底在爭什麼氣呢？

她眞的說不清楚。不知怎麼忽然想起了王南昱在肯德基裡對她笑著囑託。

「要繼續加油，妳要爲我們爭光啊。」

算不上熟悉的面孔，竟然成了孤身在省城的陳見夏唯一的力量泉源。

她一路狂奔回宿舍，中途倒是沒有忘記拐進小超市買了一排掛鉤和垃圾袋帶給新同桌，並找到鄭家姝要回了自己的盥洗用品——那股衝勁仍然在鼓舞著她，讓她在面對鄭家姝關於洗髮精撒了一地的疑問時十分理直氣壯。

陳見夏用最快的時間洗了個澡，坐回書桌前，不顧還在滴水的頭髮，殺氣騰騰地翻開英文筆記。

爲了一次開學考試重新複習一遍初中的知識是極其愚蠢並且短視的行爲，見夏心裡清楚。她不願浪費時間在形式上，只能從英文開始——反正英文這一門學科，學得多好也不過分，不就是多背幾個單字嗎，她內心的小火苗噌噌噌往上燃燒。

當陳見夏倒在宿舍的硬板床上時，滿腦子仍然是 turn out to be 的大量例句，所有單字的前綴詞和後綴詞手拉著手連成了環，在她的腦袋上繞啊繞，纏著她入眠。

李燃在街上轉到九點半，眼看著能關門的店都關門了，才慢吞吞地回家。

在門口拿鑰匙，卻拿出了一個黑色的髮夾，沒有任何花樣裝飾，只是一個最最簡單的髮夾。

李燃愣了一會兒，才想起來，撬班導師宿舍門時，他問都沒問就伸手從她頭髮上扯下來一個髮夾。陳見夏先是一呆，然後飛快地瞪了他一眼，轉了個圈後退好幾步遠離他，一隻手還護著頭，好像他剛才不是偷髮夾，而是要流氓親了她的後腦勺一樣。

李燃覺得陳見夏不可理喻，舉手投足都是那套高材生的計較和杞人憂天，然而表現在她身上卻並不可惡，有點可憐，還有點可愛。

第二天清晨，陳見夏很早就到了學校，趁別人還沒有來，她戴上耳機，把英文錄音帶塞進自己那個老舊的愛華隨身聽，伏在桌上聽了一會兒。

楚天闊踏進教室，她很熱情地拿掉一邊的耳機，站起身跟他打招呼，話沒說兩句，就有別的同學走進教室——見夏立刻按了停止鍵，將耳機全部扯下來，隨便捲成一團塞進了書桌。

本能反應。她不想被人看到那個磨得都掉漆了的破隨身聽，丟人。

楚天闊挑挑眉，見夏想岔開話題給自己打個圓場，聽到他帶著笑的聲音，「怕他們看見，卻不怕我看見？」

見夏呆愣愣地思考著這句話，楚天闊已經朝她善意地眨眨眼，走回到自己的座位上去了。

她也不知道爲什麼。楚天闊明明是耀眼到全班女生都會因此而不自在的男生，她卻從來沒在他面前隱藏自己的窘迫。

見夏默默坐下，伸手把隨身聽又往裡面推了一點，以免一會兒被同桌余周周看到，指尖卻摸到了課本後面的金屬磨砂ＣＤ隨身聽機殼，冰涼涼的。

她的醜愛華和李燃的Sony，緊緊挨在一起，同樣沒臉見人地躲在書堆後面。

站了四十分鐘軍訓課之後終於迎來了短暫的休息。女生們圍成一堆在樹蔭下嘰嘰喳喳地抱怨天氣和教官，見夏沒有主動湊過去，也沒有像昨天一樣一臉假笑去討好迎合別人的談話節奏。

她遠離人群，獨自坐在角落的花壇邊，離樹蔭有點距離，被太陽曬得後背發燙。所有學生都期盼休息時間長一點，再長一點，只有陳見夏巴不得教官現在就吹哨命令全體回去踢正步。

她忽然感覺到有人在拽自己的頭髮。

陳見夏回頭，視野中瞬間充滿李燃的大臉，她嚇得往後一歪，差點一屁股坐到地上，幸虧被李燃拉了一把。

「你幹嘛？」

「妳的髮夾啊，還給妳，我幫妳別上。」

「李燃你腦子是不是有病？」

見夏一邊低聲吼著，一邊緊張地用餘光瞄著遠處的同班同學們——幸好沒有人注意到花壇這邊的情況。

「妳腦子才有病，昨天晚上妳跑得比兔子都快，不是說還我飯錢的嗎，錢呢，錢呢，錢呢？」

「你故意整我是不是？」見夏哭喪著臉。

「對。」

「我到底哪裡惹你了？我昨天還好心幫你包紮呢，我還幫你把風……」見夏意識到失言，聲音迅速低了下去。

李燃笑了，把髮夾塞到見夏的手裡，「我跟妳開玩笑呢。我就是看到妳一個人滿可憐的，過來幫妳撐場面。」

「誰可憐了？」見夏咬緊牙關。

「妳啊。我嚴肅問妳，于絲絲有沒有爲難妳？」

「啊？」話題跳得太快，她沒有準備好。

于絲絲有沒有爲難她？女生之間，究竟什麼是互相爲難呢？男生眞的明白嗎？連楚天闊都未必能了解，李燃這樣的男生怎麼會問出這樣的問題？他和于絲絲是什麼關係？

「沒有。」她還是否認了。

「沒有？」

「……還沒有。」

還是這種說法比較準確。見夏被李燃盯得不自在，內心暗暗祈禱他不要再問下去了。

「全班女生都圍成一堆說閒話，妳幹嘛自己坐在這裡，跟流浪狗似的。」李燃話鋒一轉。

「那是因爲我不想說話。」

「妳要是眞不想跟人說話，早轟我走了。」李燃說。

陳見夏心裡一跳。

李燃繼續嘻皮笑臉，「欸，我在這裡跟妳沒話找話，妳是不是就覺得休息時間沒那麼難挨了？」

見夏閉上眼。

這是她的習慣。陳見夏是萬萬沒有膽量當著別人的面翻白眼的，所以每當她想要翻白眼的時候，就會花兩秒鐘閉上眼睛翻。

「妳衝我翻白眼?!」

「你怎麼知道?!」

「我隔著眼皮都看見妳眼珠子動了！」

「李燃你怎麼毛病那麼多啊，你是不是男人啊！」

「我是不是男人妳自己看看不就知道了！」

見夏的世界被靜音。

誰要看啊，流氓！

陳見夏不知道應該說些什麼，是譴責李燃的流氓行徑，還是假裝沒有聽懂他的話，又或者，應該抓住機會好好嘲笑他一番——李燃的臉竟然紅了，比她還緊張，從髮梢紅到脖子。

見夏還在內心作選擇題，李燃已經急忙地站起身了。

「反正我就是想跟妳說，妳不用怕，她們又不能吃了妳。要是于絲絲在背後搞鬼欺負人，妳儘管告訴我。」

李燃語速極快地講完這一串話就一溜煙不見了。

今天他才是那隻急著撞樹的兔子。

見夏半張著嘴，看著李燃的背影混進操場另一邊的人群中。這時她聽見教官的哨聲，休息時間結束，一班全體集合。

她站起來，剛走到隊伍中，不期然對上于絲絲冷淡的眼神。

「要是于絲絲在背後搞鬼欺負人，妳儘管告訴我。」

陳見夏回想著李燃的話，在大腦運轉起來之前，動物本能已經讓她微笑了起來。她自己不明白這個微笑有什麼涵義，然而在于絲絲眼中，挑釁意味簡直不能再明顯。

關於妳，我什麼都知道了，儘管放馬過來吧，我有人罩。

于絲絲咬了一下嘴唇，轉過頭不再看她。

接下來好幾個小時的軍訓，陳見夏雖然還是一個人坐在花壇邊休息，卻從容了許多，再也不像一隻不安的喪家之犬。

下午自習課，李燃並沒有像昨天許諾的一樣跑到一班門口大喊陳見夏的名字並把充電器交給她。

陳見夏自然也並不會眞的去使用李燃的 CD 隨身聽，她在等待一個他心情好的機會，將東西還給他。

然而她還是有一點點失落，對於李燃的出現，她開始有了小小的期待。也許是期望知道他是如何預測到于絲絲會爲難她，也許是想聽聽「姐姐的 CD 隨身聽」的故事，也許只是，在這個過分安靜的班級裡，她有點寂寞。

陳見夏將兩個掛鉤分別黏在自己和余周周的書桌兩側，各掛上了一個垃圾袋。

「謝謝。」上廁所歸來的余周周瞄了一眼，道謝。

然後彼此無話。

直到余周周把酸奶的包裝盒丟進垃圾袋裡，看到它發揮作用，見夏才覺得心裡一鬆。

腦海中卻瞬間迴響起李燃的聲音。

「我就是看到妳一個人滿可憐的。」

見夏苦笑了一下，在計算紙上輕輕寫下一行字。

「陳見夏，妳眞可悲。」

她將計算紙揉成一團，也丟進了垃圾袋中。

九・一百年後

軍訓課終於結束了。

開學考試並沒有分考場，也沒有隔位就座。班導師俞丹微笑著說，我相信大家。她自然會相信。考到振華一班的學生，有什麼能比驕傲更重要。

物理考卷做到一半的時候，陳見夏忽然像被上帝點了一下額頭，毫無理由地抬起眼。

她的目光從黑板上「敦品勵學，嚴謹求是」的紅色校訓，轉移到整個教室。所有人都低著頭，無論美醜，專注寫考卷時竟然都發出一種光芒。

這裡是振華。妳已經離開了妳的家鄉，離開了只有肯德基沒有麥當勞的第一百貨商場，離開了所有不懂得妳的人，包括妳的父母和妳永遠都比不上的弟弟。

所有對考試結果的計較和恐懼都灰飛煙滅，至少在那一瞬間是這樣的。

它是振華。即使它帶走了陳見夏多年的優越感，即使它並沒有和善地給她一個「好的開始」，陳見夏仍然清醒地意識到，無論未來有多麼艱難，一切都是值得的。

陳見夏同學，全學年第十六名，全班第四名。

英文成績她是全年級最高分，一一九點五，只有克漏字錯了一題。陳見夏的口語並不突出，但這並不妨礙她能分得清所有連帶著 at、on、in 和 with 的動詞詞組。英文老師當著全班的面詢問「誰是陳見夏」的時候，她羞澀地抬眼看講台，心裡知道，「陳見夏」這三個字終於不再只是和「軍訓課時暈倒了被代班長背回來的那個外地生」連在一起了。

見夏忽然覺得振華走廊裡的每一塊地磚都長得很可愛，黑板也橫平豎直很美麗。

當然如果她知道有一位叫李燃的同學，在課堂上聽到自己班上的英文老師說起最高分的學生名叫陳見夏的時候，大笑拍桌說「講中文都發抖，還他媽的說英文」，也許她不會急著對振華散播那麼多的喜愛。

見夏的同桌余周周總分比她高了不到十分，排在班級第三名。見夏對這個結果很滿意：對方比自己強，又只強了一點點，雙方心裡應該都很好受。

當然這個婆婆媽媽的念頭閃過的時候，她忍不住又抽出了一張計算紙，在上面一遍遍地寫：陳見夏，妳眞可悲。

當天晚上在宿舍裡，見夏給家裡打了第一通電話。

除去第一天報到給家裡打電話報過平安之外，整整一個星期過去了，她忙著讀書，沒有聯繫過家裡，而家人也沒有打給過她。

見夏從開學考試造成的恐慌中緩解過來之後才覺得奇怪。自己慌了神，昏天暗地地讀書，沒有常常聯繫家裡，也算是情有可原，可她畢竟是第一次到外地寄宿讀書，爸媽是不是對她太過放心了？

見夏拿出爸爸淘汰的舊手機。手機亮起橘色的螢幕，銀白色的機身撞壞了一個角，不過話費可以在爸爸的公司報銷，實在是很划算。

電話被接起，陳見夏歡快地喊道：「爸！」

「欸！好女兒！」

陳見夏怒極反笑，罵弟弟：「滾！爸媽呢？」

「他們出去散步了。姐，省城好玩嗎？」

「你又不是沒來過省城。再說我天天上學，去哪裡玩啊。」

「妳都上一個禮拜學了，上週末妳沒出去玩？」

上週末。見夏嘆氣。她有什麼可玩的地方？她又沒錢。

更何況，她並沒有因爲開學考試結束而鬆口氣。即使陳見夏格外重視這場考試，她心裡也很清楚，這不過是面子之爭，眞正的硬仗在後頭。

于絲絲在醫務室裡輕描淡寫的炫耀，一句句都印在見夏心間，對於這群各顯神通的怪物高材生們，她怎麼能夠掉以輕心。

「你有沒有好好讀書？下週該開學了吧？分班了嗎？班導師教哪一科的？」

「哎呀妳怎麼那麼煩，操心妳自己的事吧。」弟弟急了，竟然直接掛了電話。

見夏對著手機乾瞪眼。她還沒來得及報喜呢，這個臭小子。她沒有繼續撥打爸爸媽媽的手機。反正他們晚上回家之後聽說了自己打過電話，應該會回撥過來的。

然而沒有。

見夏氣鼓鼓地躺在床上翻來覆去，決定再也不給家裡打電話了。連續好多天都悶頭讀書讀到昏昏沉沉才爬到床上，今晚無論如何終於可以睡個好覺了。畢竟她透過開學考試的結果對自己在一班乃至振華的地位有了一點點底氣，不必再焦慮得輾轉反側。

眞的放鬆了，卻睡不著。

她想著自己這幾天翻來覆去寫的那行字。

這幾天下午，每當安靜的自習氛圍帶著隱形的壓迫感開始侵蝕見夏的心理防線，她就會扯下一張計算紙寫滿滿一張，然後揉成一團，再展開，撕碎，丟進垃圾袋，這樣心情就會平靜一些。

同桌余周周永遠對她的反常行爲視而不見，謝天謝地。倒是前排的陸琳琳對她的一舉一動十分介意，每一次她揉紙團的時候，陸琳琳都會轉過來斜眼看她，眼鏡微微滑下鼻梁，樣子有點像四十多歲的教務主任。

然而不管她怎麼在白紙上貶損自己的可笑可悲，看起來都像一種機械化行爲，直到此時此刻，抱著滿心的委屈躺在床上，陳見夏才終於明白這句話的涵義。

她獨自一人，在省城，面對一個吃人不吐骨頭的壓迫環境，她緊張，她害怕，這都不可悲。

眞正可悲的是，她握著通訊錄空白的手機，能背得出來的只有家裡的電話和父母的手機號碼，而這三個號碼，竟然不曾主動打來過一個電話。

在她雄心勃勃來不及難過的時候，她不可悲；在她獲得了一點喜悅想要與人分享的時候，她才可悲。

陳見夏仰頭看著天花板，忽然覺得這個小小的宿舍像是要把四面牆都朝自己壓過來一樣，委屈極了。

她「騰」地一下坐起身。

振華就在市中心，現在是星期一晚上八點，她憑什麼不出去玩！

暮夏時分，華燈初上，這座曾經被殖民過的城市商業街上佇立著許多俄式風格的老房子，簷口柱頭的浮雕遺留下來的舊時魅影迷失在百年後華麗豔俗的金錢味道中，有種特別的美感。

沒有人認識她。她也不認識任何人。

振華、于絲絲、家鄉、重男輕女的媽媽，還有一切能勉強與陳見夏相牽連的不愉快，都被這種燈光和建築群割斷。連行人的臉都如此模糊。她著迷地踩在百年前鋪就的老舊地磚上，目光流連於每一間櫥窗。

陳見夏沒有愛上任何一個包包，或者任何一條裙子，胸口卻膨脹出一股欲望，好像再一次確定了自己孤身前來的意義。那種被金錢所引發的，卻實際上與金錢無關的雄心壯志，讓她從自己那點可憐可悲的埋怨中脫身出來，彷彿再回到書桌前死磕數學符號和化學方程式的時候，計算紙上的每一筆一畫都有了更爲壯美的意義。

見夏在街上停步，非常戲劇化地慢慢轉了個圈。霓虹招牌在她眼前連成了一個迷人的圓環。

她忽然有點想哭。

「妳當這裡是百老匯啊！怎麼站在大街上就開始演啊！」

見夏的臉垮下來。

怎麼是他。

紅毛李燃站在不遠處一家西餐廳的霓虹燈招牌下，抱著手臂像看呆子一樣看著陳見夏。

「妳當年能考上振華，是不是因爲腦子有毛病，所以有加五分的優惠政策？」李燃笑嘻嘻地走近。

「要是有這個政策的話，你這種病情就能當初中畢業考試的榜首了。」陳見夏小聲嘟囔，被自己逗笑了。

李燃走到她面前，居高臨下地俯視她。

「妳是不是真當我沒聽見？」

李燃說著，忽然抓起陳見夏掛在脖子上的手機往自己這邊一扯，陳見夏脖子一僵，差點被拉得跌倒。

「妳怎麼把手機直接掛在脖子上啊，妳是狗嗎？土不土啊？」李燃一臉好笑。

「我爸爸說這樣安全！」見夏拉住掛繩往回扯，李燃就是不放手，她被拉得被迫低了頭，自己也覺得自己像條狗。

「對，安全，那怎麼被我給抓住了？要是碰上個力氣大的賊，不光搶了妳的手機，還能順便把妳拽得癱瘓。」

李燃說著就拿起手機往後一繞，從見夏脖子上將繩子取了下來。

「趕緊拿下來，又醜又危險。」

「醜不醜關你什麼事啊！」

李燃三兩下就把手機掛繩解了下來，再接再厲，把螢幕解鎖，然後將自己的手機號碼輸入進去。

「妳連一個聯絡人都沒有啊，這也太扯了吧？我把我的手機號碼借妳充充門面好了。」

這什麼人啊，陳見夏覺得自己的眼珠子都要瞪出來了。

李燃一臉「世界終於清靜了」的輕鬆，轉移了話題，戲謔地大聲問：「怎麼樣，我們大省城好玩嗎？」

大省城。見夏再次閉上眼睛翻白眼。

甫一睜開眼，就看到李燃的食指和中指朝著自己的雙眼戳過來，她嚇得往後一倒，堪堪躲過。

「妳再敢翻白眼試試看！」

見夏氣結。

然而看著李燃囂張的樣子，好像有什麼東西被他的紅色髮梢融化掉了，她自己也說不清。

陳見夏是多麼拘謹的人，一講話就冷場，幽默感總是和別人不同步，哪怕豁出去想要裝活潑熱情也只能端著一臉僵硬的假笑，甚至自家表姐生了孩子，塞到她懷裡讓她抱一下，她都覺得手臂像有千斤重，連孩子都不喜歡她。

然而眼前這個人，她才見過他幾面，他竟然不覺得自己又呆又冷，她也從沒感覺到不自在。

他要不是個男的就好了，自己也會有一個朋友的吧？雖然做了朋友之後，她可能就會非常婆婆媽媽地勸人家把頭髮染回黑色並好好讀書，但是，她也想要個朋友啊。

陳見夏沉浸在自己的思緒之中，愣愣地看著李燃，把對方看得發毛。

「妳幹嘛？」李燃護住胸口。

「我開學考試考了全班第四名。」陳見夏直直地看著他的眼睛說。

「妳說這個幹嘛？」李燃一邊後退一邊小聲說。

「全校第十六名哦，雖然是和別人並列。」陳見夏像犯病了一樣步步緊逼。

「我連開學考試都蹺了，我還是比妳厲害。」李燃倔強嘟囔。

「你們都是省城的學生，我可是從外地來的！」見夏有點急。

「妳就是從外星來的也不關我的事啊。大姐妳也太欠誇了吧？」

陳見夏步伐一滯，臉慢慢垮下來。

自己這是瘋了嗎？考成什麼樣關人家什麼事啊？在大街上對一個陌生人唸叨自己的名次，她到底有多不要臉啊！

見夏清醒過來，難堪地蹲在地上，臉埋在膝蓋裡，眼淚都在打轉。

她不過是想找個人誇誇自己而已啊。

好丟臉。

陳見夏旁若無人地蹲在大街上，像隻流浪狗，剛剛對她熱烈歡迎的霓虹燈和老建築此刻明明白白地在臉上寫著「外鄉人」三個字。

沒有朋友也沒有家人關心的外鄉人。

陳見夏嗚嗚哭著，直到感覺頭頂落下一隻僵直的爪子。

李燃格外生硬的嗓音在她頭頂上方響起。

「好、好厲害啊，全校第十六名，眞、眞厲害啊。」

……陳見夏哭得更厲害了。

「我請妳吃西餐，慶祝一下，好不好，好不好？」李燃無可奈何，聲音裡也快帶上哭腔了。

陳見夏頭也不抬，低低地說：「好。」

點完餐，李燃的目光還是小心翼翼的。

「妳爲什麼一定要來這裡啊？」

「因爲我很小就在電視上看見過這家餐廳，都一百年歷史了，很有名氣，所以一直想來嚐嚐。不過！」

見夏想起菜單上的高價位，有點心虛，急急地抬高聲音，「不用你請客，我是開玩笑的，我說要來的時候沒想到這麼貴，我，我，我……」

那句「今天我請你好了」怎麼都說不出口。

她有那份心，卻沒有那筆錢。

李燃毫不在意，「正好我也沒吃晚飯，雖然這家很難吃，不過算了，妳喜歡我們就將就一下好了。」

「這家很難吃？」

「不過就是賺名氣宰遊客而已。」

見夏微笑，略微一想就明白了，盛名之下其實難副不是什麼新鮮事，但她的確是遊客，挨宰不也正常。

「不過，」李燃打量著暗紅色的木地板，自言自語道：「妳說的百年歷史，其實是誤傳啦。」

「誤傳?」

「嗯，這個地方最早還是一棟平房呢，是一家點心店。後來一九二六年，一個猶太人在這裡開了一家茶食店。」

「茶食店?是茶餐廳的意思嗎?」見夏問。其實她連茶餐廳是什麼都並不清楚。

「我不知道。反正那個年代，城市裡到處都是外國人，這條老街上遍地都是茶食店。我聽我爺爺說，茶食店比眞正的西餐廳的規模要小，是吃簡餐的那種，我自己想了想，應該就是外國快餐店吧。」

李燃認眞的時候，整個人不自覺地散發出特別的光彩。他聲音很清朗，見夏聽著安心，踩在木地板上發出篤篤的聲音，有一種不小心踏入了歷史紀錄片的錯覺。

「後來茶食店越開越好，這個猶太人就把周圍的店舖和斜對面的門市都租了下來，徹底升級爲了西餐廳，顧客和服務生來自天南地北，中國人、俄國人、猶太人、日本人……」

「後來呢?」

「這我就不知道了。有人說日本人打過來之後猶太人就把餐廳轉手了，也有人說他一直在這裡待到了抗戰勝利後，轉手交給了一個中國人經營，一九四九年這家餐廳倒閉了。當然，妳懂的，那個年代，私營經濟一退再退，西餐廳紛紛倒閉，這家也不例外。」

李燃愜意地靠在椅背上。

「那現在的這個是……」

「五〇年代一家國營老餐廳搬了過來，八〇年代改革開放之後生意很好，就重新蓋了一座三層洋樓，然後嵌了一塊一九二六年的銅牌，硬是把兩個不相干的東西嫁接到了一起，對外還是說，這是百年老店。生意人嘛。」

李燃自顧自地說完，才注意到對面的見夏神情有些憂鬱。

「怎麼了？又想起自己考全校第十六名的事了？」

見夏閉上眼睛翻白眼，李燃又站起來要戳她，幸好這時服務生端上了餐前麵包，打斷了新一輪的爭吵。

「我只是覺得很遺憾。原來連這棟樓，都不是原來那棟樓了。」李燃往麵包上抹果醬的時候，見夏幽幽道。

男孩竟然沒有笑她，臉上也蒙上了一層淡淡的遺憾，不過很快他就笑著寬慰道：「也沒什麼好傷心的。猶太人的茶食店是一百年前建立起來的，妳想啊，一百五十年前這裡說不定是個什麼王國公府呢，還住著漂亮的大家閨秀，一眨眼，自己家都成了西餐廳。歷史就是這樣，新的代替舊的，沒什麼好傷感。你覺得你是傳統，他還覺得他是祖宗呢。」

見夏聽得入了迷，好像身邊的一磚一瓦、一桌一椅、一草一木，上面都寄居著幾百個老魂靈——他們卻拿自己沒有辦法。因爲自己活在現在。

「你爲什麼會知道這些呢？還是說，本地人都知道？」

「本地人也懶得管這些吧。本地人知道個屁。」

「那麼你是聽誰說的呢？」

「這座城市我很熟悉。我爺爺是郵差，沒有他不知道的地方。我小時候常常跟著他到處走。」

見夏出神地望著他，卻無法控制地想到他微微泛紅的頭髮配上綠色的郵差制服，「紅配綠狗臭屁」。

她噗哧笑出了聲。

「可是，」她帶著笑意問，「你不是五行不缺錢嗎，你爺爺為什麼是郵差呢？」

問完了見夏都覺得自己非常差勁。郵差又怎麼了，她怎麼老是繞著錢打轉。

「我不是那個意思，郵差很好，我就是隨便那麼一說……」

李燃靜靜看著她。

見夏沮喪地低下頭，「李燃，我真的沒有別的意思。我這個人，真的很不會說話，你不要、你不要生氣。」

李燃卻把手中塗好了果醬的麵包遞給她，「我倒覺得，妳真的很誠實。」

俄式西餐的確不是很好吃，罐燜牛肉羊肉都像是沒有煮熟，麵包乾乾的，羅宋湯也寡淡無味。

「歡迎來到二十世紀八〇年代。這就是老牌國營餐廳的服務和品質，坐時光機妳都體驗不到。」李燃朝見夏咧嘴一笑，滿臉的「不聽老人言，吃虧在眼前」。

見夏脫口而出：「你好奇怪。」

「我，奇怪？」李燃下意識去摸自己髮尖挑染的紅毛。

「我不是說這個。」見夏搖頭。

他像個痞子，目無尊長，膽大妄爲，但講起這些稀奇古怪的歷史時，卻出奇沉穩篤定，信手拈來，言談中那一絲對故人和時光的尊重與懂得，與他的外表毫不相稱，卻又出奇和諧。

陳見夏那一刻除了好奇和震撼，更多的是對自己在大街上拿著學年名次逼著人家誇獎的行爲感到羞恥。

她曾經看到的李燃是個仗著家裡有錢就不學無術的小痞子，而李燃看到的她，恐怕更是一個可悲又虛榮的書呆子吧。

腦海中那一丁點「做朋友」的衝動被沖走。她無地自容。

李燃拿錢買單，陳見夏低著頭玩手機——只是翻來覆去地鎖定、解鎖、鎖定、解鎖……她爸爸的這個手機裡面連個遊戲都沒有。

陳見夏覺得自己一切都差勁。

她決定過兩天就去書店買些歷史和哲學類的書籍好好充充電——雖然曾經陳見夏堅決認爲這些知識都可以在以後慢慢補充，當務之急是把大學入學考的科目都學好——但是現在她不再這樣想。

畢竟見夏心裡清楚，對她來說，初中畢業考試也罷，高中畢業考試也罷，這都是一種逃離的手段，而不是最終目的。她終究還是希望藉此成爲一個眞正優秀的人。再不受制於環境，再不讓自己委屈。

走出餐廳大門，經過門口的小天使木雕，李燃伸手到背後把天使的翅膀給掰了下來。陳見夏驚呆。

「你幹什麼?!」她不敢聲張，用氣聲吼他。

他獻寶似的，給她看翅膀皺褶處刻的一行小字：西郊模具廠。

「做這個天使的工人是我爺爺的朋友，店裡含含糊糊拿這個天使騙人，說是古董。我小時候跟我爺爺路過這裡，手賤把天使翅膀摳下來了，嚇死了，後來才發現是楔形鑲嵌，還可以安回去的。」

他說著就把翅膀給小天使安了回去，咔嗒一聲，「都十一、二年了吧，品質眞好，未來可能就眞是古董了。」

「嗯，」見夏彎腰凝視著天使的眼睛，「過十年我們再看。」

人生還長。

陳見夏懵懵懂懂地跟著李燃在街上晃，心情複雜。她覺得自己應該回宿舍了，早點睡覺，早點回歸自己的世界裡，好好應對逃不開的振華一班。然而看著滿街的流光溢彩，她是眞的捨不得。

她的目光和街燈膠著不分。

李燃百思不得其解。學校就在這條老街不遠處，步行不過十五分鐘，這女生跟誰生離死別呢？是不是讀書讀傻了？

「明天還要上課呢，我送妳回宿舍吧。」

見夏點頭稱是，很快又搖頭，「不用送我，就幾步路，我自己回去。今天眞謝謝你了，改天我一定回請你吃飯。」

李燃不以爲意地一笑。

「妳要是喜歡逛這條街，週末可以隨時散步過來，又不遠。」

見夏默默點頭，「我知道。」

李燃朝著學校的方向走了兩步，本以爲見夏會跟上，一回頭，她還在原地盯著背後的西餐廳，癡迷的樣子讓他心中一軟。

「陳見夏，妳怎麼了？」

見夏搖頭，小跑了幾步追上他。

「妳捨不得？妳要在這裡待三年呢，有的是時間。」

「可是，」見夏低頭認眞地小聲說，「我什麼都不懂，走馬看花，都糟蹋了景色。」

李燃失笑，「妳逛個街都跟參加大學入學考似的那麼認眞？累不累啊？」

見夏沒有解釋。

她從來沒有奢望過李燃會明白她的這些小心思。就沒有人明白過。層層詞不達意的交談背後，是陳見夏的自卑和無力感。

「那下次，我陪妳吧。」

見夏驚喜地抬起頭，路邊燈柱在她眼底點亮兩盞橘色燈火，讓李燃忽然無法直視。

他只是隨便一說。

當然也沒那麼隨便。他平時沒那麼多好心和閒心。

「眞的？」

「眞的。」

「給我講那些街道和建築的歷史？」

「我先提醒妳，大學入學考可不考這些啊，妳確定妳要聽？」

「你講不講嘛！」

「講講講！」

身邊的女生低頭看路，只露出喜孜孜的側臉，嘴角的淺淺梨渦也盛著街上的燈光。

李燃的目光落在她的脖頸上。手機掛繩雖然被他給丟了，可還是在她的脖子上留下了細細的一道痕，微微泛紅，少女的長髮隨意盤在腦後，不小心遺留下幾綹碎髮搭在肩上，他忽然很想伸手去拉。

見夏執意不讓李燃送到宿舍門口，李燃瞭然，她不想被收發室的老師看到。

「今天謝謝你了。」

「煩不煩啊，謝起來沒完，沒話說就別說了，趕緊走吧。」

見夏不好意思地點頭，轉身小跑了兩步，又停下來，轉過身。
「你今天晚上爲什麼會一個人在街上？」她問。
「因爲我不想回家。」李燃坦然回答。
他看到陳見夏的口型，「爲什麼」三個字幾乎要脫口而出，卻被憋了回去，憋成了一個倉促的笑容。
「爲什麼？」他卻開口問。
「嗯？」
「妳既然想問爲什麼，爲什麼不問呢？」
少年眼眸晦暗不明。陳見夏沉默良久，還是笑了。
「可能是己所不欲，勿施於人吧。」
他們再次道別。
「哦，對了，妳考得眞的很好，我剛才是故意不誇妳的。妳眞的考得很好，眞的。」
李燃丟下這句話離開了，陳見夏卻站在原地呆了很久。
難堪，又有一點開心。
暮夏的晚風溫柔吹亂了陳見夏的頭髮。她把手插進口袋，碰到了舊手機，拿出來解鎖，橘色螢幕上只有一個聯絡人。
李燃。
陳見夏忽然沒有原因地覺得心跳太快。

十・道不同

兩個星期之後，陳見夏已經慢慢跟上了振華講課的節奏。

一開始是有一點點不適應，畢竟振華的教學水準和教學進度與自己初中時有天壤之別，但因爲她有了足夠甚至過分的心理準備，眞的開始上課之後，反倒沒有預想中那麼艱難。漸漸地，見夏和班上的同學也熟悉了起來，雖然所謂的熟悉不過是陳見夏知道對方叫什麼，對方也知道陳見夏是誰，彼此還說不上幾句話。

連沉默寡言的余周周都有從初中一起考入振華的同學辛銳作伴，陳見夏還是形單影隻。原本她應該與同是外地生的鄭家姝關係更熟悉一些，剛開學鄭家姝就拉攏她一起吃晚飯，是她自己好巧不巧被翻牆進來的李燃拖累了。

後來鄭家姝又去過她的宿舍，端著一盆剛洗好的番茄，一邊話家常一邊把她的宿舍翻了個底朝天，從桌上的練習冊到塑膠小衣櫃裡究竟有幾層收納格，末了還教誨她，從分宿舍的時候挑單人房就能看出陳見夏不合群，這樣不行，外地生應該團結。

「吃虧了吧，」鄭家姝一邊啃番茄一邊笑，「王娣跟我說了，她軍訓課第一天放學就看見我們副班長指使妳掃了全班。」

鄭家姝的態度反倒激起了陳見夏的自尊心，她更加不想和她們成爲小團體。

開學考試鄭家姝的成績墊底，與見夏的處境剛好相反。幾乎是在放榜的同一天，鄭家姝就不找陳見夏說話了。有時候在茶水間相遇，見夏會主動和她說幾句話，偶爾買了水果也會拿上幾個送給她和王娣，得到的毫無例外都是酸溜溜的回應。

在鄭家姝看來，陳見夏是一個成績很好、心氣很高、努力想要擺脫自己外地生身分的自私鬼。

在于絲絲的舉薦之下，陳見夏做了班上的代理生活股長。這是個吃力不討好的雞肋職位，見夏毫無興趣，她心裡清楚于絲絲的熱情舉薦是不懷好意的——「見夏住校，早晚給教室開門鎖門比其他同學方便可靠，適合管理班上；而且她一看就很會過日子很會做事，成績又好，俞老師我覺得她很合適。」

什麼叫一看就很會做事？陳見夏的心臟氣到變形。

旁邊同是住校生的、原本躍躍欲試要自薦的鄭家姝同學，聽到「成績又好」這句話，臉色迅速陰沉了下來，不鹹不淡地看了見夏一眼。

不知道是不是開學第一天經歷過太多，原本這一眼能夠讓以前患得患失的陳見夏輾轉反側好幾天，事到如今，她竟然也能一瞇眼睛當作沒看見。

陳見夏獨自吃了晚飯，回到宿舍做數學練習冊，突然抬頭去看自己的簡易小書架，手指從左到右拂過書背，滿滿的全都是各種輔導書、習題冊……

她嘆口氣，從抽屜裡翻出了一個有些舊的筆記本，側面帶鎖，封面上用白色醫用膠布貼了一道，膠布上寫著三個端正的字：「計畫書」。

這個本子她從初中用到今天，裡面並不是日記，是每天的讀書計畫，偶爾也摘抄一些鼓舞自己的名人名言。前面一頁頁密密麻麻都是預習複習、各科練習冊進度，直到某一頁，只寫了一行字。

「做一個淵博有見識的高級的人，看更廣闊的世界。陳見夏，加油。」

是和李燃夜遊老街那天夜裡寫的。

爸爸給她回過一個電話，見夏輕描淡寫，沒有炫耀自己的成績，甚至連開學考試這件事都沒提。

結果還是聽到自己媽媽在那邊遙遙地喊了一句，讓她別出門亂跑。

下一句是，「要是跟不上就回縣一中，小偉開學了，功課很緊張，當姐姐的也不關心關心。」

那一瞬間，陳見夏嘴唇一動，差點就把自己的名次報了上去，但硬生生忍住了。

和李燃分別之後，她曾躺在宿舍的硬板床上想了許多，覺得自己不能「這樣」下去。

如果努力讀書獲得的成績卻只是被她用來當作和家鄉所有眼光淺的親人朋友們吵架的論據，那麼哪怕未來她爬得再高，也能被他們一伸手就拉下來。

所以她要改變。從拿著成績單報喜或報仇的舉動開始改變。

陳見夏的生活就這樣寡淡地繼續著。

振華迎來了八十八週年校慶。她坐在體育場的看台下，人群匯成的海洋帶著語言的海浪聲一波又一波地襲來。陳見夏是生活股長，這個職位還有一個稱呼叫作衛生股長，她要拿著大垃圾袋隨時準備幫忙清理打翻的可樂罐和全體起立唱國歌時撒了滿地的零食。

她沒有時間和心思欣賞。她還沒對這所學校產生除去敬畏之外的感情，實在沒法從一聲聲的禮炮中閱讀出歸屬感。

上午的儀式結束之後，同學們都離開運動場去吃午飯，準備下午的班會，陳見夏被俞丹要求留下來帶領七、八個同學打掃完戰場再離開。

誰也不喜歡弄髒手，大夥一走，于絲絲就帶著大家聊天。

「我聽說今天看台上坐在校長旁邊的就是那個傳說中的大作家，還是史丹佛的客座教授呢。」于絲絲伸了個懶腰。

「可不是，我聽我那個負責接待貴賓的學姐說，今天來了好多名人，他們都緊張得要死，生怕摔了盤子掉了碗。」李真萍也附和道。

女生們聊得熱鬧，幾個男生就在附近拿空飲料瓶當球踢著玩，也有假模假樣打掃的，掃了一會兒便以掃把為劍打鬧起來。

陳見夏已經習慣了。他們只要不幫倒忙，她就知足了。

秋老虎毒辣，見夏頂著正午熾烈的陽光，左手提著黑色塑膠袋，右手撿垃圾，一不留神沾了滿手的酸奶，在指縫間黏黏的，噁心得她想吐。

偏偏這時候手機響了起來。

清脆的鈴音打斷了他們的交談，有一個男生過意不去，三步併兩步走上台階說，我幫妳吧。

台階下面的李貞萍忽然大聲喊道：「喲，獻殷勤啊。」

哄笑聲中，男生瞧著見夏也沒有搭理自己的意思，爲證清白，連忙又蹦了下去，他們笑鬧成一片。

見夏一直冷著一張臉，本就沒期待于絲絲會給她活路，所以從一開始就認命了，自己埋頭做事，不浪費力氣和任何人講道理。她丟下垃圾袋，用還算乾淨的左手伸進白色校服口袋拿手機，卻沒拿住，手機從台階上一路翻滾著跌下去，摔到了于絲絲腳邊。

見夏心裡一慌。這下子一定摔出痕跡來了，媽媽會罵她的。

手機還在頑強地響著。于絲絲彎腰撿起來，盯著螢幕上的來電顯示，默不作聲，表情閃爍，在笑與不笑之間抽搐。

見夏尷尬走下台階，從于絲絲手中接過電話。

橘色螢幕上，「李燃」兩個字跳來跳去，像于絲絲臉頰上的青筋。

陳見夏傻眼了。

李貞萍迅速興奮起來，掩著嘴帶著笑，開始給另外兩個男生解說，陳見夏用膝蓋都能猜到她說的是什麼。不是第一次了。

見夏知道女生的小心眼有多恐怖，因爲她自己就是個小心眼。李貞萍在走廊被李燃吼過一次之後，內心鬱結得不到抒發，只能透過迂迴的方式來報復。陳見夏和走後門的分校借讀生小痞子之間的情愫在新組成的陌生班級裡面是非常好的聊天話題，連見夏自己也是透過前排的陸琳琳得知這一八卦的。

夜晚綺麗的燈光與猶太餐廳的老舊紀錄片都在青天白日之下失色，陳見夏甚至有些恨不得她從來沒有認識過李燃。

當時是預備鈴聲救了她。陸琳琳用「緋聞」狂轟濫炸一番之後，很不甘心地轉回頭，陳見夏則伏在桌面上好長時間才爬起來。

「我眞的沒有什麼……男……朋友，」她連說出這三個字都需要很大勇氣，「眞的。」

同桌余周周顯然並不關心她的這番剖白。

「嗯。」她點點頭，以示自己聽到了。

脆弱的陳見夏瞬間認定余周周是因爲恐怖的混混男友對她敬而遠之了。

直到老師走上講台，她才聽到旁邊傳來不大不小的冷淡聲音。

「妳要是眞有一個痞子男朋友，就應該馬上讓他叫一群兄弟來校門口堵住嚼舌頭的女同學，」她頓了頓，加大音量，「一個個搧耳光。」

陳見夏看到陸琳琳的後背輕微地抖了一下。

再怎麼希望成爲內心強大的人，距離最終結果之間還是有漫長的過程——這一個過程本身足夠她趴在宿舍床上哭好幾場了。

其間李燃給她發了幾條訊息，她都沒有回覆過。「清者自清」這四個字好像專門爲她準備的一樣。

然而他還是打來了電話，手機還就跌落在了于絲絲和李真萍的眼皮子底下。

「喂？」陳見夏站在看台最高處，遠遠避開那四個人。

「怎麼回事啊妳，給妳發了好幾條訊息妳都不回。」

「我……」陳見夏也沒想好到底應該怎麼和李燃解釋，「我前段時間手機壞了。」

「妳就胡扯吧。」

「你有什麼事啊，沒事我就掛了。我們老師讓我帶人打掃看台，忙著呢，我不好偷懶。」

見夏都沒等李燃回答就按了掛斷鍵。

李燃打過來，她是有點開心的，可她不允許自己開心。

陳見夏把手機放回左邊口袋，右手幾根手指都快被乾透的酸奶沾黏在一起了，她想要趕緊離開這毒辣的日頭，索性手也髒了，不如大刀闊斧，心一橫，乾脆什麼東西都直接用手抓，使勁往垃圾袋裡丟。

陳見夏，妳眞可悲。

就在低頭撿拾一只已經被踩得黏在水泥台階上的香蕉皮時，她聽見看台下面吵起來了。

一班在看台高階，地處上風向，陳見夏還沒來得及收進垃圾袋的紙屑、包裝袋有不少隨風滾向了下階的班級，那個班自然不高興了，哪有垃圾越掃越多的。于絲絲他們就倚在兩個班中間的白漆鐵欄杆上閒聊，正好和找上門的班級別起了苗頭。

「缺不缺德啊，有你們這麼掃地的嗎？」

一個瘦得像猴子的男生率先發難。

李眞萍冷笑，「怪得著我們嗎，風又不是我們班搧的，從哪個班飄過去的還說不定呢。」

話音剛落，又起了一陣風，一班看台上的兩張計算紙在衆目睽睽之下飄向低階看台。

「還說不是你們班？瞎了嗎?!」

陳見夏心知壞了，垃圾是她沒壓住才飄過去的，一班明明理虧，現在卻發展成了同仇敵愾的戰鬥，她去道歉就等於滅自家威風，不道歉就會鬧大到俞老師那裡，誰讓這掃除是她「帶領」的呢。

爲什麼呢，爲什麼大家就不能和她一樣遇事先道歉呢？

陳見夏獨自在看台最上方，慌得手都不知道往哪裡放，黑色塑膠袋跟著她一起抖啊抖，欄杆處兩方人馬卻吵得越來越兇，下風向班級口拙，詞彙量匱乏，被一班壓著打。李眞萍難得出風頭，愈戰愈勇，「張大同，別找碴了，誰不知道你怎麼回事啊，當個班長就不知道自己姓什麼了？」

「猴子」張大同似乎是李眞萍以前的同學，被戳到痛處，沒接上話，氣勢一下子就落了下去。

「垃圾上又沒寫名字，落到哪裡算哪裡，以落點爲準，聽不懂嗎？」

一班嘴上打架是絕不會輸的，李眞萍的回擊一出，欄杆上方一片歡騰。

一個身影拿著半人高的滿滿黑色垃圾袋，拾級而上，來到兩班交接處，抓住欄杆一躍而起，徑直翻過了一公尺多高的欄杆，穩穩落在了一班的看台上！

「以落點爲準嗎？」

少年聲音明朗，彷彿眞的是在虛心詢問，一邊問一邊當著所有人的面，將黑色垃圾袋倒扣過來——裡面的東西嘩啦地傾倒在了一班的看台上，一時間塵土飛揚。

陳見夏站在高處，看不清男生的臉。

但她認識他腦袋尖尖上那一簇比太陽還耀眼的紅。

一班的同學「轟」地散開，尤其是李眞萍，後退時腳步踉蹌，差點跌在于絲絲身上。

「以落點爲準，落在哪班算哪班，對嗎？」李燃笑嘻嘻的，「掃啊！」

風來了。逆著颳過來了。

十一 陪我出去玩

陳見夏不知道後來發生了什麼事。

她跑了。

情勢逆轉，張大同樂瘋了，猴子在欄杆裡跳腳，於是更像猴子。李眞萍自然是不甘心的，卻不敢再說什麼，目光恨恨地掃向一班其他幾個男同學，怪罪他們沒膽量，被踩到頭上都不敢吭聲。

一班的男生明顯沒見過這麼耍無賴的，嚇著了，他們大多以方程式和圓珠筆爲武器，兵刃都落在教室裡，此刻手無寸鐵，奈何不了四肢發達又站在道德制高點的李燃。

于絲絲這時候才站出來行使副班長職責。陳見夏聽不清她說什麼，但記得李燃剛出現那一刻，于絲絲的臉卻比明晃晃的正午日頭還要白，別人都在看李燃，只有于絲絲扭頭看陳見夏。

該不會以爲李燃是她剛才那通電話叫過來的吧？

雖然淸者自淸，但也不能因爲這樣就一個勁兒誣賴她，趁沒人注意，她拔腿就跑。

見夏在主席台下的洗手間仔細沖乾淨手上的酸奶泥塵，清涼的水流劃過曬紅的手臂，她呆呆端詳著鏡中的自己：束著馬尾的橡皮筋在奔跑中繃斷了，她披頭散髮，卻不是美貌的那種——常年綁馬尾的人，髮絲是有凹痕的，沒了橡皮筋束縛依然在腦後拱起一個包，怪狼狽的；領子也是歪的，被太陽曬得滿額頭油光和汗珠，要不是一身雪白校服，跟拾荒者也沒太大區別。

見夏低頭洗臉，久久埋在掌心，感受水從指縫一滴滴溜走。

再次抬起頭，鏡中多了一個李燃。

她不敢問後來怎麼了。

李燃笑了，沒頭沒腦地說：「看不出來妳還滿機靈的。」

「……爲什麼？」

「你們班那幾個人也太孬了，沒說幾句就扭頭找衛生股長主持公道，才發現妳已經不見了。跑得好。妳要是在場就不好處理了。」

這怎麼能算是機靈呢，陳見夏想，草食動物不長牙只能長腿。

「你們沒打起來吧？」她不安。

李燃搖搖頭，「各掃各的地，掃完各回各教室了。你們班那幾個特別吵的女生最後全跑了，只留下男生做事，說是氣不過，我看她們就是故意的，想偷懶。」

陳見夏不語，李燃推斷得對，氣跑了是好辦法，又有底氣又輕鬆，她怎麼就不會，她只會跑。

「看不出來你也滿有團體榮譽感的，」陳見夏禮尚往來，「爲你們班出頭了。」

李燃啼笑皆非，「那不是我們班。」

「什麼？」

「我就是路過，」李燃一臉無辜，「妳不接我電話，還說什麼帶領全班大掃除，我都看見了，就妳一個人在那裡忙，帶領個屁啊。」

陳見夏愕然。

「我本來想去幫妳說兩句話的，你們班男生也夠好意思的，跟一群女生聚在一起嘰嘰喳喳逃避做事，也不嫌丟人。但我一想，妳心理素質那麼差，我幫妳打抱不平，妳再反過來怪我讓妳在同學面前爲難，我裡外不是人。」

於是吹來一陣風，上天給他一個機會。

陳見夏心裡泛起密密麻麻的暖意，帶著刺刺的、溫柔的痛。她說不清這種感覺是什麼。

「你找我到底什麼事啊？」

陳見夏急忙轉移話題，一邊甩著手上水珠一邊問。

「我們班下午要辦個班會，我想裝病蹺了。所以問問妳要不要出去玩。」

陳見夏兩隻手垂在胸前，微張著嘴，造型像一隻腦殘的松鼠。

「你問我，要不要，跟你，一起，蹺一整個下午的課，出去玩？」

「對啊。」

「李燃，你難道就沒有什麼更配得上你的朋友了嗎？」陳見夏面對他的時候，口齒還是伶俐許多的。

李燃有點好笑地看著她，「沒有了，我覺得我們最配得上。」

他自然不知道陳見夏心中有鬼。

也不知道一班私底下小範圍流傳的那個痞子男友的故事。

陳見夏從脖子一路紅到耳根，幻覺中臉頰上的水珠都被燙得滋滋響。

「我，我可，我可配不上你。」

陳見夏轉身就要跑，卻被李燃抓著領子揪了回來。

「眞不去？說好了帶妳轉轉老省城和老城區。」

「不去。當時又沒說一定要今天，怎麼能蹺課去？」

「下午又沒有課！」

「班會也是課，團體活動怎麼能不參加？」

「哪兒來的團體啊，你們團體的垃圾讓妳一個人打掃，妳倒很積極。」

陳見夏說不過他，甚至覺得奇怪，明明應該是她更有理，他一個蹺課的壞學生怎麼就能每次都說得她啞口無言？

還是說，自己所立足的道理，其實本沒有那麼牢不可破？

種種念頭一閃而過，陳見夏仰頭看著李燃的臉。剛剛還喧鬧的運動場此時已經空空蕩蕩，李燃的輪廓嵌在萬里無雲的背景中，清澈得讓她恍神。

「跟我出去玩。」

他看著她，就用那種眼神看著她，不知怎麼，胡攪蠻纏中帶幾分祈求的意味。像隻狗。像隻叼著項圈乞求主人的大狗。

見夏的心漏跳了一拍。

「我不去。」

她撒腿就跑。

一路跑到體育場大門口，見夏才停下來，喘著粗氣往回望，李燃已經成了視野中一個小黑點，還站在主席台的陰影之下，形單影隻的，竟然有點可憐。

可那又怎麼樣呢，他們怎麼可能做朋友，還是離遠點比較好。陳見夏的直覺告訴她，李燃是另一個世界的人，那個世界裡面有陳見夏所不懂得的一切，也許更灑脫更精采——然而一旦嚐了甜頭，哪怕一絲絲的甜，都會腐蝕掉她多年堆疊的脆弱堡壘。

見夏呆呆地看了一會兒，還是掉頭慢慢地回教室了。

陳見夏看見俞丹的時候還是有點心虛的。

李燃在看台上的所作所爲，不知道有多少傳入了俞丹的耳朵裡。

然而俞丹只是一如既往站在講台前，帶著微笑，像語言學習機似地誇獎了全班同學，參加了一上午的慶典，又要負責打掃衛生，又要籌備班會，大家眞是辛苦了，我們眞是個團結的團體。

換湯不換藥。

見夏不由有些失望。

在被于絲絲舉薦成爲衛生股長之後，見夏每天都第一個到學校給教室開鎖，晚上還要監督完值日生，最後一個鎖門離開。軍訓課後正式開課大掃除，五樓因爲水壓不足停水，她獨自跑到一樓換水，上上下下那麼多趟，除了楚天闊幫忙，其他男生竟然能夠做到視若無睹，以眼鏡片爲結界，徹底屏蔽了水桶這個東西。

陳見夏早就不是對老師表揚嗷嗷待哺的一年級小學生了，但她還是寄希望於俞丹能說兩句公道話，改變一下這個一人做事全班享福的局面——她又不是美國高中生，做學生幹部還能寫進高校申請資料裡邀功，衛生股長掃再多地也換不來大學入學考加分，她憑什麼每次都坐在下面聽「大家辛苦了」這種屁話！

陳見夏漠然地看著俞丹，直到她訓話完畢，讓全班同學爲自己「鼓鼓掌」。

大家開始在楚天闊的指揮之下搬桌椅，爲班會清場地。

陳見夏的書桌塞得很滿。她既然拿著教室鑰匙，每天必須最後一個離開，索性在教室自習到很晚，直到收發室來趕人，因此大部分的練習冊都堆在抽屜裡。

余周周也很懶，她倆很有默契地將桌子拖著走，桌腿和地面時不時摩擦出刺耳的聲響，俞丹難得一次皺著眉頭喊停，要求所有人都必須把桌子抬起來。

「抬不動就先把抽屜裡的東西拿出來，分兩次搬！」俞丹說。

見夏和余周周互看，兩個本質懶人從對方眼中讀出了默契，於是各抓一邊勉力去抬，不料桌子一歪，裡面的書本雜物嘩啦啦撒了一地。

周圍有善意的哄笑聲。余周周和她一起蹲在地上撿，陳見夏有些尷尬，李燃的ＣＤ隨身聽和自己的愛華隨身聽原本被塞在最裡面，掉出來時自然砸在書堆最上面。旁邊不知誰說了一句這隨身聽我小時候也有，窘得她趕緊伸手將隨身聽撿起來塞回到書桌裡。

于絲絲不解的聲音恰到好處地從背後響起。

「陳見夏，這是我的 ＣＤ隨身聽嗎？怎麼在妳書桌裡？」

十二 ● 可惜不是我

周圍有幾秒鐘的安靜。隨後，議論聲如潮水一般湧過來。

陳見夏還蹲在地上，大腦空白地抬頭看。奇怪，周圍人卽使眼神不善，嘴唇明明沒有動，那麼，那些嗡嗡的、讓人頭暈的講話聲，究竟是從哪裡來的呢？

陳見夏不知道自己是怎麼想的，竟然抓起 CD 隨身聽往書桌裡塞。

這個舉動讓她更顯可疑了。

于絲絲微黑的面孔明亮而無辜。

「我沒有別的意思，見夏妳別誤會，」她微笑著，講話時眼神卻懇切坦蕩地看著所有人，「只是我也有個一樣的 Sony CD 隨身聽，前兩天不小心弄丟了，剛剛看到妳的就沒經大腦地喊出來了，妳別介意。」

「什麼別介意啊，妳弄丟的時候不是急得要死嗎？見夏，這是妳撿的嗎？妳撿了怎麼也不問問有沒有人丟東西啊！」

李貞萍幫腔，周圍人紛紛把審視的眼神投向見夏。

「這是我自己的。」

陳見夏努力用最鎮定的聲音回答。

「妳敢說是妳自己的……」李眞萍一瞪眼睛，被于絲絲迅速拉住。

于絲絲打圓場，「別這樣，是我不好，沒事沒事，大家搬桌子吧。」

沒有人動，沒有人希望這場戲就這樣結束，于絲絲深知這一點。

陳見夏也知道。

俞丹恰巧在這件事發生前一秒踏出門了，班上能主持公道的只剩楚天闊，他連忙跑過來，臉上還帶著溫和的笑意。

「吵什麼？」他看了看對峙中的幾個人，目光掃到見夏，又掃到CD隨身聽，頓了頓，似乎想起了剛開學時見夏的囑託。

「她撿了絲絲的東西，自己留下了，」李眞萍嗓門不小，「說不定根本就不是撿的！」

「Sony又不是只產了一台CD隨身聽，別人爲什麼不可以有一模一樣的？」余周周忽然在旁邊平靜地說，見夏心中一暖。

「妳這是強詞奪理！」李眞萍就像于絲絲手裡的一把槍，只是此刻不知道槍口該對著誰。

「好了別吵了！」楚天闊難得收斂了臉上的溫和，李眞萍被喝止，臉憋得鐵青。

陳見夏早就猜到這個CD隨身聽和于絲絲有著莫大的牽連，她本來就怕于絲絲，于絲絲演技精湛，性格陰晴不定，既然敢這樣來勢洶洶，一定想了萬全之策把她拖下水。

她沒有辦法講出CD隨身聽的來歷，牽涉到水面下的李燃，如果眞鬧到俞丹那裡去，她說破嘴也說不清楚。一個小痞子，送了她一個CD隨身聽，而兩個人之間實際上是光明磊落的——誰會信？

還好，還有楚天闊。

他當時在場的，李燃把CD隨身聽給她的時候，楚天闊和于絲絲都在場的，他們三個人圍著講台寫學籍卡，CD隨身聽就躺在第一排的桌子上，只要他告訴大家他見過這個CD隨身聽，陳見夏沒有撿更沒有偷——只要一句就夠了。

楚天闊的確打算這麼做，他朝見夏笑了笑，示意她安心。

于絲絲卻搶在了楚天闊開口前：「班長，這件事情是我不對，李眞萍太衝動了，她也是因爲知道我丟了東西有多心疼才這樣的。那個CD隨身聽對我很重要，有特殊的意義。但不管怎樣我和李眞萍都不應該當著這麼多人的面這樣爲難見夏，是我有欠考慮。」

于絲絲在班上的人緣一向很好。陳見夏曾在醫務室被她「熱情對待」過——雖然滿是敷衍試探，但于絲絲並不像輕視外地生陳見夏一樣輕視所有人，她善於調配熱情中惡意和善意的比例，所以還是非常吃得開的。這一番話大氣又誠懇，陳見夏眼見著周圍很多人都露出了讚賞的表情。

她卻本能地嗅到了危險。甚至比剛剛李眞萍氣勢洶洶的血口噴人時還危險。

見夏驚惶地環顧四周，發現連楚天闊都緩和了表情。

「但是，陳見夏，妳還是把ＣＤ隨身聽拿出來，讓我看一眼，好嗎？」

于絲絲笑得極溫柔和善。

「我的ＣＤ隨身聽上面刻了一朵玫瑰花，因爲我的英文名字叫 Rose，這個大家都知道的。我不是懷疑妳，妳別誤會。只是既然由於我的失誤，這個尷尬已經造成了，我擔心如果不明不白地結束了，反而給妳造成不好的影響，不如就在這裡把事情了結了，大家看到妳的ＣＤ隨身聽上沒有這朵花，誰也不會到外面亂嚼舌根，我是爲妳好，妳覺得呢？」

果然。

陳見夏的心直接沉到了湖底。

她記得清清楚楚那個ＣＤ隨身聽的模樣，李燃擦了許久的刮痕，還有那朵玫瑰一樣的雕刻。

她死定了。

正如于絲絲的眼角眉梢，每一分笑意都明明白白地寫著三個字——「去死吧」。

全班都屏氣凝神地看著他們。

「對啊，不是一模一樣的，證明給大家看啊！」李眞萍喊道。

「那倒是，這樣最簡單。」陸琳琳的大衆臉出現在見夏視野中。

這種笑話陸琳琳是不可能不找個雅座從頭看到尾的。

陳見夏恍若一座孤島，議論聲再次浪潮一樣從四周席捲而來，不斷拍岸。每一道目光都被她收進眼底，中午掃除時低眉垂眼不敢反擊的幾個男生上躥下跳得最起勁。

她的心冷得像掉進了冰窟窿。

陳見夏腦子已經不轉了，他們要看熱鬧，就看個夠好了。她彎腰低頭去書桌裡拿CD隨身聽，卻被人抓住了袖子。

「妳這種做法很侮辱人。」

余周周抓著見夏的袖子，冷漠地看著于絲絲。

「如果我現在說妳偷了我的錢包，讓妳把書包和身上所有口袋翻個底朝天亮給所有人看，還說是爲了還妳清白，妳願意嗎？報案的也是妳，判案的也是妳，太過分了吧？」

見夏滿臉通紅地看著余周周，眼淚在眼圈裡轉了好幾圈，忍著沒有落下來。她扯開了余周周的手。

其實這樣就夠了。

這個狗屁班級，這個狗屁學校，她一秒鐘也不想待下去了。

她朝余周周露出了一個近乎訣別的笑容，然後拿出CD隨身聽遞了出去，李眞萍上前一步要接，被陳見夏一巴掌拍了下去。

「把妳的髒手拿開。」

陳見夏冷冰冰地直視著李眞萍。李眞萍望進陳見夏結霜似的眼底，居然眞被嚇得收手。

見夏將CD隨身聽遞到了楚天闊手上。

「班長，」她毫無感情地說，「你主持公道吧。」

楚天闊微微蹙眉，然而見夏將CD隨身聽交上去之後就垂下了眼睛，沒有理會他關切的目光。

楚天闊隨意掃了兩眼，突然笑了。

「上面沒有什麼玫瑰花。于絲絲，這不是妳的東西。」

于絲絲的笑容終於有了一絲裂紋。

「不可能！」李眞萍倒是第一個叫出來的人，她從楚天闊手中奪過CD隨身聽，來來回回反反覆覆地看，甚至還對著陽光轉圈端詳。

終於，李眞萍放下了CD隨身聽，失落地望著于絲絲，將CD隨身聽遞給她。

于絲絲摩挲著CD隨身聽，沉默半晌才轉過來望著見夏，眼神裡不僅是陷害沒有得逞的驚愕和惱怒，更多的竟然是一種悲哀。

見夏這時候才忽然想起，這個CD隨身聽，是李燃自己的，不是那位「表姐」的。

她那天被李燃折騰了好幾回，氣得要命，又丟臉又恐懼，爲平復心情，乾脆把調換CD隨身聽的事情全盤淡忘了，否則也不會把它塞在書桌最裡面三個禮拜動也沒動過。

陳見夏悵然。老天爺總歸還是給她留了一條活路的，可她沒感覺到這種劫後餘生的喜悅。

因爲她明明白白地看到了周圍人失望的眼神。

好可惜哦。

她居然不是小偷。

就這麼完啦？

好可惜。

他們不是對見夏有什麼偏見，只是想看熱鬧。

眞可惜她不是小偷。

陳見夏在被于絲絲構陷的時候都沒覺得如此灰心，卻在這一刻感到了鋪天蓋地的疲憊。

她上前兩步從于絲絲手中拿回CD隨身聽，丟在桌上，頭也不回地離開了教室。

十三 帶我走

陳見夏渾身發抖，步履不停，機械化地登登登下台階，一直到沒台階可下才勉強停步。

她迷茫地抬起頭看著樓梯彎曲向上的之字形軌跡。

竟然就這麼跑出來了？

媽媽偏心弟弟，姐弟吵架自己總是挨罵的那一個，也曾經幾次三番賭咒發誓一定要離家出走，用實際行動告訴爸媽，再這麼偏心下去就乾脆別要這個女兒了，看他們到底會不會心疼。

永遠只是想想，從沒付諸實踐過。

這一次，當著這麼多人的面，她竟然頭也不回地負氣離去了！

四周安靜得過分。見夏恢復理智，開始覺得身上有點涼。她沒穿校服，沒拿書包，上身一件單薄的長袖T恤，口袋裡只有二十元和一部手機。現在她要去哪兒呢？

可是她不能回去。她已經把事做絕了。

同學們不會明白她爲什麼這麼傷心。大家沒看成熱鬧，惱羞成怒，反而怪罪是她氣量太小，反應過激。一個誤會而已，解開了就好了，難不成于絲絲故意害妳？心理太陰暗了吧？

這個世界多可笑。明明是無妄之災，卻要小心別還擊過度，失了風度。

見夏想著，委屈得鼻酸，茫茫然拿出手機，用拇指摩挲著鍵盤，習慣性解了鎖。

嘟嘟的等待音響起來時，她才回過神。

「喂？」李燃的聲音從聽筒傳到見夏耳朵裡，微微失真。

「……」

「陳見夏妳有病啊，裝神弄鬼有意思嗎？說話！」

「我……我打錯了……我本來沒想打電話的……」見夏結結巴巴地回答道。

李燃輕笑了一聲，沒計較，更沒提中午見夏把他一個人丟在運動場上的事。

「那我掛了啊。」他說。

「別！」見夏失聲叫道，「你先別掛！」

李燃沒說話，就這麼掛在線上，呼呼的風聲穿過聽筒，從李燃那邊吹進見夏一團糨糊的腦海。

「你……你下午還想出去玩嗎？」她問。

李燃停了一刻才回答：

「不想。」

見夏噎住了。

半晌電話那邊傳來一串哈哈哈，李燃的聲音滿是笑意：「妳早先在想什麼？快，說幾句好話給我聽聽，妳求求我，我就帶妳出去玩！」

陳見夏乾脆俐落地掛了電話。

過了幾秒鐘，和弦鈴聲響起，好像一個電擊把見夏的心臟也救活了。

她忘記了頭頂上那個教室發生的齟齬，一屁股坐到台階上，把手機舉到眼前。螢幕上「李燃」兩個字不停跳躍著，像一隻朝她奔來的大狗。

陳見夏人生中第一次控制不住地眉開眼笑，像一個打了勝仗的女王。

「我們去哪兒？剛才是在上課，我打給你你怎麼那麼快就接了？你們老師不會罵你嗎？還有謝謝你的校服，幸虧我們校服男女生都一樣，被我穿了也看不出來，剛才真有點冷了……哦，糟了，我、我沒帶很多錢，只夠坐車的，你先借我，我回去、我回去就還給你……」

李燃居高臨下站在台階上，雙手插著口袋，低垂著眼皮，一臉嫌棄地看著兀自絮絮叨叨的見夏。

他現在確定，這個女生絕對腦子有問題。

見夏說到一半就住了嘴，李燃的神情讓她訕訕的，於是大著膽子上前一步扯了扯李燃的袖子，輕聲說道：「我們先走吧，出了校門再商量去哪兒玩，走吧，走。」

「妳到底怎麼了？」李燃的嗓門在教學大樓的走廊裡也不知收斂。

見夏說不出話。

不是她非要碎嘴，是控制不住。她想強行讓自己熱情積極起來。在樓梯口靜待李燃的幾分鐘，她能清晰感覺到勇氣漸漸流逝——還是趕緊回去吧，班導師俞老師若是知道了，一定會對自己這種小家子氣的行爲頗有微詞，不光受冤枉，還惹一身腥，多划不來；況且她跑了又怎樣，大鬧一場，最後還不是要坐回一班教室上課，未來還有三年呢，越晚回去越難收場，這不是明擺著找死嗎？

回去吧，回去吧。

可是陳見夏不甘心。

只要走出這個教學大樓，她就開弓沒有回頭箭了。

求求你，帶我走，趁我重新變回那個可悲的陳見夏之前。

她抬起眼，一臉悲戚地望著李燃。

李燃被她的神情震了一下，忍不住彎腰揉了揉陳見夏的腦袋，像個當爸爸的哄孩子一樣好聲好氣地說：「我不問了，走，走，我們出去玩。」

沒想到越是這樣輕輕一拍頭，一句話，反倒讓見夏虛張聲勢的壁壘盡數瓦解，剛剛在眾人圍堵時缺席的眼淚，此刻嘩啦啦淌了滿臉。

苛待只會招致逆反，溫柔卻最讓人脆弱。

李燃已經在心裡罵人了。他到底是爲什麼要招惹這麼個惹禍精啊！

女生一哭他就沒辦法。面對蹲在地上嗚嗚哭的陳見夏，李燃頗有些狗咬刺蝟沒處下嘴的乏力感。

「有人欺負妳了？」

「欺負」二字一出口，陳見夏就哭得更兇了。

「那我幫妳揍他？」李燃也蹲在她旁邊，有點好笑地問。

陳見夏搖頭。

「別甩了，鼻涕都要甩到我身上來了，」李燃摸了摸口袋，拿出一包面紙，抽出一張遞給陳見夏，「正好還妳。」

陳見夏接過面紙狠狠地擤了一下鼻涕，順手又把紙團還給李燃，李燃居然也接了過來，捏在手裡才覺得哪裡不對，低頭盯著手心沾上的鼻涕，臉都快綠了。

就在這時頭頂傳來了腳步聲。

「現在出來追有什麼用，早就跑不見了，還是打她電話吧。」陳見夏聽到了楚天闊的聲音。

「我沒有陳見夏的電話，」這個聲音是于絲絲，「鄭家姝，妳們一起住宿舍，應該有她的號碼吧？欸，對了，她用手機嗎？」

妳才不用手機呢，當我買不起嗎？陳見夏恨恨地咬了一下嘴唇，這個時候都不忘踩她一腳，于絲絲這個混蛋。

「我也沒有陳見夏的電話。」鄭家姝訥訥的。

幾個人商量著往下走，見夏一抽鼻涕，立刻起身拉李燃，他本來還蹲在地上，被猛地一扯差點以頭撞地。

直到那三個人走遠了，見夏才從轉角的茶水間裡走出來，歪頭朝他們離去的方向張望。李燃走到她背後，張開右手掌，狠狠地拍在見夏的校服後背，從上抹到下。

「你幹嘛？」

「擦手，」李燃五指張開在見夏面前晃，「妳沾了我一手鼻涕。」

「這校服是你自己的，你忘了？」

李燃臉上立刻五彩繽紛。

「不打算跟我說說？」他看見夏正常了點，再次詢問，「這麼多人出來抓妳，妳是挪用班費畏罪潛逃嗎？看不出來啊，不聲不響地幹了一票大的。」

陳見夏沒接話。

那三個人不急不緩地出來尋找她的樣子，徹底讓她不想回去了。

「我們走。」她回頭看李燃，目光堅定了許多。

因爲校慶，保全人員進出查得不是很嚴，他們很容易地就混出了校門。她義正詞嚴地表示上次在西餐廳吃掉了三百元，非常不好意思，所以這次請李燃務必答應她ＡＡ制。

李燃點點頭說好啊，然後目不斜視地路過公車站牌，穿過馬路，揚手招了一輛計程車。

計程車。

李燃拉開車門，表情那叫一個天眞無邪。

陳見夏硬著頭皮坐到車上，計價表跳得她心顫。李燃的餘光注意到，笑了，如沐春風。

「炫富有意思嗎？」陳見夏咬著牙說道。

「有意思，」李燃大笑，「非常有意思。」

「有什麼了不起，又不是你自己賺的錢，還不是靠爸媽。」

「炫富就是炫爸媽啊，我爸媽有本事也不行？爸媽是我自己的吧？可以炫吧？」

陳見夏簡直要被活活氣死。

但是不知爲什麼，李燃幾次三番在她面前說自己五行不缺錢，說自己的鞋子一千五，請她吃很貴的老西餐廳，還故意叫計程車嚇唬她，炫耀自己爸媽有本事……她統統沒覺得受冒犯。

這一切行爲加在一起的殺傷力都比不上于絲絲輕描淡寫的一句「陳見夏用手機嗎？」

見夏想不明白，愣愣地扭頭看，看得李燃十分不自在。

「看什麼看，想做我家兒媳婦？」

「你有病吧？」見夏閉上眼睛翻白眼。

「眞的，有什麼不好？好多人努力讀書不就是爲了賺錢嗎？妳當我老婆，就不用費勁考北大了。」

陳見夏哭笑不得，「別丟人現眼了。誰說讀書是爲了賺錢的？庸俗。」

李燃卻沒惱，「我當然知道有些人是眞的熱愛求知，但是也有人不是啊，而且，不熱愛的恐怕占大多數吧？把一道題目做一百二十遍，背誦一些屁用都沒有的課文，難道也是爲了求知？不就是爲了考個好大學，拿個好文憑，然後多賺點錢改變命運嘛。」

他說著，忽然湊近了見夏，「妳呢？妳是熱愛科學文化知識，還是爲了脫離貧窮？」

「滾！」見夏惱了，一手揮上去，被李燃擋下。

「妳急什麼啊，我又沒眞讓妳當我老婆，」李燃悻悻地扭過頭看窗外，眞誠地補充道，「妳長得又不好看。」

陳見夏一頭撞在車窗上。

她現在寧可跪在于絲絲面前大喊「我是小偸」，也不想再跟這個五行缺德的傢伙待在一輛車裡。

「欸，靠邊停，就這裡。」李燃忽然敲著車窗喊起來，付了款扯著見夏下車。

他們走進老舊的大樓居住區，在灰色的樓宇間穿來穿去。李燃眉飛色舞地講著他小時候在居住區裡挨家挨戶敲完門就跑的「光輝事蹟」，見夏完全沒聽進去，忽然拉了他一把。

「幹嘛？」

「別走在人家晾的褲子下面，」她指了指頭頂某戶人家窗外伸出來的晾衣竿，「鑽褲襠不吉利。」

李燃扯扯嘴角，「還說妳讀書不是爲了脫離貧窮，妳看看妳哪個地方有科學精神？」

見夏正要反駁，李燃突然眼睛一亮，盯著前方說：「到了！」

映入眼簾的是佇立在開闊地帶的一棟白色建築，磚石結構的主體四四方方的，居中高聳著一座鐘樓，頂端不是十字架，而是一個月牙；正面牆體粉刷成了紅白相間的橫條紋，鮮明顯眼，在居住區的包圍下，有種奇特的美感。

「這是……這是教堂？」見夏疑惑道。

李燃的目光明明白白表達了蔑視，「陳見夏，妳讀書也脫離不了貧窮了，想別的辦法吧。」

「你會不會好好說話！沒完了是不是！」

「什麼教堂啊，這是淸眞寺！」

「哦，」見夏有點慚愧，轉而問李燃，「你是回族的？」

「不是。」

「那你怎麼會知道這個淸眞寺的？」

「我爺爺就住在這附近。以前爸媽沒時間管我的時候，都是爺爺帶我，所以這一帶我很熟。這個淸眞寺一九〇六年就建成了，眞眞正正是一百年前了，土耳其人建的。不過這個土耳其不是地中海那個狹義的土耳其，正確的說法是韃靼人，我爺爺糾正過我，好像是跟誰有淵源，反正我沒記住。」

沒記住有什麼好驕傲的，見夏好笑地看著他。

「不過蓋到一半，工程師就死了，後來又換了人。建成以後這裡做了一段時間的藝術學校，又改成清眞寺，反正一百年間風風雨雨的，它也經歷了不少吧，最後一次修繕是二十年前，聽說是我爸媽結婚那一年。這附近住了許多回族人，哦，對了，好多本地人來這裡買牛羊肉，他們覺得回族人吃的清眞牛羊肉一定品質好……」

李燃話家常的語氣讓陳見夏聽得入迷，像是又回到了那個謊稱自己有百年歷史的西餐廳。

「這些你是怎麼知道的？」

「妳自己來看。」

李燃示意陳見夏跟上。他們走近緊閉的大門，右側牆壁上鑲嵌著一塊長方形的深灰色大理石碑，上面刻滿蝌蚪一樣的文字。

「建造過程都在這上面寫著呢。」李燃指著它說。

見夏驚訝，「這你都認識？」

李燃沉默了一下，不好意思地笑了。

「不認識。」

在陳見夏即將閉眼睛翻白眼的時刻，李燃及時地補上了一句：「是阿訇給我講的。」

「阿……什麼？」

李燃笑了，「詳細我真的不了解，好像還有個叫法是伊瑪目？大概是神父、老師、尊者的意思吧。」

已麻木？見夏懵懵懂懂的，決定回去後自己查字典。

她索性坐在門前的石階上，示意他慢慢講。她整個上半身都伏貼在腿上，下巴擱在膝蓋上，雙手環抱，團成了一個球。李燃也跟著坐到了她旁邊。

小屁孩李燃按遍了附近所有人家的門鈴，沒有一次被逮到，頓時覺得人生無趣，於是開始用小石子打這座新奇清眞寺的彩繪玻璃，被阿訇抓了個正著。

「我當時覺得我死定了，」李燃比比劃劃，「我只記得我爸媽不讓我去招惹在街上烤羊肉串的大鬍子叔叔，他們看上去就很厲害，而且的確總對我瞪眼睛。」

「那是因爲你太煩人了。」陳見夏見縫插針。

「我以爲這個房子裡面全是烤羊肉串的，被抓到的瞬間以爲他們要拿鐵桿子把我也串起來。」

「眞可惜他們沒有。」陳見夏笑了，被李燃一個爆栗敲在腦袋上。

「但是那位阿訇看起來和我爺爺長得很像，區別只在於戴了一個白帽子。他沒罵我，反而讓我進了寺裡。當然，只能在門口站著，裡面那個寬敞的做跪拜禱告的大廳我是不能進去的，因爲我不是回族人。這個石碑，」李燃指指背後的大理石碑，「就是他一句一句翻譯給我聽的。」

「可是今天怎麼沒開門？」

「這裡馬上就要遷移了，周圍的老樓都要被拆掉，建成廣場。裡面的信徒也搬去了新建的清眞寺，這個建築要被改造成歷史博物館了。」

「那阿訇呢？」

「去世了。」

他們一起經歷了一段奇怪的沉默。陳見夏並不會因爲忽然聽聞陌生人的死訊就跟著悲傷，但她扭頭看著背後的老清眞寺，忽然覺得它和自己一樣孤獨。

「你帶我來這裡做什麼？」她問。

「散心啊，妳不是不開心嗎？」李燃站起來，跳下幾級台階，平視還坐在原地的見夏，「有什麼不開心的就在這裡說，說完了就振作起來，重新回去跟人家廝殺吧！」

陳見夏自然沒當眞，「神不會管我的。」

「會管的，」李燃篤定地點頭，「相信我。」

相信你什麼？

「眞的，阿訇跟我說過，不開心了就看看塔尖上的月牙，多祈禱，少調皮，做個好孩子。」

李燃仰頭望著直入藍天的鐵製白月牙，臉上揚起很好看的笑容。

做個好孩子？這話從你嘴裡說出來怎麼這麼不對味？陳見夏迷惑地看著李燃，卻深深看進他的眼睛裡。

見夏一直覺得李燃的眼睛和別人不同，倒不是多好看，卻特別澄澈，黑白分明的，像嬰兒一樣乾淨。

很明亮。

能問出「妳是求知還是脫離貧窮」的少根筋，是應該有一雙這樣的眼睛。

「你跟神都說過什麼？」她忽然問。

李燃的臉立刻色彩紛呈了起來。

「這我哪記得啊。」他眼睛開始看別的地方。

見夏也沒在這個問題上糾纏，「那你過去經常來這裡跟神說話？現在也經常會來？」

李燃越發不自在。

「我們不聊這些可以嗎，我一個大男人，噁不噁心，肉不肉麻，」他一邊說一邊踢腳邊的空礦泉水瓶，「妳要是只想讓我難堪，就別說了，走走走，去逛別的地方。」

見夏還沒見過李燃窘迫的樣子，一時心情好了許多。她笑著拉住他的袖子，輕聲說，謝謝你。

然後就轉過身，面對清眞寺默立，雙手交叉相握，閉上眼睛認眞地祈禱起來。

祈禱些什麼？陳見夏沒有任何話可以跟神明講。她心底從未相信過這世界上有神，更不認爲閱盡人世悲歡的陌生神明會因爲她臨時抱大腿而幫她實現任何願望。

神明不會讓于絲絲和李眞萍停止厭惡她，也不會讓她忽然腦袋開竅到輕鬆上清華，甚至都不會給她一點點回學校的勇氣。她知道自己此時此刻卽便再虔誠、再希冀、再充滿勇氣，眞的踏入教室，面對大家各異的眼神，一定還是會丟盔棄甲。

這個過程她經歷過太多次了。

卽使再清楚「勝敗乃兵家常事」，考砸了也一樣心態失衡；卽使再明白媽媽就是偏心的，下一次弟弟單獨得到禮物她還是會擺臉色；卽使楚天闊說再多次不要過分在意他人的臉色，她也還是會回過頭去傳一張道歉紙條，眼巴巴地等著李眞萍和于絲絲給她一個笑臉……

爲什麼呢？爲什麼人懂得這麼多道理，卻一樣也做不到呢？

日子還是要自己過的，要一天一天痛苦地熬。淸眞寺裡有伊瑪目引領大家洗滌靈魂，現實中的她自己，只能因爲日復一日的失落與痛苦而「已麻木」。

這眞讓人難受。可是有什麼辦法呢？

陳見夏本來只想做個祈禱的姿態以回報李燃的好心。沒想到，思緒越飄越遠，越想越鼻酸，眞的開始淌眼淚。

「妳怎麼又哭了？」

這次李燃的語氣倒沒有不耐煩，只是單純的好奇。陳見夏羞赧，她從小就愛哭，自打進了振華，越來越愛哭。

「我只是覺得，說了這麼多，」見夏抹抹臉，「自己都不知道想要許個什麼願，神也不會管我的。你這個大騙子。」

李燃抓抓頭，「那怎麼辦？那……那神不管，我管？」

見夏愣愣地看著他。

有那麼一瞬間，她希望他是認眞的。而她也眞的願意讓他管。

十四 ♦ 往事又不能殺人

一瞬感動過後，陳見夏回過勁來了。

「本來就該你管！！！」

陳見夏忽然想起來，這件事明明就是李燃惹出來的。

雖然不知道詳細的原因是爲什麼，但是要不是他，要不是那個ＣＤ隨身聽，于絲絲不會這麼恨她、排擠她、陷害她！明明都是他的錯，她居然還謝謝他帶自己出來散心！

陳見夏死瞪著李燃，怒火一路燒到天靈蓋。

她很快速地將今天下午發生的事情講了一遍。

「那個有玫瑰花的ＣＤ隨身聽是于絲絲的對不對？你爲什麼會有于絲絲的ＣＤ隨身聽？爲什麼送給我？你跟我有仇嗎？在醫務室你明知道我是一班的，也知道于絲絲是一班的，你還把ＣＤ隨身聽送給我，不管你們有什麼過節，我跟你無冤無仇，你這麼害我，你陰險不陰險啊?!」

見夏連珠炮似地罵完一通，轉身就走。

走了五、六步的時候腳步頓了頓，因爲她想起來，自己一來不知道這是哪兒，二來口袋裡沒錢，怎麼回學校都是個問題。

但是輸人不輸陣，她咬了咬牙，繼續往前走。

又走了十幾步，心裡更恨了。

白發一通火嗎？白被害了嗎？

你倒是來追一下啊！

陳見夏氣死了，腳下發力，原地轉了一百八十度，掉轉方向朝著李燃氣洶洶地殺回去，他還眨著眼睛呆站在原地。

「李……」

她剛喊了半個字，李燃突然伸出雙手，緊緊地抓住了她的肩膀，陳見夏一下就不說話了。

「讓我扶一下，」李燃說，「坐太久，腿麻了。」

她呆頭鵝一樣站著，任由他扶，只覺得肩頭很燙。

不知道過了多久，陳見夏終於聽到李燃用難得的正經語氣開口。

「陳見夏，對不起。」

李燃能活動了，輕輕鬆開手，退了兩步，低著頭抬著眼，抬出了淺淺的抬頭紋，像隻犯錯的狗。

「我也不知道我爲什麼會這樣。一開始在醫務室，我的確沒考慮到會給妳惹出這麼多事，光顧著自己煩，結果把麻煩都甩給了妳。于絲絲不是省油的燈，我怎麼想都不放心，所以才跑去你們班找妳換 CD 隨身聽。我以爲換回來就好了，我哪知道她居然憋了一個月，設局來搞妳。冤有頭債有主，有本事衝我來啊！所以我說，妳們女生眞是有毛病，多大點事啊……」

「別扯別人，道你自己的歉！」見夏吼他。

「好好好，」李燃點頭如搗蒜，忽然想起什麼似的，「欸，妳看妳要是在自己班上有吼我這點煞氣，誰敢欺負妳啊？」

見夏愣住了。

對啊，她怎麼衝著李燃就能自然說笑和發飆呢？自然得都不像她了，她在家面對父母和弟弟也沒這麼放肆過。

「你別東拉西扯的，要是沒誠意，我也不想聽了。」她語氣卻軟下來了。

「我不是東拉西扯，我是覺得沒臉見人，」李燃爲難地嘆口氣，拿出手機看了一眼時間，「要不然我們邊吃邊說吧。」

陳見夏這次翻了一個大大的白眼，沒有閉眼睛。

他們去了必勝客。

陳見夏有點激動。居然是在這樣的一天，她越過麥當勞，直接吃到了必勝客。

但她必須忍住。她不想暴露自己高中一年級才第一次吃必勝客的事實。

然而她睜大雙眼笑盈盈研讀菜單的樣子還是差點露餡，陳見夏抬頭，看到李燃投來好奇的目光，噌地竄上小火苗——自己一屁股爛帳還沒解釋清楚，居然又想笑話她！

「我只是想看看他們家有沒有出新口味，不行嗎?!」她心虛地高聲說。

「可以啊，」李燃一頭霧水，「菜單在妳那兒，我跟著一起看看，妳吼什麼？」

陳見夏尷尬，「哦，一起看一起看。」

李燃拉著她一起去拿自助沙拉。陳見夏瞪大眼睛，目不轉睛地盯著他每一個動作，看他用胡蘿蔔條在沙拉碗的邊緣搭出一圈外壁，用黃桃和西瓜塡滿，再次搭上一圈更高的胡蘿蔔外壁，繼續往中間塡充其他好吃的水果……

見夏看得入了迷。

「吃完再來拿不就好了嗎？幹嘛要搞這麼複雜？」

李燃像看外星人一樣看她，「再來拿就要再付一份錢了呀！妳傻了嗎？」

到底還是暴露了第一次來必勝客的事實。

陳見夏萬念俱灰。

李燃繼續聚精會神地搭沙拉塔，不一會兒便搭起十幾公分高的塔樓，小心翼翼地端回座位，絲毫沒發覺見夏內心百轉千迴。

「其實我們根本吃不了那麼多，我就是喜歡跟必勝客較勁。而且，研究搭法實在是太好玩了，」李燃自言自語，「來，吃啊，我拿的都是貴的，黃桃和西瓜，妳一定喜歡吃。」

陳見夏用叉子叉了一塊黃桃，悶悶地嗆聲：「別光顧著吃，你不是要解釋嗎？」

李燃嘿嘿笑了。

「我們商量一下，我不解釋了，但我幫妳揍于絲絲一頓，讓她以後再也不敢惹妳，妳說怎麼樣？」

男生都是少根筋。

陳見夏把黃桃嚥下去，很優雅地坐直了身子，說：「不怎麼樣。有屁快放。」

後來，陳見夏終於理解了李燃爲什麼不想講出原委。

因爲這個故事實在是……幼稚。

李燃有一個從小一起長大的朋友叫梁一兵。李燃的爺爺不願意跟兒子兒媳住，一個人帶著孫子留在清眞寺周圍的老居住區，梁一兵就是鄰居家的小孩。

在李燃奔跑如風的童年時光裡，梁一兵就是地上的一道溝，絆他沒得商量。兩人一起做壞事，梁一兵總被抓，李燃只能折返回去跟著挨罵；但若被抓的是李燃，梁一兵卻能將李燃大義凜然的「快跑別管我」貫徹到底。

他們一起度過了小學六年的時光，升初中時，梁一兵本應就近進入一所普通中學，但人家爭氣，拿了華羅庚杯數學競賽的一等獎，被八中破格錄取了。與此同時，生意步入正軌的李燃父母粗暴地將兒子接回自家管教，同時將他塞進了省城最好的初中，師大附中初中部。

陳見夏看著李燃——他講到這裡，神情愉快，竟然充滿「我們都有光明的前途」的希冀感，不知該說他單純還是愚蠢。梁一兵努力念書，去了次一等的八中，招貓逗狗不學無術的李燃卻因爲家裡有錢而隨隨便便入學師大附中。

如果她是梁一兵，應該也不太想和李燃做朋友。但陳見夏沒說，她懷疑李燃聽不懂。

李燃敲敲桌子，「妳看哪裡？聽不聽我說話啊？」

「聽聽聽。」陳見夏狗腿地點點頭。

也正是在八中，梁一兵認識了于絲絲。

沒什麼創意的相遇，活潑女班長與沉默副班長，永遠搭檔，永遠有緋聞。于絲絲似乎更主動一點，做得更多，說得更多，卻止步於曖昧。可梁一兵是實實在在地喜歡于絲絲的，他家庭環境不好，如果不是爲了給于絲絲買生日禮物而求助於李燃，可能這份感情就要被他永遠埋在心底了，連對最好的哥們都不會講一句。

那個禮物，就是 Sony 的 CD 隨身聽。

陳見夏聽到這裡又走神了，起司在嘴邊拉出長長的絲。

省城的學生眞有意思，她想，初三女生過個生日，男同學送她 CD 隨身聽。我媽都捨不得給我買。

她趕緊打消了自己庸俗的想法。

李燃幫梁一兵買了 CD 隨身聽，錢算是借他的，兩個人都知道不必還。梁一兵花一晚上的時間在CD隨身聽上刻了玫瑰花送給Miss Rose，塞進對方書桌，沒有留下自己的姓名。

但是寫了賀卡，勝似留名。同學三年，于絲絲一定熟悉梁一兵的字跡，用膝蓋都猜得到送禮的人是誰。

人算不如天算。盒子裡除了保固證明以外，還有張取貨單，是李燃的名字和電話，梁一兵太緊張了忘記拿出來。于絲絲膽子大，找藉口去了一趟師大附中。李燃初中的班級滿是名人，于絲絲和他們在同一個補習班，藉口總是找得到的。

偶像劇一般的相遇，活潑漂亮的神秘女同學直接喊他的名字，讓他猜她是誰，他猜不出來，就一直猜，猜過學校走廊，猜過大門口，猜到了餐廳，坐在了同一張桌子前，名字已經不重要了。

「我當時真的不知道她就是梁一兵喜歡的女生……」李燃的聲音越來越小。

陳見夏驚訝，「所以你搶了你好朋友的……」

「我沒有！」李燃截斷她的話，「我只跟她吃了一頓飯！」

就吃了一頓飯，結帳的時候就遇到了梁一兵。

「後來呢？」見夏放下手中的披薩，擦了擦嘴角的油。

李燃每個字都吐得艱難：「沒有後來，反正就是掰了。」

「誰跟誰掰了？」

「我跟他倆都掰了。」

他已經把盤子裡的黃桃戳成了篩子，過了好一會兒，終於還是把後續略微展開了一點點。

「猜了五、六次都沒猜中，輸了，所以請她在我們學校對面的禮記吃的，」李燃嘆氣，「不知道怎麼那麼湊巧，梁一兵在附中上補習班，經常來，他喜歡吃禮記的乾炒牛河，每次我都請他在那裡吃。我不知道那天他爲什麼去附中，是不是找我，找我幹嘛……恐怕他永遠都不會告訴我了。」

菜單還掀開在桌邊，李燃盯著破裂開來的塑膠封面，頓了一會兒突然沒頭沒腦地說：「妳想吃禮記嗎，還可以，冒牌港式，上次妳不是問茶餐廳的事嗎，要不然晚上就吃禮記吧？」

誰要跟你吃晚飯啊，陳見夏哭笑不得，嘲諷的話都到嘴邊了，忍住了。

她第一次見到他這麼難堪。

其實她還有很多問題。CD隨身聽都給了于絲絲，爲什麼又回到他手裡；「掰了」是怎麼個掰法；他軍訓課第一天到底發生了什麼事，怎麼頭破血流的……陳見夏決定都不問了。

她突然不想端詳他的窘樣了。牆上的掛鐘顯示已經五點二十分了，馬上就要放學了，下午天漸陰，世界變成灰藍色，一種與她無關的藍。

俞丹會不會往她縣城的家裡打電話呢？俞丹會怎麼看待她因爲「一點小委屈」就離校出走一整個下午的行爲呢？她若是此刻走進教室，睽睽衆目會不會像電影中毀屍滅跡澆的汽油一路燒過來？她現在已經覺得臉燙。

披薩上的起司冷掉就很像燭淚，陳見夏明白了為什麼古人說味同嚼蠟。誰都救不了她，知道再多于絲絲的過往，又能怎麼樣呢？往事又不能殺人。

她突然的沉默很是讓李燃心虛。

「妳放心吧，這事我幫妳，保證妳解氣。」他急急地安慰道。

見夏不以為意，只是淡淡地點頭。

陳見夏回教室的時候，屋裡的人都快走光了。俞丹正在講台前跟楚天闊說著什麼，看到她從後門進來，高聲喊了一句：「陳見夏！」

見夏認命了，低頭走過去。

俞丹問見夏下午去了哪裡。

幸好回教室前她給楚天闊偷偷發訊息問情況，楚天闊只提醒了她最重要的一句，千萬別說自己出了校門。

「我在行政大樓的天台坐了會兒。」她低聲說。

俞丹的神情和緩了許多。後面的話不聽也罷。

無外乎是理解見夏情緒敏感，離家求學不容易，但于絲絲只是心直口快，做事情欠考慮，她已經教訓過了，見夏也沒必要這麼大反應，要多鍛鍊自己的心理承受能力，不要鑽牛角尖，總把人往壞裡想，格局太小。

陳見夏掂量了一下，幾乎都是在說她不對，對于絲絲的責怪卻輕飄飄的，「心直口快」四個字甚至不能算貶義詞。她心口悶得慌，一直勉強地笑著，嘴角瘮得不得了，最後垂下來，像哭。

楚天闊適時打斷了俞丹：「俞老師，當時我一直在場，于絲絲和李眞萍雖說不是故意的，但說話實在太傷人，難怪見夏會這麼生氣。剛開學不久，我們同學互相之間不熟悉，對彼此的性格也不了解，一定有誤會，您別擔心，我來開導見夏好了，畢竟這次主要還是她受委屈了。」

一番話滴水不漏，俞丹沒什麼好講，直覺卻不爽，正要補充幾句，楚天闊又說：「偷東西涉及人品問題，見夏急了也正常，鬧大了別的班還眞以爲我們班出了個賊，就不好了。」

這才打在俞丹七寸。她微不可見地點點頭，表示自己還有會要參加，剩下的交給楚天闊。

臨走時她拍了拍見夏的肩膀，笑著說：「心胸開闊點。」

見夏剛剛因爲楚天闊的話而舒展的眉頭再次皺了起來。她閉眼睛忍了許久，聽著腳步聲遠去，才緩緩睜開，趕在楚天闊前說：「班長，謝謝你，什麼都別說了。我心裡都懂。」

她怕多待一秒就要在楚天闊面前哭出來了。早知道俞丹會這樣，可是那些話眞的響起在耳邊，陳見夏還是非常難過。

她在偏心中長大，到了異鄉，還是遇見了一顆長歪的心。

陳見夏理應第一個到教室開門，然而第二天一早她遲到了，好不容易爬到自己班教室那一層，看見一群學生嘰嘰喳喳堵在樓梯口，水洩不通。

「怎麼了？」

她好奇地走近，甚至忘記了自己昨天還是風暴中心的主角，應該迴避一下昨天看好戲的旁觀者。

回答她的人是陸琳琳，依舊是那副看到好戲了的、似笑非笑的表情，「妳自己看吧，妳一定很高興看到這個。」

陳見夏有些不快，忍住了，擠到前面去。

他們班門口走廊的牆上貼著一張大白紙，有布告那麼大，黏得結結實實。

龍飛鳳舞的大字，明晃晃寫著：「于絲絲妳這個水性楊花的女人，妳別以為上了振華就可以甩了我！想分手？先還錢！」

陳見夏張大了嘴。

震驚的一瞬間過後，她內心只有一個感覺。

爽！爆！了！

陳見夏死死壓制住拚命上揚的嘴角。她知道這張布告很缺德，可是，善惡終有報，天道好輪迴呀！

這時手機振動了一下，她拿出來低頭解鎖，李燃的大名出現在訊息欄裡：

「解氣了嗎？」

十五 ● 像狗一樣純淨

陳見夏盯著橘色的螢幕。

上面只有乾巴巴一行字，但她看了好幾遍。

她感覺到背後陸琳琳探尋的目光，匆忙將手機收起來，喜悅與慌亂輪番上陣，心臟一抽一抽的。

這張詆毀人的大字報，的確是幫她報了大仇。即便是誣蔑。

但于絲絲不就是這麼對付她的嗎？

蒼蠅不叮無縫的蛋，這世上沒有空穴來風，被誣蔑的人一定有問題，所以才招惹這麼一身腥……

這樣的惡意揣測固然是對受害者的二度傷害，但，于絲絲不就是這樣對她的嗎，人心不就是這樣的嗎，于絲絲操縱，也被反噬，很意外嗎？于絲絲人緣那麼好，昨天聲援者眾，現在呢，有一個人站出來幫她說句公道話嗎，哪怕站出來把這張白紙撕掉也好啊，有嗎？

陳見夏盯著那張白紙，心跳如鼓。

她突然大步向前，推開擋在前面的同學們，衆目睽睽之下揪住這張大白紙翹起的一角，用力撕了下來！

「我覺得，我覺得這樣不好。」到底還是有點膽怯，聲音也不高。

「妳不應該覺得開心嗎？昨天妳倆可是差點打起來。」

陳見夏不用看就知道這種話一定是陸琳琳說的。

她突然很好奇，自己這麼夾著尾巴做人尚且屢遭不順，這位陸琳琳同學嘴這麼賤，怎麼平安活到十七歲的？

「一碼歸一碼，她誣陷我，我會光明正大跟她講道理，但我見不得別人不拿出證據就反過來誣陷她，要是我幸災樂禍，我成什麼人了？誰也不應該用這種方式欺負人，無論是她，還是我自己。」

牽強，非常牽強。

陳見夏不是一個有急智的女生，剛才不過一時衝動自作聰明，這番說辭連她本人都無法信服，此刻這麼多雙眼睛盯著，什麼神情都有，她立時心中不安。

不禁覺得自己無能。

她以爲自己能大氣漂亮地做姿態，既洗脫嫌疑又贏回人緣，順便進一步噁心死于絲絲，不料一開口就辦砸了，這下更像做賊的。

陳見夏妳眞可悲。她愣愣地想。

「見夏妳做得對。」

這話說得好比天降及時雨，陳見夏喪家犬一樣巴巴地轉頭看著剛剛出現的楚天闊，周圍同學都不自覺爲他讓出道路，他抬手將她沒撕乾淨的邊邊角角都扯了下來，在手中揉了揉。

楚天闊溫和地朝陳見夏笑了，神情中充滿鼓勵。

「我覺得妳很了不起，昨天受委屈了，今天還能這樣爲自己班的同學考慮，眞的很善良。」

這話其實有點肉麻，當著這麼多人的面說出來，難免讓人覺得偏袒不公，楚天闊偏偏能說到一堆人附和點頭，包括陸琳琳。他就這麼下了結論，陳見夏如何不感激。

「好了，回教室早自習，掃除的同學動作快點，一會兒值週生就來檢查了！」

說完，楚天闊輕聲對見夏說：「鑰匙，給我鑰匙！」見夏連忙偷偷遞過去，楚天闊開門，把人都引進去。

「班長！」陳見夏悄悄叫住他，「我……眞的不是我報復于絲絲！眞的不是我！」

楚天闊詫異地揚眉，想都沒想就回答道：「當然，妳哪是那種人啊！」

她心中大定，傻笑著一鞠躬：「謝謝班長！」

楚天闊擺擺手，「不用謝。妳之前拜託我的事，我也沒做好，妳不怪我就好。」

陳見夏越加爲自己的小家子氣感到難堪。他仁至義盡，昨天當場站出來替她講話，只不過被于絲絲的鬼話繞暈了，眞的，很夠意思的了，她竟還在內心掙扎該不該怪他——楚天闊不過是個同齡男生，讀書已經那麼緊張，還要管一整個班的同學，憑什麼照顧她，他又不是她爸。

陳見夏還要說什麼，抬眼望著楚天闊，他垂著眼瞼看她，用鹿一樣溫柔的眼神。見夏瞬間把一切都嚥下了。她覺得楚天闊明白。

班長眞好。她內心雀躍。

「這人是誰啊？」

陳見夏聽見這不耐煩的語氣，後背立刻汗毛直豎。她連頭都不敢回，像是沒聽見一樣，拔腿而起，朝著前方的實驗教室走廊衝過去了。

陳見夏跑得上氣不接下氣，直到教學大樓潮水般的人聲被遠遠拋在背後，才在實驗教室的鐵網前停下來。

安全起見，平日裡實驗教室和教學大樓相連接的每一層樓梯口都用鐵柵欄門鎖住，只有需要做實驗的班級才會在物化生科目老師的帶領下進入這個區域。她在門前彎下腰，單手抓著鐵柵欄喘粗氣，還沒喘勻，就聽見腳步聲緊隨而來。

「妳跑什麼啊?!」語氣更不耐煩了。

確切地說，簡直氣炸了。

陳見夏側目看著李燃吃了大便一樣的臉色。

「我幫妳出氣還有錯了?妳見我幹嘛跟見鬼一樣?!」李燃大吼。

看來是委屈了。

陳見夏覺得好笑，小聲說道：「我是爲你好。」

「爲我好？」李燃歪著腦袋，比她剛才在教室門口的樣子還像一條狗。

陳見夏被自己的念頭逗笑了，但被李燃這樣盯著，勉力憋住，正色道：「我跑是因爲，我不能站在教室門口跟你說話，對你不好，因爲那裡、那裡可是案發現場！」

李燃愣住，「案發現場？」

幾秒鐘後，排山倒海般的笑聲向陳見夏襲來，連她手中緊抓的鐵門都嗡嗡共振起來了。

這笑聲只有一個涵義：陳見夏妳少根筋嗎？

「我得走了，」她看了眼時間，「還有五分鐘就打預備鈴上早自習了，今天有英文小考。」

她剛走半步就被李燃拽住了。

「之前是我連累妳，現在我幫妳出氣了。」他說。

什麼意思，邀功？陳見夏爲難地看著他。

李燃皺起眉頭，「妳該不會覺得我這麼做很卑鄙吧？」

語氣依舊霸道，乍一聽像是硬要陳見夏領情，可不知怎麼的，她竟然聽出了一絲絲的不安。

她緊盯著李燃，目光從發紅的頭髮梢下移到他那雙狗一樣純淨的雙眼。

狗一樣純淨？這什麼比喻？

陳見夏連忙驅散了自己的胡思亂想。

「妳眞這麼覺得？」李燃瞧了一下口水，「覺得我卑鄙？」

「我只是擔心你，」陳見夏笑了，「學校裡那麼多監視器，萬一拍到你怎麼辦？會給你惹麻煩的。」

李燃神情快活起來，「怕給我惹麻煩？算了吧，妳是怕牽扯到妳自己吧？放心，我不會出賣妳的。」

「出賣我什麼？」陳見夏急了，「我又沒讓你做這種事！」

李燃露出「果然如此」的表情，「是是是，您多光明磊落，怎麼會指使我用這種卑鄙手段呢？我是自願的。」

陳見夏瞪了他一會兒，噗哧笑出來。

「說眞的，」她還是有點膽怯，「你是不是……我們，我們是不是有點過分了？」

「我們」二字讓李燃心情大好。

「我一個字也沒撒謊啊，她的確考上了振華就甩了我哥們，還欠我一個CD隨身聽，兩千元呢，我哪句話冤枉她了？」

眞理直氣壯啊，陳見夏想。

「怨她嗎？你哥們自己非送給她不可，又不是她從你們手裡搶的。」她忍不住替于絲絲講話。

「是她要的，她下圈套，他自己往裡鑽，否則妳以為梁一兵為什麼非送她CD隨身聽，他就不能送個他買得起的東西嗎？」李燃冷冷地回答，似乎另有隱情，但他轉瞬陽光起來，「詳細的以後再說，反正，妳不怪我？」

陳見夏懵懵的。

李燃被她看得發毛，忽然不耐煩，推著她往回走，「去去去，妳做妳的大好人，不關妳的事，妳就當不認識我這個人。」

「那怎麼行？」陳見夏嚴肅起來了。

她想了想，朝李燃鞠了一躬，嚇得李燃往旁邊一跳，避了過去。

「妳發什麼瘋？」

「謝謝你，」陳見夏很認眞地說，「我不是什麼大好人，也想出口惡氣，誰讓她那麼欺負我。可是我不知道怎麼辦，說實話，我不覺得你這麼做卑鄙，我覺得這才叫以牙還牙，如果沒有你，我還眞沒辦法用這麼威風的方式報復她。雖然……雖然手段比較那個，但是，但是我很高興！」

陳見夏覺得心口那塊石頭隨著這番話也滾落一旁了，說不出的輕鬆愜意。

她固然可以坐享漁翁之利，在李燃面前裝淸高，不落口實。但她覺得這樣才舒服。也只有在這個人面前，她講話才這麼俐落，坦承一切陰暗的心思，不擔心會被輕視或誤解。

李燃竟然臉紅了，彆扭地抓了抓耳朵，神態極不自在，半晌才說：「妳回去上自習課吧。」

見夏也有些羞澀，她低頭將額髮綰到耳後，點點頭。

走出幾步，又回頭問：「你真的不會被監視器拍到？」

李燃啼笑皆非，「又沒丟錢，憑什麼查監控紀錄？妳當學校警衛那麼閒？」

也就是說于絲絲只能啞巴吃黃連了？

話說回來，他怎麼這麼了解警衛？是不是經常偷雞摸狗？

耳邊響起早自習的預備鈴，陳見夏一驚，連忙朝教學大樓大步跑起來。

「欸，對了，」李燃突然從背後遙遙地喊，「那男生是誰?!」

她都跑出好遠了，腳步一滯，心想早自習要緊，這種事幹嘛特意回答。

於是理都沒理。

十六 ● 塵埃落定

陳見夏踩著預備鈴的尾音跑進教室，正好和英文老師同時進門，一個前門一個後門。她機靈地把書包和外套脫下來拿在手裡，所以不那麼顯眼，落座時，前排的陸琳琳回過頭，斜眼看了看她，發出輕笑聲。

不知道是不是因爲剛和李燃分開，陳見夏的神經還沒調整好，她竟本能地白了陸琳琳一眼。

陸琳琳吃了一驚，迅速地轉過去了。

原來瞪她也不會怎麼樣啊，陳見夏驚訝，進而爲自己此前的小心翼翼感到不值。

早自習連著第一堂英文課，英文老師把單字小考的考卷發下來，要求大家十分鐘內做完，然後分組交換批改。

話還沒說完，教室裡忽然爆發出「哇」的一聲哭號。

陳見夏心中有數，好整以暇地回頭，看到捂著嘴邊哭邊往外跑的不是于絲絲，而是狗腿李眞萍。

她詫異極了，不經意對上了于絲絲的目光，黑沉沉的，像是要生吞了她。

即使被這樣擺了一道，于絲絲也不過面色慘白抿著嘴，眼神陰鬱，硬是沒掉一滴淚，身上有著十七歲女生少有的沉著和剛強，也不知道是怎麼長成這樣的，陳見夏由衷怕她。

班上氣氛怪怪的。英文老師渾然不覺，依舊笑盈盈領著大家批改單字測驗考卷，反正她不是班導師，李眞萍的事情就當作同學矛盾交給楚天闊處理，不問緣由。

陳見夏都有點同情楚天闊了。怎麼攤上這麼一個班級，女生一個比一個的多事。

她想了想，試探地向同桌道謝：「昨天，妳站出來爲我說話，眞的謝謝妳。」

余周周點點頭，沒客氣。

見夏想了想，覺得余周周雖然非常冷漠，但本質是個厚道人，所以大著膽子辯白了一句，「但今天的事情不是我做的。」

余周周困惑，「什麼事？」

見夏被噎了一下。她覺得搬起石頭砸自己的腳，只能很小聲地講了一遍，生怕前面的陸琳琳聽見。

「哦，這樣啊。」余周周恍然大悟，面上依舊沒什麼波瀾。

見夏忐忑。

余周周批改完了考卷，把紅筆放回筆袋，輕輕翻開書，頭也沒抬地丟下一句話：「她活該。」

于絲絲哪裡是隨便就能被打倒的。

下課鈴響起，英文老師前腳走出教室，李眞萍後腳就被楚天闊帶進門。于絲絲忽然站起身走向李眞萍，大聲道歉：「對不起。我知道妳是好心安慰我，但是控制不住情緒，讓妳委屈了。是我不對。」

別的班級都下課了，走動打鬧聲從門外源源不斷傳進來，可教室裡沒人動彈，大家專心地看著後排這齣戲，尿急都捨不得離開。

于絲絲指桑罵槐：「今天算我倒楣，我沒想到人能惡毒成這樣，但妳千萬小心點，昨天妳好心爲我出頭，一定也被記恨了，說不定有什麼陰招等著妳呢！」

李眞萍恢復得也眞快，不知道是假傻還是眞傻，被安撫兩句就沒事了，神速和好，姐妹情深，「某些人太缺德了！」

傻子才聽不出她們在說誰呢。

陸琳琳眼睛裡發出快活的光芒。振華一班眞棒，人還是得好好讀書，好學校裡看好戲，天天不重複。

陳見夏氣得發抖。于絲絲和李燃也算是熟人，今天這件事的風格，于絲絲用腳後跟都猜得到是李燃，但之前那麼多次交鋒，于絲絲哪次不是見到李燃就躲，轉頭就來找自己麻煩！

陳見夏正頭腦一熱要站起來跟她們大吵，忽然聽到身邊余周周用非常懵懂的語氣問道：「什麼大字報？上面寫什麼了？我怎麼沒看見？」

一句話激起一片議論聲。

早上那件事多精采，可惜一進教室就考試，都沒時間回味，此刻終於又被提起。不少人來得晚，未能得見盛況，紛紛前後左右打聽，一時間竟沒人關心于絲絲對陳見夏的發難了。

於是那些話再次被翻出來，因爲人性天生喜愛添油加醋誇大其詞，好事者們的轉述比李燃寫出來的還難聽。

輪到于絲絲氣到發抖。

嗡嗡議論聲中，陳見夏眼看著于絲絲從校服口袋中緩緩拿出手機，盯著螢幕愣住了，半晌才貼在耳邊。

于絲絲這通電話接得非常奇怪，半個字都沒講，只是聽著，最後緩緩掛斷。

楚天闊適時地插話進來：「于絲絲，這件事情我覺得是有人惡作劇，大家都很氣憤，我也沒應對過這種事，不知道應該怎麼處理才好，沒有貿然去找俞老師，是希望問過妳再決定。那張紙是見夏幫妳撕掉的，沒幾個人看到。妳也不要再說氣話了。」

面對楚天闊如此明目張膽的偏袒，于絲絲居然沒有反駁，更沒有發怒。她當著全班的面，極爲僵硬地把黑沉沉的目光從楚天闊身上轉移到陳見夏，擠出了一個比哭還難看的笑容。

「謝謝妳。」她說。

完了，陳見夏想，于絲絲瘋了。

陳見夏一直很好奇，班導師俞丹是否清楚早上的那場鬧劇，然而國文課上俞丹依舊嘴角噙著笑，溫和得彷彿連昨天CD隨身聽的風波都不曾發生過。

俞丹的原則不難揣測。

別鬧事。鬧事也別鬧到明面上。好好讀書。除考試外別無大事。

那通迫使于絲絲讓步的電話顯然是李燃打的，壞的怕渾的，李燃就是渾的。

布告的事不了了之，陸琳琳把遺憾寫了滿臉，每堂下課都忍不住回頭望望，看完陳見夏看于絲絲，盼望著後續。陳見夏也心有餘悸，她對于絲絲始終有種老鼠怕貓的心態，總覺得不知何時對方又會突然伸爪子抓她兩下，也默默觀察著。

于絲絲打落牙齒和血吞。有人陰惻惻想八卦她，她就把無辜氣憤演到底；有人來聲援，她便笑嘻嘻說謝謝，請人家吃冰淇淋；下午自習課照舊和楚天闊輪流管紀律，開班會時坦然做主持人，副班長姿態端得足足的，時間久了，連陳見夏自己都懷疑那張布告是她作的一個夢，她太想報仇了，夢見有人除暴安良，其實都是假的，站在講台前背著手微笑的于絲絲才是眞的。

流言蜚語就這麼被生生磨沒了。陳見夏看著看著，竟對于絲絲生出了幾分敬意。

國慶十一長假見夏留在了省城，因爲遠房一位姑婆心臟病去世，爸爸很焦急地動身，帶著老婆兒子一起去鄰省奔喪了。

陳見夏守著整理好的行李，愣愣地坐回床上，耳邊還迴盪著剛才那通電話。

媽媽說：「訂票處要是不給退，妳就去火車站退。」

爸爸在一旁阻攔，「不一定能退，好像得提前二十四小時才能退，別折騰孩子了，還要跑去火車站問。」

媽媽依然堅持，「好歹去問問，能退就退。幾十元呢。」

陳見夏急了，「我跟你們一起去，你們等我回家。」

媽媽也急了，「奔喪也湊熱鬧！妳好好讀書吧，錢不夠了就打電話讓妳堂姑先送點，過後讓妳爸再給她。等忙完這一陣子妳再回來。」

「這一陣子」把整個假期都忙過去了。

陳見夏雖然住在教師宿舍，可大樓裡是分層斷電的，她所在的樓層裡只有學生，除她以外的外地生又都回家過節了，宿舍管理老師常常忘記她的存在，斷電沒先商量。接連幾天晚上，見夏做著練習冊，屋子裡突然一片漆黑。

澡堂也常常沒有熱水，更別提關門大吉的食堂。

陳見夏的假期過得一肚子怨氣。

十月下旬就要期中考了，她本來不想在複習期間瞎忙，誰知道媽媽又心血來潮要疼疼女兒，一天打好幾個電話，非要她週末立刻回家，恨不得在電話另一端罵她心野了忘本了。

早先想什麼去了。

陳見夏忿忿，也有點開心——總算沒完全拋棄她。

這次學乖了，她沒有提前買火車票，打算放學後步行十分鐘去車站坐長途巴士。於是禮拜五的早上，陳見夏直接把帆布旅行包帶到了教室來，裡面裝著夏天的衣服，她要帶回去換季。

俞丹在講台前提醒大家好好準備下週三的期中考，殷殷教導了一番，終於放學鈴響。

好久沒回家，見夏也是雀躍的，掃除也不嫌煩了，擦黑板都控制不住地帶著笑意。這些天來，她軍訓課暈倒、幫小混混把風偷東西、和副班長大吵、離校出走……好像比陳見夏前十六年人生一共發生的事情都多，她被推入了一個目不暇接的新世界，這個世界的規矩便是迎擊，無須事事回頭總結、琢磨。她不知不覺歷練了心智，在一班漸漸站穩腳跟，雖然沒有親密好友，但和同學們偶爾能開開玩笑了，與「仇人」也井水不犯河水，一切都在向著好的方向發展。

只因爲成績好。開學考試中她占據班級前列，這是她唯一比于絲絲強的地方。這裡畢竟是振華。筆桿子裡出政權。

她只敢在內心想想，自己都知道這個念頭很土。

掃除完畢，其他人都走了，陳見夏洗乾淨手，把掃把歸位到垃圾桶旁，穿好外套，拿著鑰匙笑盈盈邁出教室後門。

于絲絲站在門口，書包拿在手上，背靠對面的走廊牆壁，好像已經等她很久了。

「妳到底跟李燃什麼關係？」于絲絲面無表情地問道。

十七 ● 找妳玩

陳見夏頭靠著長途巴士的玻璃，裝模作樣地捏著一本綠皮國文手冊，眼神早就飄向了窗外，公路上一盞盞橘色路燈劃過藍黑色的天幕。

剛剛在學校裡，她落荒而逃。

于絲絲安靜了半個月，終於問到了根本上，陳見夏呆住了，本能想跑，被于絲絲攔住去路。

「我還以爲妳把他迷成什麼樣了呢，結果這半個多月他也沒來找過妳。」

原來在她小心翼翼觀察于絲絲的時候，于絲絲也在審視著她。

北方十月下旬，天黑得很早，太陽已經不見了蹤影。走廊空蕩蕩，于絲絲雙手抱胸，面無表情地擋在路口，她平時一定笑得很累，面對陳見夏的時候，嘴角是報復性向下垂的。

陳見夏提著行李虛晃一招，靠假動作掙脫，于絲絲拉住她行李的提手，她硬生生靠力氣掙脫，差點把于絲絲拽得跌倒。

「我趕不上末班車了！」她邊跑邊喊，語氣居然很熱情，算是和于絲絲解釋。

她沒辦法不逃。否則要跟于絲絲說什麼?她和李燃當然沒關係,自打實驗教室前鐵門一別,她再也沒見到過這個人,一條訊息一個電話都沒有。于絲絲本以爲李燃是鐵了心要護著陳見夏,所以才忍氣吞聲,觀察到現在,終於開始懷疑自己判斷失誤了,憋著不滿要修理她呢,她不逃難道等著挨打嗎?

但是李燃怎麼就不見了呢?

陳見夏起初覺得他是好心爲她避嫌,爲了布告的事情能平穩度過,刻意不出現在一班周圍。

生活清靜下來,上課,下課,去食堂吃飯,回到宿舍讀書,睡覺,早起,繼續第二天索然無味的讀書生活。

她理應感到輕鬆,終於不會被陸琳琳她們說閒話了。

卻莫名失落。

她前九年的學生生活就是這樣過來的,然而一朝被李燃攪和過,再回到這樣的日子裡,竟然有些寂寞了。

時間久了,她漸漸明白,李燃不是在爲她而隱匿。對這個無法無天的傢伙來說,被貼布告、挨處分都只是生活中的小波瀾,他在找樂子,現在覺得陳見夏也沒趣味了,於是整個人都被他拋在腦後了。一定是的。

她曾經在體育場的陽光下問李燃,你難道就沒有更配得上你的朋友了嗎?

她嫌棄他總給自己添麻煩,現在他放過她了。

陳見夏本可以在于絲絲面前徹底撇清自己和李燃「到底是什麼關係」，于絲絲心細如髮，她不說也猜到了七、八分。但見夏當時就是不想說，她告訴自己，不能撇清，哪怕只為了讓于絲絲疑神疑鬼，除了自保沒有別的意圖，一丁點都沒有的。

眞的沒有別的意圖。

見夏嘆口氣，回想自己靠蠻力將行李從于絲絲手裡搶出來的一瞬，于絲絲眼睛瞪得幾乎要掉出來——驚訝什麼，不就是妳提議我做衛生股長的嗎？您看人很準啊。

見夏氣鼓鼓地想。

縣城和省城相距五十多公里，長途巴士走走停停沿路攬客，竟然開了足足四個小時。陳見夏後來被晃得睡了過去，驚醒過來第一時間抬頭查看行李架上的帆布行李包，確定自己沒過站，這才鬆口氣。

巴士剛駛離高速公路收費口就進入了縣城的特色路段：新修建的寬闊八線車道，中間圓環擺滿花盆，紅粉紫相間的配色在七彩投射燈的烘托下更是慘不忍睹；兩旁建築高高低低，時而是破舊的老房舍，時而是突兀拔地而起的政府大樓，規劃得亂糟糟，讓陳見夏不由懷念起省城那一條老街。

李燃答應以後帶她再去逛那條街，給她講那些老教堂、老銀行、老郵局和老餐廳的故事。可是沒有兌現了。雖然去了一個清眞寺，但心情不好，又擔著蹺課逃學的壓力，哪有那天晚上開心。

長途巴士停在了第一百貨商場門口，陳見夏拿著帆布包走下來，不自覺地在心中對比著兩處街景。這是縣城最繁華的十字路口了，整個新縣城都是以這裡爲中心向四周擴張的，曾幾何時，第一百貨商場也是陳見夏心中的聖地，裡面的商品琳琅滿目，眼珠子都不夠看。

現在看來，眞是寒酸啊。

她爲心中湧動的念頭而羞愧。才去省城讀幾天書，自己還土著呢，就開始鄙薄家鄉了嗎？然而，人往高處走，不對嗎？她努力讀書，努力讓自己懂得更多、舉止更得體、見識更廣闊，難道是爲了畢業之後回縣城做個服務生的？

當然，服務生也是值得尊敬的，三百六十行，行行出狀元。

——可是，服務生一定也不希望自己的孩子還是服務生，大家都想要更好的生活，何必虛僞呢？

陳見夏呆呆站在百貨大樓前，行人眼裡，不過是個瘦小而面目平凡的女學生，沒人留意她校服胸口小小的「振華」二字，更沒人知道，這個女學生正在內心的道德閘口瘋狂跨欄。

記憶中省城老街流光溢彩，漸漸覆蓋了陳見夏眼中眞實的縣城十字路口。

如果說，曾經陳見夏刻苦讀書，只是爲了一個「比弟弟爭氣」的模糊念頭，那麼這不到兩個月的省城生活，迅速將她的野心餵得更大。

她以前只是想出去。現在她不想再回來。

爸爸來電話說在開會，結束了會坐科長的車順道來接她，讓她找個地方等等。舉目四望只有肯德基的牌子還亮著，陳見夏推門進去，遠處點餐櫃檯的服務生立刻朝她喊：「小姐我們九點打烊。」

玻璃門上不是寫著營業到十點嗎？見夏心中對家鄉的不滿加劇了，故意回頭看門，只敢用眼神抗議，服務生理都沒理她，她一隻腳還在門外，騎虎難下。

「白姐，是我朋友！」

見夏驚喜，「王南昱？沒想到碰上你的班。」

王南昱正在拖地，跟見夏說話也沒耽誤了工作，比夏天的時候有眼色，不知道是培訓太好還是挨罵太多。

「我馬上拖完這一片，妳先坐那邊！」

「我不過去了，再踩髒了，你一會兒還得拖，」見夏像是到別人家作客一樣不好意思起來，「不給你增加工作量了。我等我爸爸來接我，門口站一下就好。」

王南昱過意不去，硬是讓見夏坐下。

「讀書什麼的，還好？」他忙著工作，還怕見夏無聊，邊拖地邊寒暄。

「滿好的，」見夏笑，「省城學生果然聰明，競爭很激烈。」

「但妳一定不輸他們。」

見夏也沒謙虛，「考不了第一了，全學年也就排十幾名。」

在一班被壓抑的自信心，在初中老同學面前迅速地、安全地膨脹了起來。

「哇，」王南昱很給她面子，「見夏妳眞厲害，我們初中多爛啊，妳居然能在振華考十幾名，振華十幾名豈不就是全省前十幾名？妳果然有出息。」

見夏的臉「騰」地紅了。

這時候門外一輛黑色轎車喇叭嘀嘀響了兩聲，見夏連忙站起身，朝王南昱道別：「我爸來接我了。」

王南昱抬眼瞄到那輛車，神色有些黯然，這種黯然是聽到陳見夏和他天差地別的讀書成績時都不曾出現過的。

見夏好像突然懂得了點什麼。世界上有很多東西比成績更讓她的老同學們折服，比如權勢。

她來不及解釋那根本不是自己爸爸的車，只是拿起行李，朝王南昱點點頭，脫口說道：「加油！」

此時此刻的鼓勵竟像是得寸進尺的炫耀，變了味道。陳見夏後悔，外面的車又嘀嘀兩聲，把她轉圜的話也嚇了回去。

王南昱卻沒見怪，做爲一個曾經的不良少年，他脾氣很好。

「快去吧，」王南昱說話的語氣比見夏成熟了不知多少，「好好讀書，給我們爭光。」

還是這句話。和兩個月前一樣。

見夏心生感動，推門離開時大著膽子說了一句：「來省城玩的時候記得找我。」

王南昱點頭，「說不定過段時間眞就去了。好了快走吧！」

科長的車也不是好坐的，陳見夏不得不一路應付副駕駛座位上的科長老婆。科長兒子在縣一中讀高三，是被他爸爸疏通關係硬塞進去的，成績很差，抽菸喝酒打架樣樣精通，偏偏科長老婆不認命，面對縣城小紅人陳見夏，硬是要把面子找回來，一邊皮笑肉不笑地誇陳見夏出息、用功、死讀書，一邊自說自話地誇兒子孝順、聰明、晚熟、心裡有數、靈活變通……

陳見夏從不是在長輩面前爭強好勝的性格，何況這是自己爸爸的頂頭上司，於是甜甜地順著她誇縣一中。

卻無論如何不肯接對方的話貶低振華。

振華是她的命門。即使這兩個月就沒發生過幾件順心的事，但振華給了她希望，打開了一扇門，這種眼光淺的阿姨怎麼會明白。

回到家裡之後，媽媽提起科長，白眼一翻。

「他的等級輪得到配車嗎，自己買了一輛硬充公務車，現在誰不看他笑話，裝什麼有本事！五十多歲才混個科長，搞外遇離婚再娶好不容易生個兒子還是弱智，縣一中怎麼上的，誰不知道啊，都高三了還跟個傻子似的，別說大學入學考試了，讓他現在回爐初中畢業考試都考不出三百分，囂張什麼！」

見夏媽媽知道自己丈夫在這個科長手下不得志，所以逮著機會就罵。爸爸話少，能縱容老婆這樣罵，擺明了也是樂意聽的。

只有見夏聽著臊得慌。

媽媽放下手裡的瓜子，洗了把手，開始蹲下幫見夏打開行李，一邊收拾行李一邊碎嘴，唸叨見夏不顧家，放出去了心裡就沒有爸媽了。陳見夏忍住沒頂嘴，這時候弟弟從廁所出來，見到她，笑著湊過來。

「姐妳回來啦？」

她見到弟弟還是開心的，「媽不是給你買了手機嗎？你就不知道給我打個電話？」

正說著，她自己擱在桌上的手機突然響了，見夏心慌，連忙伸手去拿，沒想到弟弟像隻猴子一樣躥過去先接了起來。

「喂，你找誰？」弟弟嘻皮笑臉。

「我找陳見夏。」

手機漏音，音色耳熟，見夏心跳如鼓。

弟弟放下手機，朝著媽媽爸爸大喊起來：「有男生找姐！」

「別胡鬧！！！」

陳見夏的智商及時上線，在父母責問的目光投射過來前，先發制人，強硬地吼弟弟，劈手奪過手機。

「喂？班長？哦，對不起，我弟弟不懂事，他鬧著玩的。車開得慢，到家晚，我忘了跟俞老師報平安了，你幫我跟老師說一聲，嗯嗯嗯，放心吧！」

全程陳見夏都沒有回頭看爸媽一眼，也忍受著電話另一頭李燃山河變色般的笑聲。

她鎮定自若地把這齣獨角戲演完，掛了電話，恨恨地瞪了弟弟一眼。

媽媽不高興了，「妳弟弟跟妳鬧著玩呢，妳當著外人的面吼他幹什麼？妳同學反倒會瞧不起妳！」

陳見夏閉上眼睛翻了一個大大的白眼。

這時父親合上報紙發話了：「怪小偉，人家是班長，代替老師來問事情的，他大呼小叫的，顯得我們家沒家教，還滿口男生女生的，誰教你胡說八道的！」

媽媽護兒子，當然不高興，但也不繼續爭執了，背地裡瞪了見夏好幾眼，拉著弟弟回臥室，說要給他剪指甲。

陳見夏憤憤地去廁所，又不敢摔門，坐在馬桶蓋上生悶氣。

手機又響了一聲。是李燃，沒有別的內容，就一個「大笑」的表情符號：D。

陳見夏沒好氣地回覆訊息：「你有什麼事？」

李燃的答案非常「李燃」。

「找妳玩啊！」

陳見夏哭笑不得，幾乎能想像這句話用李燃輕狂的語氣唸出來是什麼感覺。她無法忽略自己這一瞬間的開心。

李燃沒有找到「更配得上他」的朋友。他還是來找她玩了，隔了一段時間，他還是記得她。

見夏說不清這種感覺是什麼。

她身處生活了十七年的家鄉，隔著一道門，至親就在旁邊的客廳看電視。

可陳見夏分明覺得，手機裡面那個麻煩人物，離自己更近。

十八 斷掌

陳見夏的家大約十五坪，只有兩間臥室，父母住大的，她和弟弟擠在小房間。小時候倒沒什麼，見夏青春期之後就越來越不方便，弟弟在不懂事的年紀曾經指著她沾在床單上的經血哈哈大笑，她氣得直哭，媽媽不當回事，給她在床單底下墊了個小被子了事。

少女的青春期是年輕的火山，陳見夏的媽媽隨手就給火山口蓋上了蓋。

初中升高中備考的那半年，她越加刻苦，時常要開夜車到凌晨一兩點，弟弟卻怕光睡不著，姐弟矛盾愈演愈烈。媽媽雖然一向偏幫弟弟，也知道升學考試是大事，尤其在備考家長會上被班導師當眾誇獎提點後吃到了甜頭，看陳見夏的目光漸漸變得像看毛沒長齊的金鳳凰。

金鳳凰的要求可以適當滿足，沒能因爲月經達成願望的陳見夏，終於因爲初中畢業考試而搬出了小房間，在飯桌旁邊開闢出一片小小的備考區，爸爸給她買了一張小書桌，讓她晚飯後可以坐在客廳裡讀書。

老房子四面燻得發黃的舊壁紙包圍下，有了一張惹人注意的新書桌。此後的一個個夜晚，陳見夏守著一盞小小的橘色檯燈，聽著臥房門縫透出父母此起彼伏的鼾聲，埋頭寫完一張張考卷；有時念書到太晚，索性披著毯子睡在客廳沙發上。

新書桌雖然不大，卻是組合式的，自帶抽屜和簡易書架，漆成乳白色。弟弟看了羨慕，吵著要和見夏換，媽媽還眞就試著給他搬了，可惜小房間放不下。最後還是爸爸發了話，說是小偉自己因爲睡不著才把姐姐趕出臥室的，沒道理再霸占一張他平時用不上的新書桌。

爸爸話少，但是家中的定音錘，書桌的事暫時只能算了。但它對小偉的吸引力越發強烈，他在客廳待到越來越晚，陳見夏複習，他就對著電視節目嘎嘎大笑，她眉頭皺得越緊他就越高興，每每都要爸爸親自來趕才不情不願地回房間睡覺。

睡也睡不踏實。弟弟雖然頑劣活潑，神經卻奇異地脆弱，稍微有點聲響便輾轉反側；更奇異的是，他對爸媽轟隆的打呼聲免疫，而陳見夏的椅腳在客廳地板滑動一下，立刻就可以吵醒他。

初中畢業考試前夕，姐弟倆終於爆發了有史以來最嚴重的爭吵。陳見夏不小心把桌上的筆袋碰翻了，筆稀哩嘩啦撒了一地，她連忙蹲下去撿，突然聽見小臥室的門被猛地推開。

「姐妳到底讓不讓我睡覺啊！」

她開始脾氣還是滿好的，道歉哄他，都快哄好了，睡眼惺忪的爸媽走出主臥室，氣氛一朝回到解放前，弟弟終於等到觀衆，要起賴了。

他也十三歲了，他不是陳見夏，他的青春期不容糊弄。

弟弟大哭，話裡話外指責姐姐每天都故意搞點事情，就爲了讓全家人都圍著她轉，初中畢業考試了不起嗎？

陳見夏不意外。弟弟吃醋了。因爲媽媽對初中畢業考試的重視，從來都占上風的弟弟已經很久沒有騎在姐姐頭上作威作福了，姐弟十幾年，小偉一撅屁股要放什麼屁她都能做出天氣預報。

「電視也不讓我看，覺也不讓我睡，憑什麼啊！都說你們不要我了，大姑姑和二叔都這麼說，有姐姐就夠了啊，要我幹嘛，要我幹嘛？」

爲了爭爺爺家的房子，他們家和二叔大姑家沒少打口水官司，互相挑撥是常事，誰知道姑姑的碎嘴這次眞的戳準了弟弟的心窩。弟弟夜半哭得撕心裂肺，男孩子變聲期嗓音粗嗄刺耳，陳見夏太陽穴一跳一跳，恨不能拿桌上的雙面膠給他封上。

媽媽也紅了眼圈，忙不迭地哄著，拍他的後背，怕他哭出嗝來，不知道怎麼摩挲才夠；爸爸站在一旁，有點不耐，神情也是溫柔的。

陳見夏沒有解釋什麼。

這件事連誤會都算不上，她就是碰掉了筆袋而已，洶湧暗潮從敞開的筆袋裡傾瀉而出，她攔不住的。爸媽自打弟弟出生之後心眼就長偏了，她習慣了，連委屈的情緒都醞釀不出來，眼睛裡乾巴巴的。

陳見夏繞過客廳中抱頭痛哭的母子，坐回到書桌前繼續低頭看書。檯燈光線將他們隔絕成兩個世界，她不想去管那邊的一家人。

哭聲漸消，踢踢踏踏的腳步聲極速衝向書桌，見夏都沒來得及抬頭，弟弟的手臂橫掃過來，桌上的筆袋、考卷、計算紙等被他一股腦拂到了地上。

陳見夏站起來。弟弟跺了一腳地上的紙，才仰起頭要說什麼，就被陳見夏一耳光打翻。

媽媽立時瘋了，衝過來扶起弟弟，一把將陳見夏推向身後的牆。陳見夏早料到了她會這樣，站得很穩，媽媽因此更不高興，舉高了手臂要搧回去，被爸爸從背後攔住。見夏只是站在牆邊，默默地、冷冷地看著。媽媽激動的張牙舞爪，爸媽之間的拉扯，弟弟撕心裂肺的哭號……每個畫面都像默劇慢鏡頭，清晰可笑。

陳見夏相信弟弟的臉很痛。因爲她下手很重。

她媽媽迷信，一度喜歡研究手相面相這些東西，看到陳見夏的右手，就說她橫紋斷掌，打人下死手，六親不認。

她記得媽媽抱著幼小的弟弟說「六親不認」四個字時那副嫌棄的樣子。小時候她還眞信了，爲一個天生的橫紋而自卑，抱著媽媽說她認，她認，一定認。

可是到底要認什麼呢？是他們不認她。

爸爸拉陳見夏到沙發上坐著，轉頭繼續去勸媽媽和弟弟。鬧哄哄的爭吵一直持續到半夜三點多，鄰居敲牆警告過後才稍微平息。

眞正結束的標誌是弟弟哭累了，他終於眞的睏了。

媽媽卻精力旺盛，哄睡了弟弟，關好小房間的門，和爸爸一起坐在沙發上壓低嗓音訓陳見夏，訓來訓去就那麼幾句話：六親不認，沒人味，讀書再好有什麼用！

是啊，讀書好有什麼用。陳見夏默默告訴自己，考上縣一中之後，一定要去住校，哪怕就爲一張單獨的桌子。

媽媽終於也罵累了，去睡了。重新安靜下來的小客廳裡，陳見夏蹲在地上把踩壞的筆和考卷整理好，窩在沙發上迅速入眠，一個夜晚就過去了。

第二天家人之間還有些彆扭，媽媽瞪她，爸爸也神色不快，弟弟晚飯前還踹了她一腳；第三天就可以正常說話了；第四天弟弟又開始在客廳氣她；第五天爸媽關心起她的模擬考成績，她也驕傲地絮絮講給他們聽排名情況和老師的囑託……事情就這麼過去了。

陳見夏回想起來，那些動作、語言、屋子裡的光線，全都有種強烈的隔膜感，像一場與她無關的電影。

一家人，沒必要把每件事都說得那麼清楚，反正還要繼續過日子，不用管誰對誰錯，和好就好了，總之不會像于絲絲一樣記仇，趕盡殺絕。

人和人之間，沒感情的時候才講理。

可當陳見夏坐在馬桶蓋上托腮沉思時，不禁感到十分困惑。

是的，他們全家和好了。弟弟再見到她照樣死皮賴臉，氣她，依賴她，不會因爲一耳光而繞著她走；媽媽也並沒眞的將她當作六親不認的洪水猛獸，初中畢業考試成績出來還給她燉排骨吃……

但就是這些爭吵，這些偏心，這些當時說不清對錯、事後也不記得過程的拉扯，漸漸改變了她，把她變成了今天的陳見夏。

以前是一盞檯燈的光，現在是一道門，頭上是同一個屋頂，可住在下面的他們之間，還是隔著的。

十九 生亦何歡

陳見夏不知不覺發呆了太久，媽媽的詢問和李燃的訊息同時響起。

「妳幹嘛呢？拉肚子了？」

洗手間的門是磨砂玻璃，雖然瞧不眞切，螢幕亮光還是能被看出來的，見夏連忙將橘色螢幕倒扣著拿在手心。

「便秘。」她回答道。

「妳那幾套衣服我都拿去洗了啊！」媽媽說完就離開了門邊。

見夏緩了一口氣，悄悄解鎖去看李燃的訊息。

「幹嘛，這麼半天不回話。」

她回覆：「跟家人吃飯。」

「妳回家了？」

「嗯。回去給你帶特產吃。」

陳見夏按下發送鍵，突然覺得奇怪，她爲什麼要給他帶特產吃？自己家的縣城和省城就隔了幾十公里，屬於同一個地方，有什麼特產是不一樣的？

果然，李燃回覆她：「妳腦子沒問題吧？」

她笑了笑，「一會兒再和你說。現在不方便。」

陳見夏爲自己能夠淡定地說出「現在不方便」這句話而高興，甚至有些驕傲。她初中幾乎不用手機，也沒和任何人用訊息聊過天，但現在她和那些劈劈啪啪按著鍵盤的初中同學一樣，表現得很自然。

去客廳陪爸媽坐了一會兒，見夏唾沫橫飛地講著她在振華的見聞，當然，除掉了李燃和于絲絲的全部。弟弟也搬著小板凳坐在旁邊聽，破天荒沒有插嘴，眼睛亮亮地盯著她，目光中第一次有了崇拜。

十點他們都去睡覺，陳見夏打開書包，在客廳複習期中考試。那張乳白色的書桌終於被弟弟硬生生安放進小房間，哪怕占了太多位置，導致他進門都要吸著肚子移動。時過境遷，她也不在乎了，媽媽幫她把飯桌擦乾淨，她就坐在桌邊看書。

她不回房間，還有另外一個比期中考試更重要的原因。

李燃說等她回訊息。

見夏等到十一點，爸媽的打呼聲響起，終於放下心來，從褲袋中拿出手機，先關靜音。

按鍵聲在夜裡格外清晰，像精靈在走路。

「你睡了嗎？」她問。

訊息發好，她就把手機放在筆袋旁邊，翻開化學練習冊，做了半頁的習題，螢幕一直沒亮起過。

見夏的心就像客廳的時鐘鐘擺，左右搖晃，停不下來。她突然惱怒，伸手按住右上角的關機鍵，關了不到兩分鐘，又忍不住開機，盯著像素極低的開機畫面，不明白自己是怎麼了。

一直長在她自己胸膛裡的心，怎麼一不留神就牽掛在了別人身上。往復幾次，陳見夏恨得把手機背後的電池都卸了，甚至鋌而走險進了一次小房間，把電池放到床上，杜絕再犯。

終於，帶著一身熊熊怒火，她做完了化學練習冊，打開英文參考書複習從句使用規則，抬頭看時鐘，已經十二點十五分。

最後看一眼吧，就看一眼。她告訴自己。

陳見夏躡手躡腳地走進小房間。木地板有點老化了，以前暖氣漏水的時候又被淹過，再小心也嘎吱嘎吱響，更別說那個需要上油的房間門了。她屏住呼吸，探身去床上拿電池，弟弟忽然坐起來。

陳見夏嚇得心臟停跳。

弟弟的眼睛比剛才聽她講見聞時還要亮，沒頭沒腦地輕聲央求：「姐，妳跟爸媽說，讓我也去省城上學吧？」

原來不睡覺是在想這個。見夏放心了，朝他笑：「好，我求他們，但你得好好讀書。」

弟弟猛點頭。

「快睡吧。」她說，把電池牢牢拿在手心裡，退出房間。

她安好電池，鄭重地開機，心怦怦跳。

「3 新訊息 來自李燃」。

這種感覺是什麼呢？彷彿小時候冒著風雪走了很遠的路，終於回到家把冰凍的雙腳泡進熱水裡，一瞬間令人哆嗦的暖意過後，傳來溫柔的痛覺。

時鐘的玻璃門反射出陳見夏的笑容，她被自己的開心嚇到了，拚命壓抑嘴角。

「對不起，我跟兄弟打桌球，因爲我老看手機就被他們沒收了，沒看到妳的訊息。妳睡了嗎？」

「不回我，眞睡了？」

「你們好學生不都念到後半夜的嗎妳騙誰啊妳睡了嗎？」

陳見夏右手拿著手機，輕輕貼近自己胸膛，笑得再也收不住。

她沒回覆，帶著小小的脾氣和驕傲，心中安定，做題目速度也加快了許多，雖然還是忍不住時不時把手機解鎖，將那三條訊息從頭到尾瀏覽一遍又一遍。

時鐘指向一點半，見夏終於撐不住了，她合上筆記，準備盥洗一下去睡覺。

刷牙的時候抬起頭，對著鏡子，她看見自己平凡的臉。

陳見夏認爲自己算讀書好的女生裡長得還可以的那一類。

當然，這麼長的形容，已經說明了全部問題。

她湊近鏡子，仔細地盯著。鼻子上這些芝麻點叫黑頭，她已經透過可伶可俐的電視廣告了解到了；額頭長得還不錯，算命的說過她天庭飽滿，可惜臉窄下巴尖，地閣不方圓，未來靠努力就能有出息，但家庭和子女福薄。

她當然是不信那些的。

陳見夏的皮膚很白，眉毛很淡，髮質也有一點發黃，不像弟弟那樣茂密而英氣勃勃；她有一雙杏核眼，不大不小，雙眼皮，可惜睫毛與眉毛一樣淡淡的；鼻子小巧，算是最好看的部位；嘴唇薄薄的，習慣抿著，因爲不愛喝水，總是乾燥；髮型一直是寡淡的露額頭，所有頭髮一股腦梳上去，一絲碎髮不留，紮成一個馬尾，和振華大部分女生一樣。

初中時有許多女同學熱衷於追逐潮流，結伴去剪厚到蓋住整片額頭的齊瀏海，還在左右兩側各留出幾根長長的碎髮來過渡。見夏也動過心思，卻不敢和媽媽講。

在媽媽的概念裡，女兒剪頭髮只有剪短這一層涵義，沒有「變漂亮」這個選項。但現在不一樣了。曾經一絲絲羨慕的細流，在這一刻忽然匯聚成河，洶湧而來。

她好想變漂亮。

陳見夏很快便知道了媽媽催她回家的原因。

禮拜六上午，她吃完早飯，剛從書包裡拿出一疊考卷，媽媽就找出一件嶄新的大紅色風衣對她說，穿上試試。

陳見夏很高興，連忙奔過去披上。

風衣有點大了，腰部空空蕩蕩的，媽媽皺眉打量了幾下，對她說：「妳把腰帶繫上，湊合一下吧，吊牌別拆，我要拿去第一百貨商場退了。」

見夏失望地點點頭，正要脫下來，被媽媽按住，「幹嘛，先穿著，讓妳別拆吊牌沒讓妳脫，我們去妳奶奶家。」

「去奶奶家？」

「對啊，」媽媽對著鏡子整理新燙的鬈髮，「妳去省城上學都兩個月了，也沒去看看奶奶。今天正好。」

見夏訝然，「待多久？下午回來嗎？不回來我就背上書包，帶上練習冊，我週三就期中考試了。」

「不用，待不了多久。」

媽媽帶著她和弟弟到樓下坐公車。車開得慢，隨時停下載客，晃了二十分鐘才到二叔家樓下。縣城近年新蓋的住宅都是成片規劃的社區，奶奶家周圍卻還是一棟棟老舊的八層樓，沒有名字，只有門牌號碼。

當著爸媽的面當然要叫這裡「奶奶家」，實際上在見夏心中，三單元七樓二號的老房子，早已經是「二叔家」了。

房子很大，戶型是八〇年代前流行的老蘇聯結構，沒有客廳玄關，進門便是一條長走廊，彷彿小型飯店，臥室的門分別開在走廊兩側，盡頭才是洗手間、廚房和小陽台。

見夏在這個老房子裡住過六年，直到上小學。四間臥室分別住著爺爺奶奶、大姑姑一家、二叔叔一家和見夏一家。

因爲沒有客廳，逢年過節吃團圓飯時，桌子就擺在爺爺奶奶的房間裡，十二口人擠坐在同一個圓桌邊，熱熱鬧鬧的。這熱鬧也只存在於見夏孩童的想像裡，中國每個大家族的年夜飯桌上多少免不了姑嫂暗戰、妯娌互酸的戲碼，只是小孩看不懂。直到見夏一家搬出去，她邊寫作業邊聽爸媽閒聊家務事，才了解了其中一些紛爭。

紛爭中的死結，便是房子。

見夏仰頭，看向七樓的寬大陽台。小時候陽台是泥塑鋼窗，現在房子被二叔家翻修過，換上了亮銀色的鋁合金窗，嶄新嶄新的，鑲嵌在這棟經年褪色的灰樓上，格外突兀。

一年半前爺爺出殯，爸媽和二叔一家在樓門口指著對方的鼻子破口大罵，她摟著弟弟躲在一邊，無意間抬頭，看到腿腳不好的奶奶站在高高的陽台邊，似乎奮力喊著什麼話，誰也聽不清。

生那麼多孩子幹什麼，家底不夠分，害人打架，血濃於水也禁不住這麼吵啊。她當時就這樣想。後來奶奶就老年癡呆了，糊塗有糊塗的好，孩子打成這樣，是她她也糊塗。

「妳在想什麼！姐！」

弟弟的喊聲讓陳見夏回過神。

二嬸開門時，先看到的是見夏，冷淡表情略有緩和，「小夏回來啦？」

二嬸艱難地牽動嘴角，把他們讓進來。房子翻修後，四間臥室中的兩間被打通，充作客廳，陳見夏的奶奶正在沙發上看電視。

沙發上堆滿被子和靠墊，幾乎被改造成了一張供半身不遂老人歪躺的床，室內瀰漫著老人的體味和藥味，陳見夏覺得自己也伴著這種令人不快的氣味一起衰敗下去了。

奶奶時而清醒時而糊塗，拉著她的手，問她翠芝好不好。

見夏的媽媽用很大嗓門哄著奶奶——又糊塗啦？孫女不認識啦？想不想孫女？想不想孫子？想不想我們？妳兒子每天可惦記妳啦，吃什麼好吃的都會說一句，我下次得給我媽也買這個吃，妳說妳小兒子是不是對妳最好？

二嬸毫不掩飾地輕哼出聲。奶奶只是口角流涎，目光混濁，有時候點頭，有時候搖頭。

見夏尷尬地抽回手，縮在客廳一角，弟弟已經輕車熟路地進了大堂哥的房間去開電腦玩。

見夏媽媽問個沒完，二嬸忍無可忍，遠遠地朝弟弟喊：「你大輝哥說上次他放電腦裡面的重要東西都讓你給刪了，差點耽誤大事，你別亂動！」

見夏媽媽冷笑，「小偉，我們家又不是沒電腦，你亂動她家的幹嘛，害你大輝哥找不著工作全賴你頭上！」

二嬸紅了臉。家中男人不在場的時候，兩個妯娌總是能夠輕而易舉地廝打出最醜陋的姿態。見夏假裝去上廁所，抬頭看著洗手間天花板，心中嘆息。

就爲了這個房子，就爲了「房子是要留給孫子的」。

原本，這棟房子順理成章就該歸二叔叔一家所有。陳見夏是個女孩，爺爺奶奶不喜，但也只是淡淡的遺憾，見夏出生時老陳家早就有後了，二叔的兒子陳志輝都七歲了。

見夏並沒有深入思考過爲什麼房子就理所應當要留給孫子。反正她不稀罕。爺爺奶奶家的生活沒有四人小家庭溫馨自在。爺爺愛抽菸，活著的時候很喜歡打麻將，麻將桌支起來就不倒下，家中煙霧繚繞，見夏不喜歡，爺爺奶奶也不疼她，彼此彼此。

然而這世界上大部分紛爭都起源於表面上的天經地義。

陳志輝十歲的時候，見夏的弟弟陳至偉出生了——房子理應給孫子，如果這家裡突然有了兩個孫子呢？

判定房子歸屬的方法除了男孫，只剩下孝道，孝道有時候是長輩心裡的一把尺，有時候卻也是任由親戚鄰居戳的一根脊梁骨。

她媽媽今天帶著他們來「看奶奶」，就是來秀這根脊梁骨的。

弟弟代表血脈，陳見夏代表光宗耀祖。他們是來示威的。

見夏突然瞄到口袋裡的手機螢幕亮了。她前一晚轉了靜音，忘記調回來，錯過了好幾通來自李燃的電話。

全世界唯一讓她自在的人打來了電話，她連忙接起。

「陳見夏妳有病啊，妳那是手機還是室內電話啊？」

「我漏接了，轉靜音了沒聽見。」

「昨天晚上的訊息妳也沒回啊！」

「昨晚……昨晚睡著了。」

李燃不追究了，「妳就編吧。」

她抿嘴笑著，沒否認，一邊用空著的那隻手指甲輕敲瓷磚壁，一邊問：「找我幹嘛？」

還沒等李燃回答，媽媽就和二嬸颶風般從客廳拉扯到了陽台，與洗手間的陳見夏一門之隔。

「鄭玉清妳他媽要臉嗎?!」

鄭玉清是陳見夏媽媽的名字。

「你們倆要臉，要臉能爲間房子把自己爸爸逼死？要臉的人不幹這種事！我不稀罕跟妳廢話，見夏，小偉，我們走！」

陳見夏大腦一片空白。她們的爭吵幾乎沒有升溫過程，開場就是白熱化。

「妳他媽再說一句！我們怎麼逼死爸了？我們怎麼逼死他了？幹什麼逼死他了？爸躺在醫院的時候說過，誰養媽房子就給誰，妳當時敢放屁嗎？妳不敢，公婆一個癌症一個癡呆，妳怕他們一時半會不死，拖累你們，妳不敢養！爸當著大家的面說過房子更名給我們大輝，以後婆婆病了死了都不用你們操心，妳耳朵聾了嗎？爸出殯時倒跑過來了，當著鄰里鄰居的面血口噴人，妳眞有能耐！」

二嬸說完一大段，氣都不喘一口，繼續指著呆立在旁的陳見夏，「妳說我們逼死爸，那妳呢？爲了間房子跑去生第二胎，妳對得起妳大女兒嗎？好好一個孩子，讓你們養成什麼樣了，小時候多吃幾口東西妳都瞪她，沒見過妳這麼當媽的，妳還有臉上門教我做人?!鄭玉清妳不要臉！……」

陳見夏握著手機愣了不知多久才清醒過來，看著螢幕上「李燃」兩個字，差點一口氣提不上來，顫抖著手指掛斷。

兩個女人並沒有妳一句我一句地辯論，她們幾乎是同時在講話，二嬸尖叫時，見夏媽媽在以更大分貝吼叫，那些陳見夏幾乎能背下來的陳年往事，都被以最爲不堪和粗野的語言咆哮了出來。

誰也不是無辜的。道理講不清，因爲誰都不完全占理。

見夏一家的搬走是出於兩家人的私心。二叔爲了獨占房子聯合「外姓人」大姑姑趕他們走，理由是大堂哥陳志輝長大了，需要獨立房間，既然見夏爸爸公司分房子了，爲什麼還要擠在父母家？

但見夏爸媽彼時巴不得如此，立即就答應下來，尤其是見夏媽媽，擔心公婆身體越來越差，既不能幫忙帶孩子，還反倒要她照顧，說不定一拖十年八載，此時不跑更待何時。

後來爺爺病重，二叔家催促爺爺把房子趕緊過戶給長孫，承諾伺候母親養老送終，再三威逼，事情敗露，就有了靈堂裡的兄弟反目。陳見夏的媽媽時常過來晃一圈，跟奶奶假親熱，擺出「照顧長輩我們也有出力」的姿態，幾乎每次都以爭吵收場。

想占便宜的人永遠覺得自己受委屈，越委屈越大聲，見夏卻彷彿在增高的分貝中失聰了。

她突然很難過。爲什麼她的生活就不配擁有一點體面。

媽媽指著關閉的防盜門罵，弟弟興奮地幫腔，見夏只是漠然站在幾級台階下，等待他們撤退。

怪不得急著讓她回來。上個禮拜奶奶的癱瘓更嚴重了，去過一次醫院，雖然是假警報，但媽媽預感到了，最後的大戰即將打響。

陳見夏是一面旗幟，振華將她染得發亮，自然豎起來。

不出她所料，中午和下午媽媽又帶著他們姐弟分別去了大姑姑家、舅奶奶家一一走訪。在媽媽口中，陳見夏是個孝順又有出息的孫女，和弟弟一樣。

「爺爺活著的時候就可喜歡她了，就說她有出息，奶奶現在誰都不認識了，就認得出他倆，她一進門，奶奶就不糊塗了，拉著她的手問她書讀得好不好。」

陳見夏依舊呆呆地聽著，偶爾笑笑，右手一直放在口袋裡，拿著手機。

電話掛斷之後，李燃沒有再打回來。沒有訊息，沒有詢問。陳見夏說不淸自己心裡是什麼感覺。

憐憫與羞恥像兩隻手，合力掐住了她的脖子。

在二叔家附近的公車站等車時，她又看到了「嘀嘀嗒」。

自打陳見夏有記憶起，「嘀嘀嗒」就是上過電視的名人。有人說他二十歲，有人說他三十歲，可十幾年過去了，「嘀嘀嗒」的長相在見夏眼裡就沒有變過。他永遠披散著頭髮，穿著那件破舊的深藍色吊帶褲，吊帶斷了就用塑膠繩代替，甚至連手裡充當「方向盤」的鐵皮餅乾桶蓋子，都還是當年那一只——藍色的，掉了漆，生了鏽，依稀能看見上面印著一塊塊黃色牛油餅乾。

「嘀嘀嗒」甚至不曾單手開車。

他永遠神情肅穆，目視前方，不知疲倦地雙手平舉「方向盤」，每到轉彎的地方才配合地轉動它，口中發出「嘀嘀嗒嘀嘀嗒」的鳴笛聲，右轉時還會禮讓行人。

陳見夏很小的時候也和朋友們一起追著「嘀嘀嗒」跑，學他一拐一拐地走路，天眞而殘忍地朝他丟瓶子。「嘀嘀嗒」從不理會，也沒兇過他們，日復一日開著他的車，風雨無阻。

陳見夏愣愣看著「嘀嘀嗒」從遠處的路口拐走。搬家後已經很久沒見過他了，原來還活著。

以前她不懂事，小時候跟風欺負他，長大一點便用自負之心去可憐他，覺得這樣可悲地生存還不如去死，省得被欺負嘲笑。

然而誰活著不可悲呢？這是一座凝固了的小縣城，十幾年前的雜貨店還開在原地，門口下象棋打麻將的看上去也還是同一群人，賣著同樣落伍的零食和本地啤酒，為了舊生活和舊房子而撕破臉皮，不要尊嚴。

他們都不如「嘀嘀嗒」有尊嚴。二嬸，媽媽，因為房子才被供養的癡呆奶奶，甚至是她自己，都比不上他。

陳見夏覺得自己要被吞噬進這片衰老的灰色樓宇裡了。

二十 初雪之後

期中考試很快過去。

每一科難度都比開學考試加大了不少，見夏答題的感覺很不舒暢，跌跌撞撞的，還好沒出現什麼重大失誤，算不上砸鍋。

學年第一名又是楚天闊。見夏上次考了學年第十六名，這次跌出了前五十名，幸好班級排名還在前十名內。這個名次讓見夏有一點失落，不過能考贏于絲絲和李真萍，還不算太糟糕。

成績是她現在唯一的護身符。

十月一過去，冬天就全面來臨。初雪後，一天冷過一天，下午四點多太陽就下山，教室燈光亮起，陳見夏能從玻璃窗上看到一個鏡像反射的班級，所有人麻木不仁地埋頭上自習課，像雕塑一樣沉默，好像集體將青春賣給了未來，此時此刻就不必活了。

放學後見夏獨自走在回宿舍的路上，咯吱咯吱地踩著雪，抬頭發現鄭家姝和二班的王娣說說笑笑，就在自己前方不遠處。

見夏刻意放慢了腳步，被她們落得越來越遠。

爸爸有時會打電話囑咐她和宿舍同學打好關係，不要單打獨鬥，離家在外有什麼事情還是同學好照應，爸媽鞭長莫及，遠親不如近鄰……陳見夏全部都好好答應下來，一件都沒照做過。

要接近一個人，要從對方那裡獲取資源和好處，乃至得到一顆眞心，哪有說的那麼容易。

卽使有人吃錯了藥，沒頭沒腦地給出無條件的幫助和陪伴，淸醒過來的時候也會收回的。

比如李燃。

現在的生活也很好。在那些爆炸新聞過去之後，大家漸漸了解到陳見夏的本分和無趣，連陸琳琳都放過了她，見夏也識趣地滑向班級版圖中屬於自己的邊緣位置，牢牢嵌進，再不發出一絲聲音。

見夏默默走著，時不時抓抓鼻子。鼻尖上長了兩個小痘痘，都怪她跑去超市貨架買了便宜的鼻貼頻繁淸粉刺，似乎是過敏了。

以後就別用了吧，她想，反正漂不漂亮也沒什麼所謂，沒人看。

見夏路過學校側門，看到了楚天闊。他穿著黑色羽絨衣站在綠色柵欄邊，沒戴帽子，鼻尖和耳朵都凍紅了。

「班長？你怎麼還不回家？」

楚天闊一愣，難得露出驚慌的神色，遲鈍如見夏都能聽見他腦子運轉的聲音，他一定是要編謊話了。

謊話還沒編出來，楚天闊的目光不自覺飄向見夏背後，陳見夏也順著回頭，一愣，不由笑出聲。

「我回宿舍了，班長再見！」

見夏說完就跑，書包在屁股後一震一震。跑了好一會兒她才回頭看那兩個人。

楚天闊正和那位極漂亮的女生說著話，面對面，卻隔著兩公尺左右的距離，有種刻意生疏的彆扭。

見夏知道那個女生，軍訓課的時候于絲絲給她介紹的風雲人物名單中占有一席，隔壁二班的大美女凌翔茜。說來也巧，見夏和她在開學考試中並列全學年第十六名。當然，如果把長相因素也考慮在內，恐怕凌翔茜那三個字在榜單上需要加粗加大加下底線。

好學校裡也有愛打扮的女生，但只是愛打扮，不是美，剪再厚的瀏海也比不上雪地中的女孩，好看又得體，溫柔的披肩長髮襯得一張瑩潤的小臉豔若桃花。

眞是好看啊。陳見夏嘆息。

楚天闊和凌翔茜很少同時出現，只有陳見夏因爲要給教室鎖門，總是走得晚，碰巧遇見過幾次。陳見夏嘴巴嚴、人緣差，楚天闊應該會慶幸吧。

那兩個人感覺到了見夏的注視，一起看過來，嚇得她連忙轉頭繼續跑，一直跑到宿舍大樓門口才停下來，氣喘吁吁，冷冽的空氣灌進肺裡，胸口冰涼涼地疼。

陳見夏回頭，背後是黑沉沉的天、白茫茫的雪，單調孤寂得讓她想哭。

第二天上學，俞丹把楚天闊和陳見夏一起叫去辦公室。衛生局來視察，學校又下了大掃除的命令。

見夏一個頭兩個大。冬天的自來水冰得刺骨，洗抹布、換水、擰拖把布⋯⋯每一項工作都像上刑，本來一班同學們就又懶又嫌髒，現在更別指望他們做事了，最後還不是要落在自己頭上。

陳見夏神色陰鬱，跟著楚天闊走出辦公室。

「怎麼了，不高興？」楚天闊注意到了，「放心，這次妳們女生用報紙擦玻璃就好，擦乾淨了不是還要用膠條封窗嗎，這是大工程，妳帶著做。碰水的事情男生來，交給我帶，他們會聽話的。」

見夏一愣，旋即反應過來，「這算是封口費？」

楚天闊吃癟，微微紅了臉，正色道：「我和她只是朋友。」

見夏點頭，「我也覺得你們是朋友。滿好的。好看的人就應該和好看的人做朋友。」

楚天闊被見夏弄得好氣又好笑。

「是眞的，」他強調，「凌翔茜很喜歡讀書，有一次在主任辦公室等著開會，我們聊了幾句，正好我這裡有一本她想看的書，所以認識了，就這樣而已，只是朋友。」

「我相信，」陳見夏嘆氣，「我就是很羡慕。」

楚天闊揚揚眉毛，有些戒備，「羡慕什麼？」

陳見夏不屑，「不用擔心，我不是羡慕她能跟你做『朋友』。這是我們班別的女生該羡慕的。」

楚天闊誇張地聳肩，「完了，我白自戀了。」

兩個人都笑了。走了一段路，楚天闊再次認眞地問：「所以妳羡慕什麼？」

「我羡慕……」見夏抓抓額角，費力地想了半天，「羡慕你們長得都好看，開個會都能輕鬆聊到共同話題，看書也能看到一起，成績都很好，反正就是，各種地方都匹配，旁人誰也不會說一個配不上另一個。你們自己心裡，也不會覺得配不上。」

見夏悵然地低頭。

她多想也做個配得上的人，但她的一切都那麼不堪。

楚天闊若有所思，很長時間沒講話，走廊裡只有兩個人的腳步聲。

「她比我好，」半晌他輕輕說，「我沒有表面上好。」

見夏驚異地看著他。不知怎麼，她忽然想起剛剛認識楚天闊的時候，他讓她學會不要「想太多」，因爲，他自己也曾經是「想太多」的人。

「沒關係，」見夏沒深究，安慰道：「表面上好就夠了。我連表面上都不好。」

這番打啞謎一樣的對話在教室門口劃上了句號。

見夏最後表忠心一樣急急地告訴楚天闊，她早猜到了，人哪有完美的，楚天闊也一定有自己的不開心，但這都不重要，班長在她心裡是最好的人，所以她什麼都不會說的——不論是他和凌翔茜的關係，還是他覺得自己沒有凌翔茜好。

反正一句也不會告訴別人。她也是可以信賴的朋友。

楚天闊定睛看著陳見夏，沒有笑，許久之後竟然毫無預兆地伸出手，極快地彈了她腦袋一下，然後道貌岸然地回教室了，留下她一個人站在走廊裡發傻。

驚呆過後，見夏無奈地笑了，心底終於有了些許溫暖的感覺，沖淡了孤單。

班長也是拿她當朋友的。

「大庭廣眾之下動手動腳的，妳怎麼這麼不守婦道啊？」

聲音很熟悉，是她期盼的，也是她害怕的。

剃了圓形平頭的李燃，大剌剌地坐在樓梯台階上，晦暗不明地笑著看她。

陳見夏的第一反應是躲開。

教室門口也就幾步路的距離，李燃卻早料到了，她剛拔腿，他的聲音就在背後響起，「我如果現在很大聲地喊妳的名字，妳說是不是這一層樓的班級都聽得到？」

陳見夏極識時務地停步。

「你有什麼事？」她嚴陣以待。

明明心裡是高興的，明明看到他還能這樣熟稔地和自己打招呼開玩笑，她鬆了一口氣，然而態度卻無法控制地變得硬邦邦，她也不知道爲什麼。

是因爲羞恥嗎？怕被他羞辱，所以率先築起冷冰冰的城牆？越是不堪的人越善於偽裝高傲。

「我哪裡惹到妳了嗎？」李燃一臉困惑，「妳看見我跑什麼？」

陳見夏心中氣悶。這個問題怎麼能拋給她呢？難道讓她自己大剌剌地提及親人吵架的醜事？何況，過去這麼久了，他也沒有來找過她呀，訊息電話，什麼都沒有，她憑什麼要搭理他呢？

千言萬語在她內心奔走疾行，無法突破，最終浮現爲一張便秘的臉。

李燃還歪著頭等待她的回答，陳見夏只是搖頭，「我要回去上自習課了。」

「是不是因爲我好久沒找妳，妳生氣了？」

這人怎麼回事啊，都不給人留面子的！

陳見夏的耳朵像被火焰燎了一下，瞬間燒起來，臉龐也熱熱的，只能往牆下的陰影中躲避。

李燃嘿嘿一笑，也有些不好意思，「我一個哥們的女朋友被人搶了，我去幫他鎮場子，誰知道那人那麼孬，居然報警了，所有人裡就我有一點背，讓警察給逮了，我爸去保我，吵了一架，氣得我直接剃了個光頭。」

李燃摸了摸自己圓圓的平頭，「好不容易才長出來了，請假沒上學。」

「不上學是因爲你臭美嗎？」陳見夏笑了。

李燃搖搖頭，「屁。我光頭也帥。我這不是怕嚇到妳嗎？」

陳見夏心裡瞬間開出了一朵花，小小的，冰天雪地中格外扎眼。
她逡巡不前，生怕貿然走出一步就踩到它，反倒不知該說什麼了。

二十一 ◆ 斷點

半晌，陳見夏低頭說：「我回去了。」

走了兩步，又回頭補充：「我不害怕的。」

她沒看到李燃是什麼表情，迅速跑掉了。

回到教室坐下時，陳見夏有些懊惱。爲什麼不多加一個字呢？我不害怕的，我不害怕「你」的。多說一個字，會不會不一樣？

然而她究竟想傳達什麼，又想要他明白什麼呢？陳見夏握著筆，盯著桌面上的化學練習卷，一行行元素符號拉成了圓圈，在眼前緩緩旋轉，旋進深深的腦海。

她沒忍住，主動發了一條訊息。

「今天放學，你有空嗎？」

李燃的訊息回得很快：「哪兒見？」

她幾乎要笑出來。

李燃總是這樣，每當她在原地忸怩作態，向他試探性地踏出一小步，他總能大大方方地跑向她，迅速地，毫不遲疑地，趕在她改主意之前。

她低下頭，一字一字打下：「六點鐘，學校側門吧。」

雀躍的小心臟撲通撲通，把元素符號悉數震出腦海，散落不知去向。

也許是因爲心情好，也許是因爲楚天闊信守承諾，下午第三節課的大掃除並沒有陳見夏想像中難挨。

教室是水泥地面，油漬和塵土都凝在表面上，楚天闊指揮男同學們將所有桌椅板凳都搬到門外，身先士卒打了一大桶水，溶好洗衣粉，沾濕掃帚在空地上畫著圈地刷，一時間滿教室都是風掃落葉的沙沙聲。

見夏驀然想起，開學第一天，于絲絲就是拿這個辦法整她的，但于絲絲沒說謊，掃把刷地的確是八中的傳統，同樣畢業於八中的楚天闊也十分熟練。

她盯著楚天闊沉靜的側臉。他讀書就專心讀書，管理班級就專心管理班級，還人情也說到做到，水那麼冰，也沒見他捲袖子擰拖把有半分遲疑。她發自內心崇拜他。

「妳喜歡班長啊？」

見夏一愣。

她好巧不巧和陸琳琳擦拭著同一塊玻璃的兩面，她看楚天闊，陸琳琳看她，問問題的方式依舊直擊要害。見夏張口結舌，陸琳琳戴著很厚的眼鏡，又隔著髒兮兮的窗戶，兩重玻璃依然擋不住她那雙審判的眼睛。

陳見夏假裝沒聽見，蹲下去撿廢報紙，一個人搬著椅子從她旁邊經過，椅腳有意無意撞了她的手臂一下，不用抬頭就知道，一定是于絲絲。

陳見夏落荒而逃那個週末過後，于絲絲便沒再糾纏過她，但從未停止過努力，船過水無痕，大字報的事情漸漸翻盤，對陳見夏不利的言論甚囂塵上。陳見夏在班上沒有朋友，連別人的中傷都聽不到整句複述，但陸琳琳冷不防透露的隻言片語已經足夠她生悶氣了。

就是這樣的于絲絲，發動這樣的一群陸琳琳，來圍剿小心翼翼的陳見夏。

陳見夏憂傷地想著，用報紙機械化地擦著一小塊玻璃，紙面都磨出白毛了，在沾水的玻璃上留下細屑。一個男生不小心把水桶踢翻了，濺到楚天闊的褲腳上，于絲絲連忙放下椅子，抽出一塊乾淨的布迎上去，「班長，趕緊擦擦！」

楚天闊笑著道謝，正要接過來，忽然周遭一片安靜。

凌翔茜俏生生地出現在一班後門口，教室像被按了暫停鍵，許多男生彷彿沒看見她，掃除的動作卻滯住了。

「楚天闊，主任找你。」

凌翔茜微笑著，說完也不離開，站在原地等。

乏善可陳的學生生活裡，一個美麗的外來客受到這樣的矚目並不奇怪，奇怪的是，被矚目的女孩落落大方的，既不藏拙也不張揚，完全沒在意一屋子的人因她而鴉雀無聲，習以爲常的背後是骨子裡的傲氣。

傲氣是學不來的，讀書需要虛心，從根本上和驕傲相沖，陳見夏心裡清楚。

但她還是下意識學起了凌翔茜的身體姿態，挺直背脊，放鬆肩膀，宛若一隻虛張聲勢的鵝，冷不丁一看，也有幾分像天鵝。

楚天闊也落落大方地走向後門，臨走前沒忘了囑咐一句：「見夏，妳帶著大家繼續掃除，下課前必須把桌椅歸位。」

于絲絲突兀而尷尬地站在教室空地的最中心。見夏聽見陸琳琳發出一聲輕微的嗤笑。

「于絲絲喜歡我們班班長，」陸琳琳斜眼睛示意陳見夏，「瞧見了沒？沒戲。」

陸琳琳們是沒有立場的，陳見夏落難她們笑陳見夏，于絲絲尷尬時，她們照樣轉頭看笑話，像一群食人魚蜂擁而過，見者有份，殺生殺熟，殺父殺佛。

這次陸琳琳翻車了，于絲絲正愁沒地方發脾氣，扭頭就盯上了她們倆，徑直走來，手裡還拿著本來要交給楚天闊的那塊乾布。

「琳琳妳去收拾黑板溝槽吧，這個我來。」

陸琳琳連個屁都沒敢放，點點頭就服從副班長的分配了，不捨地放下報紙，一步三回頭，那副眼饞的樣子竟讓見夏心中升騰起荒謬的憐憫，差點跟她保證自己一定把談話全盤講成評書，請她趕緊安心地去。

于絲絲把窗戶往自己的方向微微一合，親暱地拉過陳見夏，「來，看看這塊玻璃乾不乾淨。」

她們一起透過玻璃看外面深灰色的天幕，于絲絲很認眞地審視了一番，「嗯，很好，沒有指印。」

見夏懵懂點頭，于絲絲順勢湊近了她耳畔，開心地說道：「李燃喜歡凌翔茜，妳知道嗎？」

「關妳什麼事？」陳見夏反問。

人的反應是否多多少少出自眞心？陳見夏脫口而出「關妳什麼事」，說完才想起，明明應該是「關我什麼事」。

于絲絲眼神晦暗，還是微笑著的，她太愛笑了，笑容是她五官特有的排列方式。

于絲絲用窗台的報紙團玩拋接，自說自話：「凌翔茜有段時間坐5路公車回家，李燃會騎車一路跟著，像騎士守護公主座駕一樣，師大附中的人都知道。」

句句穿耳而過。陳見夏專心擦窗櫺，不鹹不淡地評論道：「那妳心裡一定很難受。」

于絲絲愣住了。

「以前喜歡的人喜歡凌翔茜，現在喜歡的人也喜歡凌翔茜。妳眞可憐。」

見夏說完就丟下報紙團，整個人沒道理地輕盈起來，人生頭一次，她端起了衛生股長的架子，氣勢洶洶指著兩個男生罵：「早就讓你們把那桶水換掉，都黑成那樣了，還怎麼洗拖把！別偷懶，趕緊去換水！」

破罐子破摔有時候是勇氣的同義詞。

陳見夏背對著于絲絲，誰也不知道對方臉上此刻是什麼表情。

下午最後一堂自習課，陳見夏一口氣做完了英文專項訓練中的十篇閱讀理解，寫完就翻到練習冊後面對答案——從第三題開始錯，十篇共五十題，居然只對了四題。

見夏傻了，盯著一片紅的頁面不知所措。同桌余周周拿起杯子喝水，斜覷她的卷面，說：「答案寫錯行了吧？」

果然。從第三題開始她就看錯章節了，沿著下一篇的答案一路錯下去，這麼明顯居然還要別人來提醒。

「謝謝妳。」

余周周微微蹙眉，「妳沒事吧？」

「我怎麼了？」

「像要哭了。」

陳見夏抹抹眼睛，手背竟眞的有些濕潤，這讓她難堪。一整堂自習課她又睏又累，始終不肯趴在桌上休息一下，就是憋著一股勁，怕後排的于絲絲看見，誤會她在伏案哭泣。可情緒騙不了人。

她不好意思地開口：「我……」

對方安然的注視讓那個拖長音的「我」最終化爲了一個倉皇的笑容，見夏忽然轉了話鋒：「我覺得凌翔茜眞漂亮。」

她不知道自己提及凌翔茜是什麼意圖。女性的本能在引導著她。

余周周點頭：「是。」

一個字過後就沒了。陳見夏尷尬，她果然選錯了聊八卦的對手。

沒想到余周周又輕聲問：「妳喜歡楚天闊？」

見夏嚇得差點把水杯碰翻。開學兩個月過去，自習課不復以往的安靜，即使是一班，教室裡也有了嗡嗡說話聲，彷彿安全網，把她和余周周圍成一個短暫的姐妹會，一個不被前排陸琳琳發覺的秘密世界。

她搖頭，「不是。當然不是。」

余周周的推理雖快卻錯得離譜，陳見夏覺得好笑，她打聽凌翔茜怎麼可能是因為喜歡楚天闊——轉念被另一個事實嚇到了：那又是因爲什麼呢？

她盯著水杯，整個人呆掉了，傻得十分明顯，隨之而來的是深深的沮喪。

她一直以爲自己和李燃之間的聯繫是孤立於振華這團糾結龐大的毛線之外的，是一根單獨的線，微弱卻特別，此時此刻才清楚地看見，只有她自己是毛線團外的點，孤孤單單的一個點。

陳見夏終於不再硬撐，疲倦地伏在了桌子上。

二十二 ♦ 你喜不喜歡我

陳見夏忽然很想要一個朋友。

初中時很鄙視那些今天還手拉手明天就互說壞話的所謂「好姐妹」，但是也說不清究竟她是因爲鄙視才沒朋友，還是因爲沒朋友才去鄙視。清高的陳見夏特立獨行，刻苦讀書，志存高遠，不與燕雀爭枝頭，一個人去廁所，一個人上下學……絲毫沒覺得孤單過。

也許只是因爲，那時她還沒有心事。

如今眞的想找個人說說話，她才發現自己很孤獨，教室悶不住她滿腹心事，鬧放出來，卻也沒有目的地。

妳能聽我說說話嗎？不會在聽完之後笑話我嗎？不會表面禮貌內心不耐煩嗎？不會轉頭就告訴陸琳琳她們嗎？

陳見夏幾次偷瞄余周周都開不了口，對方埋首於漫畫，完全不給她眼神交流的機會。眼看要放學，教室裡蠢蠢欲動，終於見夏鼓足勇氣對余周周說：「妳有空嗎？」

余周周迷茫地抬頭。就在這時放學鈴響起，大家紛紛起身收東西，整個教學大樓都喧譁起來，見夏後面的話被淹沒了。

人生眞是太尷尬了。

她苦笑著搖頭，對余周周說：「沒、沒事，妳收東西吧。」

「妳想聊聊？」余周周問。

陳見夏立刻點頭如搗蒜。

然而做朋友從來都不是一件簡單的事。

十分鐘的時間裡，陳見夏先是語無倫次地聲明自己本不是那麼冒失的人，她知道大家不熟，但有些話還是不知道和誰說——欸，對了，妳急著回家嗎？著急就改天再聊，沒事的，眞的沒事的。

余周周坐在走廊窗台邊默默看著她，看得陳見夏直冒冷汗。

她怎麼這麼蠢，又小家子氣，客套話都說得無比僵硬。陳見夏拚命回憶，打算師夷長技以制夷——軍訓課那天，于絲絲是怎麼樣親熱又隨意地拉近和她之間的關係的？怎樣幾句話就套了她的底進而耍得她團團轉的？

好難。

活了十七年，唯一一個毫不費力走近的只有李燃。但她不敢居功，是他走近她的，他現在跑遠了，想去哪裡去哪裡，陳見夏站在原地像個傻子。

「妳怎麼從來都不笑的？」開場白說到口乾舌燥，陳見夏停下休息，忍不住問余周周。

余周周一愣，歪頭回憶，「有嗎？我以前經常笑的。」

「那現在呢？反正妳現在不愛笑。」

余周周於是笑了，很淡，甚至稱不上是笑。她搖搖頭，「不說我了。」

見夏覺得自己僭越，更加不知所措。

余周周的聲音溫柔卻清晰：「我不急著回家，也不會把妳說的話告訴別人，只是不一定能安慰或者幫助妳。但我會盡力。妳別繞圈子了，直接說吧，沒關係的。」

人和人的氣質怎麼可以差這麼多。為什麼每個人都比她酷。

陳見夏此刻不想傾訴了，只想撞牆。

囉嗦了十幾分鐘，陳見夏仍然覺得沒說清，但余周周踐行承諾，聽得的確認真。

「滿帥的啊，」余周周露出一點笑意，「我是說，妳挖苦于絲絲那句，滿帥的。楚天闊也好李燃也罷，凡是她喜歡的都喜歡凌翔茜。」

見夏有些不好意思。余周周並不知道，她一輩子就威風過這麼一次。

「妳想了解凌翔茜？我和她小學是同學，不同班，知道得不多。她和我的一個同學，從小一起長大，關係很好。」

見夏沒留心那個停頓很久的「同學」，大著膽子問：「人好嗎？」

余周周回道：「好。就是有點傻。」

「傻？」

「哦，妳是問凌翔茜啊，」余周周難得有些不好意思，「凌翔茜現在的性格好像和以前不大一樣了。畢竟長大了。」

「那她小學的時候是什麼樣子呀？」

「妳關心那時候幹什麼，」余周周笑話她，「都沒發育呢，而且那個叫李燃的也不認識她。」

陳見夏差點嗆到。

「于絲絲說李燃喜歡凌翔茜，妳難過什麼呢？莫非妳喜歡李燃？」余周周問。

喜歡喜歡喜歡，余周周講出這兩個字的語氣稀鬆平常。也許是行政大樓的走廊太寬闊，空曠得很安全，陳見夏也不再驚慌，只是呆呆盯著自己的鞋尖，後腳跟篤篤地敲著牆沿。

「我不知道……妳有喜歡的人嗎？」

余周周終於露出了一個讓陳見夏驚異的甜美微笑，眼睛彎彎，像隻善良的小狐狸，大大方方地說：「有。」

見夏突然覺得離余周周近了許多，興奮起來：「是誰？我們學校的嗎？」

「是，但他早就畢業了。他比我大六歲。」

「那他也喜歡妳嗎？」

余周周收起了笑容，搖搖頭，「我不知道。」

她們一起沉默了一會兒。

喜歡的人喜不喜歡妳，這個謎題從十幾歲開始，或許要用一生來回答；即使得到了答案也只是暫時的，斬釘截鐵會被收回，信誓旦旦會被背叛。

答題人自己都不確定，提問的人又能得到幾分安心。

「去問他吧，」余周周打破沉默，「去問他。」

見夏的臉瞬間脹得通紅。

余周周拿出手機看了一眼時間，拿起窗台邊的書包，「差五分六點了，妳該走了，妳不是都跟他約好了嗎。」

陳見夏看著她離開，這一次毫不費力地將那句「我能跟妳做朋友嗎」替換成了「我能經常跟妳說說話嗎」。

余周周笑了，像在笑她的小心翼翼。

見夏獨自在窗台上坐了一會兒，行政大樓的走廊沒開燈，遠處商業區燈火從她背後照過來，在地上拉出一道瘦長的影子。

自己是喜歡李燃的吧？這種酸澀又期待，撲通撲通的甜蜜，就是喜歡吧？

她沒急著去赴約，特意晚去幾分鐘，因為想讓他等待，想讓他打電話來不耐煩地問「妳死哪兒去了我早就到了」，想考驗他，想矜貴起來……心機無師自通。

陳見夏把右手放在胸口，感受著快要跳出來的心臟。緊張、沮喪、自卑、興奮要把這顆心撐爆了，更多的卻是罪惡感。

她是一個被管束得太好的女生，乖乖的，循規蹈矩的，如何承擔得起這樣罪惡感滿滿的喜歡。

今天晚上一定要讀書讀到十二點以後，把英文克漏字都做完。

她默默告訴自己。罪惡感似乎減輕了一點。

陳見夏跑到側門口，沒有看到任何人。

她氣喘吁吁，呼出大片大片氤氳的白，胸腔充滿了失望的冷空氣

突然一個大雪球擊中了她的後腦勺，力度不大，只是讓她嚇得一抖。陳見夏像隻驚慌的兔子一樣回頭，看到李燃拿著另外一個雪球從樹後面走出來。

「妳他媽想凍死我啊?!都幾點了?妳自己看看錶，都幾點了?」他咆哮。

陳見夏卻笑了，露出一排小白牙，彷彿雪落進領子是多高興的事一樣。

「那你打電話催我呀！」

「妳是怎麼說出這麼無恥的話的?妳看看把我凍成什麼樣了！」李燃氣急敗壞地走過來，伸出手往見夏領子裡塞，冷冰冰的手貼上圍巾包裹下溫熱的脖頸，陳見夏啊的一聲要躲開，被李燃結結實實按住了。

李燃按了兩秒鐘才發現自己欠妥。

他連忙抽出手，卻不知道應該往哪裡放，左右隨便揮舞了一圈，先是背回去，又放回口袋裡，有些惱羞成怒地瞪著見夏，好像是她邀請他來掐她似的。

陳見夏沒覺得冷。她的脖子燙得都快熟了。

他們又去了上一次吃四川小吃的小店。老闆已經認識李燃了，他一進門就用四川話和他打招呼：「來啦？吃串串？」

李燃轉頭問她：「吃嗎？」

陳見夏疑惑，「串串是什麼？」

於是他大聲地對老闆說：「就吃串串！單子給我，我自己劃。」

見夏把下巴擱在桌面上，乖乖看著他點單，竟然覺得他用鉛筆大刀闊斧劃單子的樣子有一點好看。

「……腐竹吃嗎？算了給妳點兩串吧。吃毛肚還是牛百葉？我看電視上說牛百葉漂白都是用化學藥品，但是毛肚說不定還用墨水了呢，要不然都來幾串吧，反正也吃不死人。嗯，我看看夠不夠……欸，妳還吃豬腦花嗎？問妳呢！」

見夏這才醒過來，狂點頭。

李燃站起身，把單子遞給老闆，順手從堆在地上的筐裡拿出兩瓶玻璃瓶裝的可口可樂，拿拴在桌腳上的開瓶器打開，遞給見夏一瓶。

「妳找我有什麼事？」他問。

見夏避開他的眼神，用吸管小口小口地喝著可樂，「沒什麼事。」

又頓了頓，狀似無意地提起：「今天我們班下午大掃除，二班有個大美女來找我們班長，長得可漂亮了呢。」

李燃隨口接：「跟妳比嗎？那也不一定有多好看。」

陳見夏轉了個眼珠才反應過來李燃在諷刺她，在桌子底下狠狠給了他一腳。

「上次妳把豬腦花噴在我鞋上，還沒賠呢！」李燃毫不客氣地要踩回來，陳見夏連忙收回小腿，輕聲說：「她叫凌翔茜。」

她不大信任自己的演技，於是說完繼續低頭喝可樂。這種時候道具是多麼地重要。

李燃瞇著眼睛看她，看得她不敢抬頭。

「于絲絲又跟妳說什麼了？」

和那些一收到噩耗就摔盤子、一偷聽就踩枯樹枝、一聊天就炒菜炒焦的演員一樣，陳見夏一露餡就嗆可樂了，噴得滿桌子都是，她再次借助餐巾紙救場，掩住半張臉。

「于絲絲？沒有啊，沒說什麼。」她搖頭。

李燃抱著手臂冷笑，「是嗎，那妳跟我提凌翔茜幹嘛？」

「我就是覺得她長得好看，她今天下午來我們班了，我們都看見了。這不就跟你隨便聊聊嘛。」

「哦。是好看。」

李燃明顯是故意的。十秒鐘難堪的沉默過後，見夏終於開口了，聲如蚊蚋：「聽說你喜歡她？」

「干妳什麼事？」

一句話像一瓢冷水。天道好輪迴，地球是圓的，下午她堵于絲絲的話，終於依靠著宇宙的能量，轉到了她自己面前。

陳見夏緊緊摟著可樂瓶，髒瓶底的灰蹭在黑色羽絨衣胸襟上，留下一個個灰色的半圓。

「不好意思，」她努力克制住聲音的顫抖，「我……隨便問問，不好意思。」

陳見夏的自尊心告訴自己，即使李燃態度再不好，歸根結柢還是她失禮在先，不占理，所以應該平靜地道個歉，不能哭，不能生氣，否則只會更丟人。

算了，沒這個天分，別裝了。

她整個人都像被調成了振動模式，一直在輕輕地抖，拚命地壓抑。

陳見夏抖著站起來，輕聲說：「我不吃了。」

剛走了兩步就被李燃拉住，一把拽回來，她差點跌坐在他身上，好不容易才穩住，僵站在屋子中央。

「妳抖什麼？」他無辜地看著她。

丟臉，好丟臉。陳見夏低頭用碎髮擋住自己通紅的臉頰和冒火的眼睛。老闆正好端著一鍋串串走過來，看到他倆，見怪不怪的樣子，用濃重的口音勸了一句：「吵什麼嘛！吃飯吃飯！」

陳見夏瞄了一眼冒著紅油的串串鍋，餓得胃抽痛，更加待不住，盡力掙脫他的手，終於把李燃徹底惹急了，大吼一聲：「我不想提不行嗎？嫌丟人不行嗎?!」

老闆迅速識趣地躲去了後廚房。

李燃大力把陳見夏按在座位上坐好，遞給她一雙筷子，「吃！吃完了再說！」說完就埋頭自己吃起來，嚼了兩口才抬頭瞪陳見夏，大有「妳不吃我就給妳填鴨灌下去」的氣勢。見夏實在餓得難受，也沒出息地拿了一串出來，正是李燃說「反正也吃不死人」的毛肚。

這玩意有什麼好吃的。陳見夏想著，又吃了一串。

二十三 ◆ 愛的克漏字

她被辣得像一隻噴火龍從店裡躥出來，外面的冰天雪地也不像來時那麼冷了。

陳見夏透過小窗戶看著還在櫃檯結帳的李燃。

他們倆剛剛一言不發地吃完了一整鍋，到最後竟然有點鬥狠的趨勢了，越吃越快，籤子也不插進籤筒裡，都擺在各自的桌面上，像是要比一比到底誰吃得多。

李燃掀簾子走出來，劈頭蓋臉對見夏說：「妳還等在這裡幹嘛？不回宿舍讀書嗎？」

混蛋！

陳見夏氣得轉身就走，呼吸帶喘，一路噴著白氣，踩在雪地裡，好似一列嘎吱嘎吱的小火車。

「妳真的想知道嗎？」

背後李燃的喊聲讓她頓了頓，但不肯再相信，也沒臉再相信了。

不許回頭！回去讀書，做英文克漏字，做十五篇！陳見夏告訴自己，步子邁得更大了。

「妳八卦我還有理了?!」李燃繼續喊。

「我喜歡誰本來就不干妳的事呀！我說錯了嗎？我跟妳說話呢妳有沒有聽見！」

「陳見夏！」

李燃嗓門越來越大，見夏越走越遠。

她聽見李燃的腳步聲，跑得很快，朝向她，下一秒鐘，領子裡就被塞滿涼涼的雪。

陳見夏尖叫一聲，低頭掬起一捧雪，轉頭就朝著背後高高瘦瘦的男孩揚了回去，順帶還踢了一腳。

「啊……」李燃捂著膝蓋半跪下來，「陳見夏妳他媽夠狠的啊！」

陳見夏意氣風發地一仰脖，長出一口氣：「你活該！」

「妳憑什麼踢我？是妳叫我出來，大雪天讓我等那麼久，讓我請妳吃飯，問我我不想說的事，最後妳還踢我?!」

見夏語塞。

聽起來似乎的確是她有那麼一點點不對。

「那、那你就可以讓我走嗎？是你攆我回去讀書的，我走了，你還喊我幹嘛，拿雪塞我領子幹嘛？」

李燃也愣住了，「對哦，我讓妳走不就好了。」

王八看綠豆，互瞪了一會兒，李燃先笑了，沒心沒肺哈哈哈的，像是什麼都沒發生，笑夠了才爲難地皺眉問：「妳眞想聽？」

見夏大義凜然地點頭，就差正義地扠腰了。

李燃都開講了，陳見夏還在打量避風塘的陳設。

許多看上去像大學生的人圍成一桌桌在打牌、嗑瓜子；大廳中央有一個四方形的下沉式小吧檯，設置了四台電腦，背靠背圍成一圈，每台前面都擠著三、四個小孩子在輪流打遊戲；豎在桌面上的價格牌上只有幾款蓋飯，剩下的都是飲料和果盤，牆上寫著大大的「二十四小時暢飲」。

「這個地方叫避風塘？」她感慨，「眞好聽的名字。」

李燃嗤笑，「別逗了，這個避風塘是假的。」

「假的？」

「避風塘本來是個吃粵菜的地方，在我們這邊被人冒用名字開成了通宵飲料店加網咖，開了好多家，一家眞的都沒有。」

又說到了李燃擅長的領域，眼看著話題又要偏掉，見夏連忙阻止：「說凌翔茜。」

「死三八。」李燃翻白眼。

李燃講起往事宛如便秘。陳見夏一度傷感，自己怎麼就和于絲絲搞得那麼僵，本來下午大掃除可以多聽她講兩句的，現在只能坐在這裡觀賞李燃便秘。

過了一會兒她決定還是自己來提問比較快。

「你爲什麼喜歡她呀？」

李燃冷冷地看著她，艱難地吐出兩個字：「漂亮。」

「那、那喜歡了多久呀？」

「不記得了，沒多久。」

「那她喜歡你嗎？」

李燃的臉更臭了，「……不喜歡。」

「爲什麼？」

「她幹嘛要喜歡我？」李燃反問，「難道妳覺得我很值得喜歡？」

心都漏跳了一拍。陳見夏故作鎮定，「算了不問了你也沒什麼招人喜歡的地方。」

趕在李燃發怒前，她又問：「你眞的騎車追她的公車？你還做過什麼別的追她的事情嗎？」

「沒有！」

「說實話！」

「買東西送她。請她吃飯。爲她打架。妳有完沒完？」

陳見夏心口的酸澀一路漫上鼻腔。她點頭，「有完有完，不問了。」

但話音未落就自己接上：「那現在還喜歡她嗎？」

李燃愣住了，疑惑地看著她，「妳到底問這些做什麼？」

陳見夏這輩子的情商都用在了此刻。她慢慢地、語氣斟酌地說：「我問你的原因，和你會這麼耐心地回答我的原因，是一樣的。」

男孩迷茫的神情彷彿一隻正在學習三角函數的狗，「什麼意思？」

她忽然洩氣了，覺得自己窮追不捨的勁兒很不要臉，咄咄逼人的嘴臉格外難看，更不要說她壓根沒資格。

陳見夏正思考怎麼收場，趕緊道別回宿舍算了，李燃忽然從背後拽過他自己的書包，高興地說：「這麼丟人的事我都回答妳了，妳幫我做張考卷吧，嗯？」

陳見夏沒生氣，內心居然很平靜，甚至有點感激他給了今天一個這樣友好的結尾。

感激他沒有猜中自己的小心思。

感激他根本沒有猜。

她笑了，「我以爲你從不做作業呢。」

「這幾天我們班導師請假，給我們代課的老太太廢話好多，苦口婆心，態度卻很好很好，從不罵我，她要是罵我我就有理由不做了，搞得我現在看見她就想起我奶奶，拉不下臉。別廢話趕緊幫我做！」

見夏心中一軟。李燃其實眞的是個好孩子。

「你是師大附中的，認識那麼多成績好的人，幹嘛非找我？」她好了傷疤忘了疼，又忍不住刺探。

李燃理所應當，「這不正好跟妳在一起嗎？」

……呵呵呵。陳見夏警告自己，再多問一句，她就是豬。

考卷剛到她手裡，陳見夏就笑得伏在桌子上起不來，李燃眉毛都豎起來，「笑屁啊！」

陳見夏指著考卷上的一處，「這裡，文言文閱讀理解，你怎麼答的？」

李燃拽過考卷，不耐煩，「哪裡不對？」

題目列出了文章中的五個詞要求學生翻譯，李燃對「茹素」的翻譯是——色彩不大鮮豔的蘑菇。

陳見夏再次渾身發抖，不過這次是笑的。「你翻譯的不是『茹素』，是『素菇』吧？還色彩不大鮮豔，你很謙虛啊，怎麼不直接寫披麻戴孝的蘑菇啊！」

她像是把一整天的糾結都笑了出去，笑出眼淚，代替了真正的哭泣。

李燃臉上紅一陣白一陣的，惱怒地抽回卷子，「不用妳幫忙了，我去找凌翔茜寫。這點忙她還是會幫我的。」

陳見夏繼續笑。

但這時候的笑，已經全是假的了。

「那你去找她幫忙吧，」她笑嘻嘻地拿起書包，「我得回宿舍了，再見了。」

再見了。笑容在背離他的那一瞬間收回去，推開大門她就開始奔跑，跑過商業街的車水馬龍、燈紅酒綠，整座城市在眼睛裡下起了大雨。

她在紅綠燈前大口喘氣，彎腰把雙手撐在膝蓋上，胸口很疼。

「我靠，妳跑得可真快啊，陳見夏妳是不是練田徑的？」

李燃氣喘吁吁的聲音也在背後響起。陳見夏驚惶地轉過去，眼睛裡的雨同樣濕潤了眼前的少年。

她來振華是爲了好好讀書考大學，見識更廣的天地，走更遠，做人上人，所以應該趕緊回宿舍去做英文克漏字呀。

可爲什麼會被一個給蘑菇披麻戴孝的少根筋男生牽著鼻子走呢？

喜歡是歡喜的反面，就像悲傷是快樂的反面，所以喜歡上一個人的時候，才會那麼悲傷吧。

李燃驚詫，「妳哭什麼啊？」

陳見夏淚眼婆娑地看著他，沒有回答。

你眞的不明白嗎？你這隻蠢狗。

二十四 一半是火焰，一半是海水

振華的教學大樓在前方的第二個路口，遙遙可見。陳見夏停下腳步，抹了一把臉。其實風早就把眼淚吹乾了，稍微做點表情臉就會疼。

「不用送我了，我到了。」陳見夏低頭輕聲說。

李燃也沒客氣，「不想讓收發室的看見我？那妳自己回去吧。」

她沒看他的眼睛，連忙繞過他疾步離開。剛剛的委屈與衝動就好像這一片淚跡，吹一吹，晾一晾，乾涸在臉上反而更難受，不如剛才不要哭。

不如不提及，不如不試探。

即使他也喜歡她，又能怎樣？真去談戀愛嗎？爸媽和老師都會打死她的。

陳見夏慢吞吞走向前，想看看他的表情，最終還是硬撐著沒有回頭，反而小步跑了起來，跑向樓上桌前的英文克漏字。

後來她是趴在桌上睡著的。小小的房間裡暖氣燒得太旺，讓人很容易犯睏，半夜驚醒時，桌上的電子時鐘顯示已經兩點二十分。她打了個哈欠，揉揉眼睛轉頭倒向了床舖，鑽進被窩脫衣服，一件一件甩出來丟在椅背上搭住，整個人蜷縮成一團，把腦袋也藏在被窩裡面。

李燃會回想晚上那段讓他莫名的追逐嗎？會不會忽然明白過來她的心意？那該有多丟人啊。

陳見夏閉上眼。

第二天醒過來，她看到手機裡躺著一條李燃的訊息，就一個問題：妳到底怎麼了。

陳見夏這次躲避得很巧妙，她刪了打、打了刪，終於拼出一條輕鬆大方的回答：「昨天對不起了。大家都很好奇大美女的事，我也想多知道一點，誰讓我近水樓台認識你呢！後來意識到這樣沒考慮你的感受，我很羞愧，就哭了。你為我保密哦，對不起。」

按下「發送」鍵，陳見夏有種奇異的感受。

她似乎是長大了一點，能夠順暢地寫出通篇謊言，成熟得體，還知道自爆難堪來假扮真誠——看來這幾個月來和于絲絲她們的交鋒還是有成效的，教訓沒白吃。

內心深處卻隱隱地疼，像是不明不白失去了點什麼。陳見夏第一通圓滑的外交辭令，送給了李燃，送給了曾經在這個陌生城市裡她唯一不需要說謊的對象。

而李燃果然沒有再回覆。

十一月和十二月都很難熬。整整兩個月沒有節假日，白天短得像贈品，凜冽的寒風封印了世界，學生們如一隻隻待宰的鴨子，倒扣在暗無天日的鍋裡，被暖氣蒸出難以形容的味道。唯一稱得上「娛樂」的只有兩件事——課間操跑步，以及「一二．九」

大合唱比賽。

一班和二班作爲全年級矚目的兩個資優班，一直在暗中較量。每到自習課，一班同學總能聽到隔壁各種樂器一起對音準，熱鬧極了。平均分誰上誰下，恐怕只有一班二班自己才關心；合唱比賽這種露臉的事情，才是在全年級面前展現風采的機會——班會上于絲絲如此這般熱情洋溢、危言聳聽，竟然眞的湊齊了一套搖滾樂隊。

二班立刻不爽了，指責一班偸師，走廊裡指桑罵槐的口水仗打了好幾輪。陳見夏因此多愛了一班幾分，泥菩薩也有三分土性，她的同學們終於有點活人氣了。

班會第二天，幾個會樂器的同學把傢伙都帶來了，陳見夏趴在桌上看他們打開樂器盒連接電源，線路盤旋，將講台區域纏繞成了盤絲洞。

「妳會什麼樂器嗎？」她趁亂問余周周。

「學過大提琴。」

陳見夏眼前一亮，「那怎麼不帶來？」

余周周抬頭看看黑板前的亂象，「不是所有樂器都能配在一起的。」

見夏羨慕地笑了，「我不懂。我唱歌都五音不全呢，唉，什麼都沒學過。」

可弟弟學過。弟弟學過半年小提琴、兩個月的素描、手腕上綁過一個星期沙袋懸垂練書法。媽媽的說法是，弟弟是男孩子，好動，坐不住，學這些東西能夠壓壓他的性子。

爲什麼要用這麼多好事情來壓他的性子呢？直接揍他不就好了嗎？

十七歲的陳見夏默默想起了小時候那個眼巴巴的自己。其實她知道輪到自己也未必不會半途而廢，但至少算是嘗試過。人活著爭什麼，不就爭個機會嗎？

余周周趴在桌上睡著了，漫畫扣在腿上，手臂抵著筆袋，幾乎要推下去了，見夏連忙幫她挪了位置。

她很感激余周周。對方後來一次也沒問過她和李燃會面的結果，彷彿兩個女生在窗台的談話從沒發生過。見夏覺得自己又長了點見識，原來不是所有人都得成爲朋友，保持點距離，雖然孤獨，也能多出一點獨自尷尬的空間。

鬧哄哄的排練課上，凌翔茜又來找楚天闊。全班再次短暫地安靜，兩人離開之後，喧囂更甚。

陸琳琳回頭對見夏說：「欸，妳有沒有發現，每次都是她來找我們班班長，班長從來沒去找過她。」

陳見夏早就聽到過這種說法，起源自于絲絲，開頭都是「欸，你有沒有發現」，聽的人隨便一回想，就忙不迭點頭，於是大家再看到凌翔茜的時候就都有些幸災樂禍了，楚天闊一身正氣落落大方的樣子被一班女生津津樂道，每一分疏離都是凌翔茜自作多情的證據。

陳見夏很替凌翔茜不平，他們哪裡會知道楚天闊在校門口等待凌翔茜時那副羞澀又期待的樣子。

想到這裡，見夏忽然爲自己驕傲起來了——她居然還能替凌翔茜著想，同樣妒忌心滿滿的于絲絲就只會中傷別人。

她可眞不錯。

貝斯和爵士鼓的伴奏聲中，陳見夏信心抖擻地翻開習題開始做題目。

因爲凌翔茜，腦海深處有另一個名字在叫囂。她裝作沒聽到。

「一二．九」大合唱，一班二班都順順利利地唱完了。說來也奇怪，一班的性子如此沉悶，居然用的是貝斯和爵士鼓伴奏；二班這麼活潑，用的樂器卻全是古典派。唱指定曲目時一個比一個彆扭，但輪到下一首自選曲目，二班突然釋放自我，集體把軍裝外套一脫，裡面清一色明黃色短袖T恤，所有人高舉雙手打著拍子，開始唱小虎隊的〈愛〉。

凌翔茜的T恤正面印著一顆紅色的心，和其他人不一樣，唱著唱著就從第一排正中央走出來，站在最前方面向整個大禮堂的觀眾，號召大家一起拍手，瞬間炒熱了氣氛；其他人也跟著變換了隊形，全體跟著節奏跳躍起來。

剛回到觀眾席裡的一班同學們還沒從演出順利的喜悅中走出來，就被隨後上場的二班猛澆一盆涼水，不用等成績出來就知道一定輸了，團體榮譽感還沒強到糊瞎眼睛的地步。

凌翔茜捲了頭髮，高高梳起，波浪馬尾錯落有致，隨著動作搖擺，大方明麗，好像天生就該站在最中央，像一隻漂亮又神氣的……

馬？鳳凰？陳見夏托腮苦思，到底也沒能把關鍵形容詞補完。

她多值得被喜歡啊，陳見夏苦澀地想。

楚天闊就坐在她右手邊，不同於其他人，他依然嘴角噙著笑，既不為一班失利而惱怒，也不為凌翔茜而傾倒，彷彿誰也不認識，只是來欣賞表演的觀眾。

「我知道好多人都喜歡她呢。」

比如李燃。

陳見夏沒頭沒腦的一句話吸引了楚天闊的注意，他笑著說：「應該的。」

「那班長你呢？」

楚天闊差點嗆到，他苦笑著搖頭，「我上次不是跟妳說過嗎，我們就是朋……」

「眞的沒有一丁點喜歡她？」

陳見夏用拇指食指比出一點點空隙，楚天闊收斂了笑容，輕聲問：「妳怎麼了？」

見夏自己也不知道意義何在。即使楚天闊有本事把台上的凌翔茜帶走，也沒辦法把李燃心裡的凌翔茜帶走；就算李燃心裡也清空了，又怎樣？陳見夏能頂著被爸媽打斷腿的壓力，去轟轟烈烈地談一場戀愛嗎？

這些她在心裡反覆思索過一萬遍了，沒有一句是新道理，可是在她懂得這些的時候，並沒有料到，喜歡一個人，是如此反覆無常、難以自持。她就是妒忌，就是無法自拔，就是酸澀難當。道理救不了她。

等下一個班級頂著送給二班的鼓掌喝采聲上了場，陳見夏悄悄在腿上翻開了單字本，埋頭背起來，背了不知道多久，不知道哪個手腳不協調的倒楣蛋勾倒了椅子，叮叮哐哐惹得台下一陣哄笑，她才懵懵懂懂地抬起頭。

台上在唱〈讓世界充滿愛〉，女聲齊唱：「輕輕地捧著你的臉，爲你把眼淚擦乾。」幾個男同學推輪椅上台，輪椅上的人穿著條紋病人服，戴癌症患者的針織帽，垂著頭。唱到第二遍副歌，「我們共風雨，我們共追求」，演病人的男生拿下帽子，露出頭髮短短的平頭，是李燃。

陳見夏了解剃頭內情，於是想笑，卻發現其他同學都滿感動的。可見李燃的腦袋很百搭，低頭則臨終，仰頭則犯人，不認識的人眞會被騙得一愣一愣。

最終演唱效果不賴，全場掌聲熱烈。

「這是哪個班？」陳見夏問。

「好像是十四班吧。」坐在左手邊的余周周也在做題目，頭都不抬。

十四班嗎？見夏悵然。李燃帶她吃了好幾次飯，請她遊玩，哄她開心，可她竟然連李燃是哪個班級的人都不知道。潛意識裡她希望他獨立於振華這片牢籠之外，只和自己這個囚犯有所關聯。

眞是一廂情願。李燃不僅是振華分校的學生，還是師大附中的名人、凌翔茜的裙下之臣，看上去在班上人緣也極好，下台時和同學們嘻嘻哈哈勾肩搭背，有個女生還拍了他後背一下，李燃親暱地回手彈她腦袋，又是一陣笑鬧，直到班導師出現喝止了他們。

陳見夏覺得格外刺眼。

也滿好的。她收回目光。

到此爲止，別繼續犯錯了，早點清醒，滿好的，眞的滿好的。

陳見夏死咬牙關盯著腿上的單字本，過了一會兒，余周周把一包面紙放在了她的本子上。

二十五 一般般的妳

「一二．九」的大贏家果然是二班，風光無限。一班群衆雖然有些沮喪，但那點悲傷平攤到每個人頭上越發稀薄，很快就蒸發乾淨了。大家三三兩兩聊著天從禮堂回教室，不知說起什麼爆發出笑聲，被教務主任吼了一聲，連忙躲進教室，繼續哄笑。

只有于絲絲是例外。

平心而論，這次活動楚天闊充其量鎮鎮場子，于絲絲才是眞正殫精竭慮、鞍前馬後的發起者，結果今天大放異彩的是凌翔茜，陳見夏用腳後跟都能猜到于絲絲此刻的心情。只是她以爲于絲絲依然可以繃得住，大字報她都忍住了，這種小事沒道理——于絲絲還眞的就崩潰了。

下課鈴一響，她拉長了臉徑直奔出教室，直到第二節自習課也沒回來，最後還是楚天闊出去找。

陳見夏去俞丹辦公室領這個月發放的外地生補助，把錢分別裝進四個信封。俞丹一邊翻著母嬰雜誌，一邊輕描淡寫地問：「班上同學的情緒怎麼樣？」

「還好，」見夏想了想，又補充道：「于絲絲滿難過的。她爲了比賽付出很多，是我我也難受。」

即使是仇人，陳見夏也忍不住替于絲絲說了幾句好話，俞丹沒什麼反應，繼續問：「楚天闊沒勸勸她？」

意思就是俞丹自己不想管。陳見夏眼見她拿起腳邊的熱水壺，往茶杯裡倒了點水，又往後翻了一頁雜誌，頭也不抬地笑著說：「我知道了。妳順便去一趟行政大樓，教務處那邊要外地生的資料，妳去幫我填張表。」

這個做派，見夏一點都不意外，走時乖巧地帶上了辦公室的門。

教務處在行政大樓，距離教學大樓有相當一段距離，樓層裡安安靜靜的，陳見夏聽到輕輕的啜泣聲。她躡手躡腳走上幾級台階，偷聽五樓傳來的談話聲。

「你會不會覺得我這樣很可笑？拿第幾名，班上同學沒有一個人在乎，只有我計較。」果然是于絲絲。

「別這麼想。總有人要來承擔責任和壓力，妳做得夠好了。」

「可爲什麼我就不像你一樣呢？以前在我們八中，我經常聽說過你，那時候我還不高興，覺得我也不輸你。後來到了初三，你還是次次考學年第一，我才服氣了。但也只是因爲成績而服氣，現在我是五體投地了，我沒見過你這麼完美的人，很後悔初中的時候沒能認識你，」于絲絲頓了頓，似乎破涕爲笑，聲音中有了一絲俏皮，「當然，現在認識也不晚。」

我呸。陳見夏憤憤然。

班長你可不能喜歡她啊。

楚天闊那邊沉默了一會兒，失笑，「那我就不謙虛了。」

四兩撥千斤。陳見夏思索著，覺得楚天闊實在是值得學習的榜樣了，他是她認識的人裡把廢話講得最好聽的人。

「對了班長，我能八卦一下嗎？」

「不能。回去上課吧。」

「不行，我必須八卦。今天二班把我們幹掉，凌翔茜功不可沒呀，你看我都哭成這樣了，你不應該跟我解釋解釋嗎？你該不會是通敵了吧？」

于絲絲的語氣親暱，說著「僭越」的話，卻沒法讓人反感。果不其然，楚天闊咳嗽了兩聲，彷彿難以招架。

「輸也要輸得起，妳別給我們班找藉口了，扯我幹什麼，八卦也沒個準頭。」

「真的？」于絲絲的聲音高了幾分，「那班長跟她熟還是跟我熟？」

陳見夏輕輕捂上了嘴。這麼噁心的話，于絲絲問得天真無邪，她若真想效仿，恐怕要學海無涯了。

「當然是跟我們班同學熟了，」楚天闊避重就輕，聽動作應該是站起身了，「我看妳好得差不多了，再恢復恢復就該八卦我了。快回教室自習去！」

陳見夏趕緊轉頭撤退，然而于絲絲下一句話卻把她釘在了原地。

「班長，之前CD隨身聽那件事，你心裡是向著陳見夏的吧？」

楚天闊笑了，「妳先告訴我，那件事妳是故意針對她嗎？」

「我怎麼會？我爲什麼要針對她？」于絲絲激動，語氣真誠得連陳見夏都要動搖了，「那就是個誤會，你也知道我這個人從不藏著話。可後來呢？她拿那麼難聽的話寫成白紙黑字來誣蔑我，爲什麼你還幫她說話？」

于絲絲說哭就哭。

陳見夏再次氣得渾身發抖，忍不住要衝上去理論，突然被人拉住了手。

是李燃。陳見夏聽了那麼久的壁腳，居然沒發現黃雀在後，還不止一隻，李燃旁邊站著另一個面生的女生——嘴裡居然叼著一根菸。

李燃衝樓上喊：「那張紙是我寫的，我跟妳說了多少遍了，妳怎麼就是不信啊？」

陳見夏呆呆地任他越過自己走上樓，站在了四、五層中間的交界處，于絲絲和楚天闊的眼前。

陳見夏豎起耳朵聽，等到的只有于絲絲一句慌張不已的「班長我們先回去吧！」

原來于絲絲見到李燃也只有逃的份。

「妳還不撤？」女生提醒她。

壞了。見夏反應過來，趕在于絲絲他們下樓前扭頭就走，怕路上撞見，她繞了個大圈子，往實驗教室跑，女生也跟過來了。

陳見夏停步，「妳爲什麼跟著我？」

見夏忍不住打量她。女生身材瘦小，校服上衣很大，好像訂錯了尺寸；頭髮披散著，半長不短剛到脖子，但和淩翔茜那種散髮不一樣，她的髮型像阿杜，也像古惑仔陳浩南，瀏海挑染成了藍色，一看就應該是李燃的朋友。

女生拿手一撐，坐在窗台邊，「妳是陳見夏？我叫許會。」

見夏突然想起來，這就是那個拍李燃後背，又被李燃彈腦袋的女生。她有點不舒服。

「……妳是李燃的什麼人？」

女生大笑，喉嚨有些啞。她看穿了陳見夏在意，故意答非所問：「我不是你們學校的。李燃跟我打賭，說我穿上校服混進去參加他們班大合唱，他們班導師認不出來，還眞沒認出來，我輸了。」

說著她脫了校服，裡面只有一件薄薄的黑色襯衫，領口釦子解開好幾顆，露出鎖骨處銀色氧化仿舊的碩大十字架吊墜，仔細一看，中心嵌了顆骷髏頭，更像男孩了。

見夏不好一直追問，順著她聊，「怎麼可能，合唱隊形都是排好的，班導師怎麼會看不出來……」

許會回道：「他說他們班導師除了上課之外都不愛戴眼鏡，怕戴久了眼球凸出來，五公尺開外基本上分不太清誰是誰，他開學第一天在校外看見一個男的摸不著打火機，就給他遞了個打火機，結果上課時發現是他班導師——還好借火時沒戴眼鏡，沒認出來他。」

見夏笑了，她還想再聽許會多說幾件李燃的事。許會的語氣不讓她覺得是炫耀或賣關子。

「他借打火機給人，他也抽菸嗎？」

許會搖頭，「不抽啊。哦，打火機是給我的，你們開學那天我過生日，大概是從他家裡隨便拿的存貨吧。」她說完從口袋拿出一只方形金屬打火機，拇指開蓋，發出清脆的聲響，和見夏二叔他們用的兩元一只的彩色塑膠打火機很不一樣。

許會吐了個完整的煙圈，嗆得陳見夏咳嗽。她爸爸不吸菸，每年只有過年那幾天在奶奶家會聞到二叔他們的菸味。

「妳嫌嗆？」

許會問，見夏本能點頭，又胡亂搖頭，許會疑惑，「原來妳是這種性格的女生啊，沒想到。」

就是說她唯唯諾諾的意思吧。見夏尷尬，但更想知道別的，於是忍著問：「妳怎麼認識我的？聽他說的嗎？」

許會雖然語氣不耐煩，但還是主動跳下窗台，把菸丟在地上踩滅，打開窗戶丟了出去，繼續說：「本來拿大合唱打賭就有點傻，我不想來，但一想，能順便見妳一下，就來了。還滿巧的，瞎逛正好碰見，省得找了。」

陳見夏錯愕。許會誇張地湊近陳見夏，目不轉睛地盯著，「也就一般人嘛，沒什麼特別呀。」

陳見夏也是有脾氣的，稍微冷了臉，「就是一般人，誰跟妳說我三頭六臂的？」

許會壞笑，「還能有誰？」

這四個字彷彿一架梯子，陳見夏不再矜持，直接順著爬了上去，「跟妳說我幹什麼，怎麼不說凌翔茜和于絲絲？」

許會不知道是故意整她，還是眞不明白女生彎彎繞繞的心思，居然回答：「說過啊，都提過。他認識于絲絲那天本來跟我們約了晚飯，突然有個漂亮女生找上門，樂翻了，以爲老天爺開眼，看他追校花受挫，又給他安排了一個。表面裝酷，結果直接放了我們鴿子，帶于絲絲吃飯去了，被他哥們當場撞見。這些妳都知道吧？」

知道，但不知道李燃見到于絲絲後心裡「樂翻了」。見夏心裡酸酸的。

「他跟我說認識了個女生，開學第一天在醫務室認識的。那天他在校門口碰見梁一兵了。梁一兵把他的頭打破了哈哈哈哈哈。」

見夏愕然。

開學第一天，梁一兵是帶著被退回的CD隨身聽去找于絲絲的。喜歡的女生考上振華了，他自己卻發揮失常，志願落到了普通高中。這也就算了，居然還在振華校門口碰上絕交了的李燃——他再次被爸媽用建校費塞進了梁一兵夢寐以求的學校。

梁一兵的心態徹底崩塌了。

李燃走過去要跟他說話，沒防備，梁一兵竟抬手就用CD隨身聽砸了他的腦袋，轉身跑了。

陳見夏腦海中浮現出李燃在陽光下包著一腦袋紗布低頭擦拭CD隨身聽的側臉，

不知機身上那道刮痕是不是來源於這一擊。她原本還有些奇怪，李燃怎麼會隨身帶兩台CD隨身聽跟她換著玩，竟然是這樣。

看許會講述的樣子，她顯然瞧不上梁一兵，也只覺得李燃挨他打這件事好笑，見夏卻想起校慶那天下午，李燃孤零零站在藍天之下，自己卻對他說，你沒有更配得上自己的朋友了嗎？

她決定不跟許會兜圈子了，小聲問：「那他到底喜歡誰？于絲絲還是淩翔茜？」

許會笑了，感慨：「李燃果然是個傻瓜。」

見夏一頭霧水，沒來得及問，許會就直接問：「他還找我諮詢，問妳怎麼想的，爲什麼反常，哭什麼，不是吧，妳都表現這麼明顯了，他還問？妳喜歡他吧？我分析得一點都沒錯，妳喜歡他。」

陳見夏石化了，艱難地問道：「妳幫他分析什麼了？妳、就直接跟他說我……」

許會故意拖延了一會兒才回答：「沒。我問他，到底看上妳哪裡。」

剛說完，一回頭，看到走近的李燃，許會臉色尷尬。李燃的目光很快掃過陳見夏，沒有停留，定在許會臉上，語氣有點兇，「妳跟她說什麼？」

「走了。」許會沒回答，把擱在窗台上的校服往李燃懷裡一丟就離開了，臨走還踹了一腳走廊中央承重的柱子玩。

陳見夏坐在窗台上，兩手撐在身側，抬眼看向李燃——他頭髮又長長了不少。時間過得眞快。

剛剛許會說什麼？「他到底看上妳哪裡」。

時間差是多美妙的東西，一瞬的苦澀之後，語言才剛剛回甘。

李燃正要說話，陳見夏的手機振動了一下，收到一個陌生號碼的訊息。

「陳見夏嗎？我是王南昱。我來省城了，週末出來吃個飯？」

見夏上次回家時在肯德基等爸爸，臨走前把手機號碼給了王南昱。她打字慢，看李燃等得魂不守舍，索性直接按照號碼撥回去。

又是冬天，馬上就進入「元旦—春節」的漫長旅遊季，王南昱辭了肯德基的工作，來到省城給開旅行社的親戚打零工，拉生意、跑行程，專門瞄準了南方散客往郊區滑雪場帶。一日遊的分紅不高，但做熟練了就可以升職，總歸比在快餐店有前途。

陳見夏很爲他高興，兩人在電話裡反倒比面對面聊得輕鬆愉悅。掛電話前，王南昱疑惑地問：「見夏，妳怎麼這麼高興？」

「不知道。」她咧著嘴，瞟了一眼早就一屁股坐到自己身旁的李燃，看到他不滿的樣子，沒忍住笑出了聲。

「眞的不知道。我就是……就是高興。」

陳見夏回教室的時候，于絲絲和楚天闊已經坐在座位上了。于絲絲瞟了她一眼，又迅速低下頭去。

李燃已經告訴見夏了，他衝上去嚇唬于絲絲只是因爲對方又開始詆毀她，本來也沒打算對質什麼，何況于絲絲一看見他，就羞怒交加落荒而逃了，只剩下楚天闊朝他優雅地點頭示意，也跟著走了。

「裝什麼裝！」李燃憤憤。

「我們班長沒有裝，他表裡如一，」陳見夏爲楚天闊辯護，「而且他也沒礙你的事，你犯不著爲了淩翔茜來挖苦他。」

一席話把李燃說傻了，「又跟淩翔茜有什麼關係？」

陳見夏沒解釋，高傲地仰著頭離開了，心中卻有一個小人在竊笑，等著一頭霧水的李燃自己去打聽。

最後半節課度日如年。陳見夏托腮垂眼看著桌上的書，已經許久沒翻頁了，手掌把臉頰的肉都推了起來，大大的笑容擠變了形，在寂靜的教室裡，雀躍得很安全。

「盼著放學？」余周周從保溫瓶裡倒水喝，有些促狹地問她。

見夏大方點頭，毫不忸怩。

余周周瞇起眼睛，「約了他？」

見夏的雙手幾乎撐不住臉上的笑，矯情地搖頭否認，「我沒約他。是他找我，要我幫他解題。」

余周周意味深長地看了她一眼，自言自語道：「那今天放學我得趕緊撤，否則討人嫌。」

見夏紅著臉栽在了桌上，再也沒爬起來。滾燙的臉蛋貼在溫涼的木質桌面上，眼神飄向玻璃窗，目光久久停留在班級的倒影上，思緒已經飄回了實驗教室的窗台。

李燃說，我的ＣＤ隨身聽還在妳那兒吧？充電器放在我書包裡都大半個月了，一直不好意思給妳。

李燃說，我帶了周杰倫另外兩張專輯，一起聽吧。

李燃說，讓妳解題妳就好好講，不許像上次一樣連挖苦帶諷刺的。

李燃說，陳見夏，放學等我啊。

陳見夏忽然就不再慌張了。即使過去一團亂麻，未來憂心忡忡，但至少此刻，她的臉蛋燒熱了半張桌子，高興得快要哭出來。

放學後等他。所以現在，她在等放學。

二十六 北極雪

「補課」的地方在學校附近的麥當勞。李燃率先推開沉重的玻璃門，讓陳見夏先進去。陳見夏大大方方地笑著說：「我都沒吃過麥當勞呢，我家那邊只有肯德基。」

話音未落，她就看到俞丹左手領著女兒右手捏著外帶紙袋子，朝著門口走過來。陳見夏心裡咯登一下，本能地想掉頭離開，俞丹卻已經看到了她。

「陳見夏？」

見夏緊張得都快結巴了，乾乾地笑著說：「俞老師好。」

俞丹的目光在和她擦肩而過的李燃臉上停頓了一下，發現李燃看都不看見夏一眼就徑直去點餐，覺得可能兩人並不認識，只是湊巧一起進門，於是臉色放鬆了，「怎麼不去食堂？」

吃麥當勞就奢侈嗎？我在家也吃肯德基呀。見夏對俞丹的古板有些不快，覺得她瞧不起自己這個外地生。

「因爲我想吃麥當勞。」

想都沒想，脾氣就順著嘴邊漏了出來。見夏餘光都能看到背對自己點餐的李燃笑彎了腰，俞丹也很驚訝，囑咐了一句「早點回宿舍」就拉著女兒離開了。

陳見夏瞬間懊惱起來。她硬邦邦地回話，也沒蹲下來誇俞丹的女兒兩句——誰家的爸媽不希望別人一見面就大呼小叫地稱讚自己的小孩「眞乖眞好看幾歲啦叫什麼名字太可愛啦」……她反倒像壓根沒看見人家帶著孩子一樣，怎麼這麼不會做人。

門都合上了，見夏還轉頭盯著，愣愣地回味，直到腦袋被李燃彈了一下。

「我也不知道妳想吃什麼，剛才也沒辦法問，就隨便點了些。」李燃抓起一個漢堡自己咬了一口，又放下，把盒蓋撕下來當作盤子，擠滿了番茄醬。

見夏撿起薯條，心不在焉地沾了沾，「你反應眞快。」

李燃笑，「習慣了。見不得人的事做太多了，躲老師還不簡單。」

「我們一起吃飯有什麼見不得人的。」見夏嘴硬。

「這得問妳呀！」李燃吃得腮幫子都鼓了起來，「妳要是覺得很能見人，剛才怎麼不當著你們老師的面叫我？『李燃，我要吃巨無霸！』妳倒是叫呀！」

李燃捏著喉嚨學陳見夏說話，被她從桌子底下狠狠踹了一腳。

陳見夏吃飽了就用餐巾紙擦擦嘴，居高臨下地評價：「薯條不錯，別的沒有肯德基好吃。」

「我覺得聖代還不錯呀。」

「沒有肯德基的聖代好吃。」

「妳等著！」

李燃說完就起身出去了，留下見夏一個人愣愣地在座位上看著他的書包，不出五分鐘就跑回來，左右手各一支甜筒。

「來，各舔一口。」

見夏眨巴著眼睛，乖乖地各咬了一口，仔細辨別了一番，勉強地指著其中一支：「這個。」

李燃笑得嘴巴都快歪了，「這是麥當勞的！」

見夏臉有些紅，倔強道：「話還沒說完呢，我是說這個……沒有那個好吃。」

李燃沒和她繼續爭，把肯德基的甜筒遞給她，自己大剌剌地舉著麥當勞的甜筒吃了起來，第一口就咬在見夏咬過的缺口上。

陳見夏覺得這一口咬在了她心上。

她低頭從書包裡翻出國文手冊，輕聲說：「快吃，該念書了。」

給李燃上課是一件很頭痛的事，因為該用心的地方他完全無所謂，不該用心的地方他倒追根究柢問個沒完，總和她抬槓。陳見夏講魯迅，李燃就問魯迅是不是休了大老婆，把她氣得沒轍。

「關你什麼事！他就是上完廁所不沖水也跟你沒關係！讓你背你就背！」

陳見夏終於發飆，把書直接拍在了李燃臉上。已經八點半，冬天的省城總是很沒有活力，街上行人寥寥，餐廳裡只剩下他們兩個顧客。

「我有好幾本練習冊沒做呢，明天上課還要講，跟你在這兒廢什麼話！」見夏氣鼓鼓地開始收東西。

李燃把書從臉上拿下來，小心地撫平綯摺還給了見夏，按住她收東西的手，「十點才關門呢，妳就在這兒寫，我不吵妳了。對了，妳把CD隨身聽拿出來，我們聽歌！帶了吧？」

陳見夏臉一紅，急速又不捨地把手抽出來，點點頭。

李燃接過CD隨身聽，把電源線交給陳見夏，「這個妳收好，今天聽沒電了，回去自己充。早就該給妳了。」

「你就這麼送我一個CD隨身聽，沒關係嗎？」

「好幾個月以前妳就問過了，囉嗦死了。」

「那時候是因爲你把于絲絲的CD隨身聽給我了，心裡過意不去。現在你也幫我報仇了，事情也過去了，我不能再收著你的CD隨身聽。」

李燃觀察著陳見夏的表情，「還生我的氣？」

見夏覺得這話問得有些怪，好像他們關係很親密似的——她有些開心，表面上卻維持著冷淡，「我……我問你一件事情，你好好回答。」

李燃嗅出了危險，頭立刻搖得像撥浪鼓，「別問，一定沒好事，妳不是要做題目嗎？快做快做。」

陳見夏用筆尖輕輕點著桌面，自己愣了一會兒。

她能問什麼？問你當初是不是也很喜歡于絲絲？如果沒有你哥們梁一兵站在道德制高點從中作梗，你倆是不是很聊得來？只要是漂亮女生你都喜歡，凌翔茜也好，于絲絲也好……可我不漂亮呀。

你對我，是什麼感覺？旁人說什麼都不行，我要聽你說。

然而陳見夏不敢再嘗試一次了。曾經她怕答案是否定的，現在卻害怕答案是一定的——那將讓她無法收場，比今天在麥當勞遇見俞丹要驚險一萬倍。

心中的罪惡感壓抑住了陳見夏的好奇和醋意。她果然不再問，伸出手要一只耳機，自己戴好，低頭去做化學練習冊。

耳機裡還是周杰倫，但是換了一張專輯。見夏沉迷在背景音中，機關槍聲、直升機螺旋槳聲……她今天做題目思路很順，下筆飛快，不知道是否應該歸功於旁邊那個百無聊賴的傢伙給自己帶來的好心情。

「你這麼晚不回家，沒關係嗎？」

「他們不管。」

「哦。」

陳見夏合上化學練習冊，翻開數學，繼續求反函數。

李燃托著腮幫子用手機玩貪食蛇和打地鼠，忽然轉過頭去看她。麥當勞白亮的燈光下，陳見夏側臉算不上多好看，尖尖的鼻頭還有點出油，一副做題目很賣力的樣子。

只是低垂的睫毛怪可愛的，隨著寫字的姿勢而微微顫動。

陳見夏依舊低頭演算，臉卻因爲他的注視而微微泛紅，「看我幹嘛？」

「我以爲妳做題目那麼認真，感覺不到呢。」

「我有餘光，謝謝。」

李燃合上手機，整個人都趴在桌子上，沒頭沒腦地冒出一句：「以後妳就在麥當勞讀書吧。」

「爲什麼？」見夏反問，愣了一下，才把目光從鉛字移到沒精打采的李燃身上。看上去有些可憐。

「可以嗎？」李燃再次請求，抬眼仰視她，都擠出了抬頭紋。

見夏點點頭，鬼使神差地伸出手去，拍了拍李燃毛茸茸的腦袋。

九點半的時候，店員開始分區域把椅子倒扣在桌子上，用拖把來回拖地。陳見夏覺得再坐下去有點不好意思了。

這時候她才發現李燃已經趴在桌上睡著了。她把耳機拿下來，聽到他發出的安恬的呼吸聲。

陳見夏有點捨不得叫醒他，過了一會兒店員拖地拖到附近，碰到了李燃的腳，他一個激靈爬起來，「幾點了？」

「該走了，」陳見夏說，「要打烊了。」

李燃披上薄薄的羽絨衣，還敞開著就拿起書包，被見夏阻止上，「把拉鍊拉上，剛睡醒就出去會感冒的，你還不多穿點！」

她想了想，拿下了自己的圍巾，踮起腳尖給李燃繞在了脖子上。李燃愣住了，反應過來就急著往下拽，「給我幹嘛呀，妳自己戴上！」

「我沒問題，我可以把羽絨衣帽子戴起來，拉鍊拉到最上面，你看，一直保護到嘴巴呢，像不像太空人？」陳見夏迅速把自己武裝起來，然後再次伸出手幫他把圍巾纏繞嚴密，有點羞澀，「可惜是化學纖維，不是羊毛的，也頂不住風，你、你湊合戴吧。」

李燃沒有再推託，不知怎麼安靜了下來，整張臉都縮進圍巾裡，只露出一雙眼睛，半晌才低聲地說：「走吧，送妳回去。」

走著走著，就下起雪來，從黑暗中潛進燈光裡，細細碎碎，涼涼地落在臉上。整個世界像一只沉默的沙漏，兩個長長的影子被時間覆蓋。

陳見夏一直仰頭走著，癡迷地盯著橘色的燈光下紛亂的雪花，彷彿走進了夢裡，只顧微笑，完全克制不住。

「妳怎麼那邊耳朵還戴著耳機？」李燃問。

見夏故意立刻拿下來，「對不起我忘了，耳機你可沒打算給我。」

李燃迷茫了許久，才想起他們初次見面的情景。分別時，他當著他們那個班長的面，陰陽怪氣地把耳機從她手裡奪了回來。

他很難爲情，「這次打算給妳了，否則妳回去怎麼聽。」

「我逗你的，我有語言學習機的耳機，一樣可以聽。」

「這個是 Sony 的，音質好。」

「對對對，你的什麼都好。」

李燃伸出手拉過一邊的耳機，給自己扣上，「我的當然什麼都好。來，一起聽。」

他們穿得厚實，走路都笨拙，像被細細的耳機線連接起來的、不怎麼靈光的連體機器人。

響起來的音樂是〈北極雪〉。李燃奇怪，「不聽周杰倫了？」

「都循環過兩遍了，發現你還有一張陳慧琳的，就嘗試一下。」

「不是我的，是別人落下的。」

「別人是誰？」

「妳怎麼總管得這麼寬？」

陳見夏黑了臉，不再講話。

耳機裡一男一女正在唱著「也許我的眼淚、我的笑靨只是完美的表演」，陳見夏忽然明白，有時候還是演一演比較好。她曾覺得李燃透徹犀利，以爲自己可以在他面前永遠保持自然，想聽歌就聽歌，沒吃過麥當勞就是沒吃過麥當勞，什麼都不需要僞裝——可于絲絲表演出來的熱情單純不也曾讓他心動？人與人之間，總是要把那些實實在在的粗糙隱藏起來，才不會劃傷脆弱的關係。

「是許會的。別瞎擔心了。」

她剛自我反思結束，那邊就彎彎扭扭地來了這麼一句。

「我有什麼好擔心？」陳見夏絲毫不長記性，又接著問。

「妳自己心裡清楚。」

「我不清楚。」陳見夏說完自己都嘔了一下，她怎麼開始說這麼無聊又白癡的話，跟演電視劇似的。

李燃卻計較起來，「那你們那個裝模作樣的班長又是怎麼回事？他為什麼拍妳的頭？手腳不乾淨。」

陳見夏幾乎要大笑出來了。手腳不乾淨——誰能把這個評價和楚天闊聯繫在一起？全世界恐怕只有李燃會這樣說楚天闊。

是為了她。

他們誰都沒想過，自己到底是站在什麼立場上評判和干涉對方，卻駕輕就熟，誰也不說破，讓那一點點霸道在內心發酵。

一個沉寂已久的念頭卻不合時宜地浮上陳見夏的腦海，她轉頭看看李燃，猶豫再三，還是開口詢問：「上一次，我回家的時候，你聽到電話裡面的吵架了吧？」

「什麼吵架？」

「別裝了，」見夏低下頭輕聲說，「你越這樣我越難堪。」

李燃為自己的拙劣表演而不好意思，抓了抓鼻子，「誰家裡不吵架啊，這有什麼。」

「可是不是每一家都這麼醜陋。」

李燃沒有安慰她。沉默中，陳見夏的心一點點在往下沉。

爲什麼要自己提起來？自取其辱。那個蒼白的中午裡，媽媽和二嬸的拉扯歷歷在目，李燃在聽到那些中年婦人的尖厲號叫和連篇髒話時，會想什麼？

見夏的呼吸讓鼻子處的拉鍊都結了霜。她沒有戴手套，一隻手放在口袋裡，另一隻手勾著便當袋，雖然羽絨衣袖子覆蓋了大半的手背，露在外面的指尖依然冰涼。

李燃注意到了，「冷不冷呀，這是什麼，給我拿。」

「不冷，我沒事。這是便當袋。」

「學校有食堂，妳爲什麼帶便當？」

「是水果，我每天自己洗點蘋果橘子什麼的，切塊帶著，下課可以吃。」

「給我吧。」

「你也沒戴手套呀，都一樣。」

見夏話音未落，拿著便當袋的手背就被李燃暖暖的手心覆蓋。他把她整隻手都包住，緊緊抓住。

「那就一起拿著吧。」李燃說。

陳見夏只聽到自己的心跳聲，在羽絨衣的帽子裡，像被扣住的鼓，轟轟隆隆，在耳畔鳴響。

宿舍大樓就在眼前了。爲什麼不能遠一點？

二十七 ◆ 拼不出的你

李燃在宿舍大樓門口鬆開了她的手，陳見夏的手背已經被他溫熱的汗微微沾濕，冷風一吹便格外涼。

「那我回去了。」見夏低頭盯著腳尖，無意識地在鬆軟的新雪上劃出一道又一道。

「快走吧，哦，對了，這幾張妳都拿去聽吧，總聽那一張會膩的。我回家再找找，還有不錯的就明天都給妳。」

明天，麥當勞。陳見夏聽懂了這一層意味，重重點頭。

「爲什麼？」陳見夏晃晃手中的ＣＤ隨身聽。爲什麼這麼溫柔？

李燃迷惑地眨眨眼，「爲什麼？還不是因爲妳自己買不起？」

你有沒有腦子啊！陳見夏忽然很想拿起便當袋砸上那張狗臉。

正當她幾乎要推開沉重的鐵門，背後忽然傳來一句：「沒關係的。」

「什麼沒關係？」

李燃整張臉都包裹在呼出的白氣間，「家裡吵得再難聽也沒關係，畢竟……畢竟他們是愛妳的，對嗎？眞是萬靈藥。

陳見夏無奈卻又感激地朝台階下的李燃笑了笑。

李燃卻大聲喊：「畢竟他們是他們，妳是妳，又不是妳求著要出生的，一家人也用不著一起丟臉啊。」

……果然狗嘴裡吐不出象牙。

「你會不會好好說話？」陳見夏本能地想要捍衛自家人。

明明自己跑到省城來就是爲了逃脫，爲什麼別人說出來，就覺得被冒犯了呢？想到這裡，陳見夏愣了一會兒。

「妳明白我的意思不就得了，又不是說不讓妳孝順他們了。妳就是妳自己，用不著替別人難爲情，就算是親生父母，也犯不著。」

「那你是怎麼長成現在這樣的，六親不認？」

「我怎麼不認了，」李燃不高興，「我只是認的方式和你們這些俗人不一樣。」

「那你覺得……那你覺得我和他們一樣嗎？我是什麼樣？」

爲什麼人心中有愛意滋生的時候，總是如此熱衷於確認自己在對方心裡的位置呢？你如何定義我，你如何評價我，你如何想起我……像是活了許多年之後，五官突然被抹去，畫筆塞給對方，請給我重新畫上你喜歡的面孔。

陳見夏緊張地看著李燃。他搓著手思考了一會兒，忽然笑了。

「我不知道。」他搖頭。

陳見夏不由得有些失望。

「我是覺得，」李燃補充道，「我覺得妳現在還不是眞正的妳。至於眞正的妳是什麼樣，我也不知道。不過我覺得現在這樣，也很好。」

「眞的很好？」

「眞的很好。走了！」

她看著他穿過十字路口，朝著一輛計程車奔了過去。

陳見夏入睡時整個人都蜷縮了起來，被他握過的左手緊緊貼著胸口，用全身包圍，但好像都沒有他的手心暖和。

其實站在大門口的時候，她想吻他。

當他說，現在這樣也很好——她忽然很想衝下台階，抱住他，問，那這樣呢？

陳見夏幻想過許多次自己的初吻，對象曾經是男明星，也曾有一次是初中隔壁班的一個個子很高的體育生。這都是陳見夏內心的黑匣子，有一些幻想對象過段時間後連她自己都不肯面對，覺得無比丟臉。

那些小學高年級時就開始偸偸牽手的傢伙們，一定以爲陳見夏這樣的書呆子不知道什麼是愛情。

怎麼不知道。她的胸膛裡也關著許多的蝴蝶，撲撲閃閃，只是他們看不到。

要心明眼亮，挑對人，珍而重之，從一而終，白頭偕老。李燃是這樣的人嗎？一定不是呀，她怎麼也得找個書讀得好的。陳見夏瞬間被自己的勢利和幼稚驚到了，蒙在被子裡悶笑。千萬不能告訴別人。她躲在被窩裡天馬行空地想，一會兒傻笑一會兒難過，忽而覺得就這樣下去也很好，忽而又擔心下次和李燃出去會不會再撞見什麼不該撞見的人……

陳見夏忽然翻身下床，光腳站在地上。關了燈的室內並不昏暗，下了雪的夜晚總是明亮一些，路燈燈光反射在窗欞上，窗花流光溢彩。她閉上眼，踮起腳，輕輕地親吻空氣。

他們後來每天放學後都在麥當勞一起讀書，確切地說，只有陳見夏自己讀書，偶爾幫李燃做兩張不得不交差的考卷。又在麥當勞撞見過一次俞丹之後，陣地就轉移到了更遠一點的必勝客——這裡比麥當勞貴一點點，但是有高背沙發座，遇見同學的機率比較小，利於低頭躲避。

但誰也沒提起過那天的牽手。這種躲避，究竟是在害怕什麼？清者自清還是心中有鬼？誰也不主動探究。

李燃不再捉弄陳見夏，在學校裡遇見時，他也會配合她裝作彼此並不認識。然而每每相遇過後，陳見夏背過身去離開，嘴角總控制不住地上揚。

藏著秘密，是會讓人有種巨大的優越感的。

當然，路過二班門口的時候，撞見李燃和包括淩翔茜在內的一群初中同學嬉笑打鬧，她也要面不改色地穩步向前。

人和人之間也真奇怪，明明是越靠越近，邊界卻也越來越清晰。冒失鬼憑著一股熱情往他人的內心闖，總要被電網傷過一次，才知道哪裡需要繞著走。

陳見夏聽到背後幾個同樣往洗手間走的男生們大聲聊天。

「終於放下了？」

「放下什麼？」是李燃不耐煩的聲音。

「裝什麼裝，你以前不是看見凌翔茜就繞著走嗎？」

「不繞著走怎麼辦，沒你們關係好，誰不知道你和她還有蔣川三個人從小穿一條褲子長大的。」

「受不了了，還是這麼酸，我看你那麼正常，還以爲你都好了呢。」

「滾！」李燃罵完後，頓了頓又輕聲問，「凌翔茜最近到底怎麼了，怎麼看上去沒精打采的？」

陳見夏走快了幾步，拐彎進了女廁，再也聽不清。

這次和李燃一起讀書，陳見夏沒因爲小鹿亂撞或者談天說地而分心，反倒效率奇高。

「有時候看妳這樣做題目，覺得也滿爽的，一行一行地演算出結果，一對答案，嘿，全對！滿有成就感的。」

「羨慕？」

「不羨慕。」李燃打了個哈欠，繼續看書。

李燃真是讓人難懂。他竟會捧著一本《醒世恆言》在那裡看得津津有味——上個月他還給蘑菇披麻戴孝呢。

「你看得懂嗎？」

「看個大概吧，非得一個字一個字挖掘它的涵義嗎？多沒意思。」

見夏翻了個白眼，李燃頭也不抬，準確地抓起一包沒開封的番茄醬砸在了她的腦袋上。

「我又不是你認識的唯一的好學生，」陳見夏嘟囔，「有什麼好羨慕的。」

「他們都不像妳這麼認真，做題目的時候眼睛都發光，寫字很用力，斷掉的鉛筆芯都濺到我臉上來了。」

見夏心裡有點不舒服，什麼意思，所有成績好的人裡面只有我認真，說我笨囉？

「是，我沒凌翔茜聰明。」

李燃的目光緩緩地從文言文移向陳見夏，歪頭不解，「這又關她什麼事？」

陳見夏不回答，咬著嘴唇狠命地演算著萬有引力公式，再次繃斷了自動鉛筆筆芯。

「妳看妳看，又濺到我臉上來了！」李燃捏著鉛筆芯正要說話，被一個男聲打斷。

「陳見夏？」

「王南昱？」見夏驚訝地抬起頭，「你來吃飯？」

王南昱有點不好意思，「我請我的主管吃飯，剛吃完，把他送走了，突然發現我把手套掉在這兒了，一進來就看見妳了。」

「工作怎麼樣？上次說好出來吃飯，我們又月考……」

李燃不敢置信地看著陳見夏就這樣笑咪咪地離開了他們的桌子，和一個不知道從哪兒冒出來的男生走到旁邊的沙發座坐下了。

王南昱高興地講著自己通過試用期的事情。

「其實也不是什麼正經工作，不過我們這個旅行社不是那種騙人的公司，管理還滿正規的，雖然經理是我表舅，但我還是覺得應該靠自己過試用期，不能因爲是親戚就亂了規矩。」

「應該的，你沒問題的。」

陳見夏笑得非常燦爛，熱情得王南昱都晃不開眼，有點受寵若驚了——他是幹了什麼特別了不起的事嗎？

「我跑的線是滑雪場，對了，妳想去嗎？下週末妳要是讀書不忙，就來玩吧，我和我舅舅說一聲，加一個同學進團也沒關係的，不花錢！」

「加兩個花錢嗎？」李燃插嘴。

陳見夏表情一僵，出現在桌邊的李燃朝王南昱一笑，「你好，我是陳見夏的……同學。」

那個漫長的停頓是什麼意思？

王南昱友好地一笑，正要開口說話，李燃已經坐回到自己的沙發座去了，讓王南昱十分尷尬。

陳見夏卻明白了李燃什麼意思。王南昱進門就把她帶走了，壓根沒看見對面坐著的李燃，他是在報復。別人無視他一次，他也要無視回來。

陳見夏翻了個白眼，不巧被王南昱看到，「妳變活潑了。」

「有嗎？」

「是啊，以前妳可不會主動給我電話，跟我說常聯繫。我們以前在班上話都不說的，大家背地裡都說妳傲氣。所以我還滿驚訝的。」

「我只是不愛說話，但是你們說的八卦我都知道，」見夏笑了，「我都偷偷聽的。我知道張軍和饒曉婷畢業前又分手了。」

「他們現在又和好了，而且也來省城發展了，」王南昱說起八卦也興奮起來，「他們現在在一起做服裝，去廣州進貨回來賣，哦，他們租的房子就在成蓉，離你們學校很近，好多女孩子都在那邊買衣服和別的小商品，髮飾什麼的，妳沒去過嗎？」

陳見夏第一次仔仔細細地去了解這群和她在一個教室裡坐了三年的陌生人們。有人當兵，有人去火車站扛行李，有人接手家裡的工廠，全家族都很有錢卻把家直接蓋在鞋廠樓上，直接睡在彈簧都豎起來的沙發上……

她也不知道自己聽得如此津津有味到底是因爲眞的被百味人生所震撼，還是因爲報復李燃的快感。

陳見夏和王南昱相談甚歡，竟有了一種洗刷自我的揚眉吐氣感——誰也不要以爲她孤單可憐，她也有同學，有朋友，有嘰嘰喳喳的小圈子和滿滿的默契，只不過因爲他們都不在振華，沒辦法像師大附中那群得意鬼一樣，集合在走廊裡堵著通道當眾表演友誼萬歲。

我不是只有你的。陳見夏憤憤然。

轉念一想又覺得李燃可憐。

傻子都看得出她在故意晾著他，她的確生氣，但理由實在站不住腳。他是無辜的，本可以拿起書包就走，但他沒有。

李燃坐在那裡翻《醒世恆言》，正著翻，倒著翻，一看就知道完全是在裝樣子。

但他還是沒有走。

他沒走。她又憑什麼。

「……後來那個遊客到底還是掛在了樹上，六個救援都……」

「王南昱！」

「啊？」

陳見夏紅了臉，「週末……週末，我想去滑雪，我……我給你錢，我能不能多帶一個人？」

王南昱寬和地笑了，眼神卻有些黯淡。

「當然沒問題啊，」他瞟了一眼和他們隔著一條寬闊走道的李燃，「我和我舅舅說一聲，給妳打電話。那個，都這個時間了，我得先走了，我住在我舅舅家，回去太晚不好。妳也早點回學校。」

陳見夏目送他匆匆離開，不知怎麼，竟有些內疚感。王南昱那明顯的尷尬失落並不像是她多心。

「好了，難受什麼，眞以爲全世界都在搶妳？」

李燃在一旁涼涼地諷刺道。

「爲什麼你要這樣？」陳見夏心頭火起，「你笑話我的時候每句都那麼毒，我都懷疑你會讀心術了。你這麼會看人，就看不出我爲什麼不高興？你那麼多朋友，那麼多初中同學，當中還有被你關心近況的、讀起書來毫不費勁的聰明女生，何必每天在餐廳裡陪我耗？我又不是沒朋友，你也用不著這麼自大，到底是誰孤獨可憐誰需要別人陪，還眞說不準呢！」

李燃手中的書掉在桌上，半張著嘴震驚地盯著陳見夏，表情從剛才的譏誚迅速轉化爲一如既往的迷茫。

「好口才啊……我以前怎麼沒發現？」他竟稱讚起了她，還鼓了鼓掌。

一拳打在棉花上。陳見夏氣得頭疼，大步走回座位上開始瘋狂地收東西，卻被李燃大力按住了手。

「別走啊，」李燃忽然笑了，「週末我們到底去不去滑雪？」

話題轉太快，陳見夏愣住了。

李燃恬不知恥，「我都偷聽到了。」

「你家那麼有錢何必去蹭人家的免費團……」陳見夏機關槍一樣的語速漸漸慢下

來，抬眼看他。

「跟妳一起去呀！」

李燃一臉討好，嘿嘿乾笑著，就差流口水搖尾巴了。

千言萬語哽在胸口。陳見夏一陣頭暈。

喜歡一個人怎麼會是這樣的心情？上一秒鐘你想撕碎了他，下一秒鐘，卻蹲在地上邊哭邊撿，不知道應該怎麼拼起來。

「如果成行，王南昱會告訴我的。」

「不行我們就自己去！」

「誰跟你是我們。等我消息吧，確定行程之前，我們就不要見面了。最近被你鬧得都沒怎麼好好讀書，都快期末考了，我得專心。」

「離期末考還有一陣子呢，需要這樣嗎？」

「不需要的是你認識的那些好學生，我這種不一樣，我笨，就得專心。」

回到宿舍大樓，陳見夏說完就推開鐵門氣鼓鼓地走了，背後傳來一句氣急敗壞的

「有完沒完，陳見夏妳這人怎麼好勝心那麼強啊！」

她頓了頓，沒回頭也沒反駁。

等隱匿在宿舍大樓大廳裡，她才偷偷轉身看，李燃依舊站在路燈下盯著門口。

見夏壓制住跑回去的衝動，硬生生把自己勸走了。

是使小性子，也不全是使小性子。她不想不明不白地做一個伴讀，變成他生命中

排在凌翔茜、于絲絲之後的退而求其次。

覺得「就這樣下去也很好」的是她；不想被退而求其次的也是她。陳見夏自我反思之後，甚至有點替李燃難過了——不能怪他，再洞察世情的人，也不可能搞懂女人。

當她換好睡衣躺倒在床上盯著天花板，一句話在腦海盤旋不去。

那天夜裡，李燃說，陳見夏，我覺得現在的妳還不是眞實的妳。

今天，李燃又說，陳見夏妳這人怎麼好勝心那麼強啊。

她怎麼會好勝心強呢，她知道自己幾斤幾兩，怎麼會去和凌翔茜比。她可是一個被于絲絲和李眞萍瞪一眼就連忙低聲下氣寫小紙條去求和的人，是拿到成績單時希望同桌余周周比自己高幾分的巴結小丑，她怎麼會是個好勝心強的人，怎麼會。

被他握過的左手貼在胸口上，一顆心倔強地在手下起伏。

陳見夏忽然覺得自己很陌生。

第二天中午的時候，她接到了爸爸的電話，說自己週末會來省城出差一趟，參加幹部培訓。

這週末？

王南昱一大早就給她發訊息說舅舅同意他款待兩個同學，週六、日兩天隨便她挑。

如果爸爸來了怎麼辦？陳見夏的心懸了起來。

「小夏，這次行程安排比較緊，我只能週五開完會陪妳吃個飯，週六我們要去度假山莊陪長官一起活動，就不在省城待了。」

陳見夏鬆了一口氣。

「那好，週五一放學我就去找你！你住鐵路局賓館？就在我們學校旁邊！我知道一家館子滿好吃的，我還沒去過呢，我們去那邊，我請你！」

「傻丫頭，」爸爸在那邊笑了，不知怎麼，陳見夏覺得爸爸好像格外開心放鬆，和在家裡的狀態很不一樣，對她也親切了許多，「好，妳請我，我買單，可以了吧？」

掛下電話時余周周端著水杯走進茶水間，看到她拿著電話，微微笑了一下，意味深長的。

「不是。」陳見夏搖頭。

「哦。」余周周沒多問，有點失望，倒是讓見夏笑起來——余周周從不多問，卻總能給出恰到好處的關心和淡漠。

自己如果是這樣的人多好。

離週五越來越近，陳見夏和李燃沒有一個人先向對方低頭。見夏遲遲沒回覆王南昱確切的日期，卻也沒回絕他。

週五教育局長官過來視察，學校取消了最後一節自習課，陳見夏跑回宿舍放下書包，就步行到鐵路局賓館的大廳裡，到了才給爸爸打電話。

鈴音卻也在大廳響起了，見夏循聲回望，看到爸爸和一個年輕阿姨就站在轉角的玻璃門後，阿姨的一雙手，正在幫她的爸爸調整領子。

爸爸接起電話，「小夏，妳來了？」

說著，他後撤一步遠離阿姨，往大廳裡四處張望。陳見夏本能地迅速退縮到落地窗幕簾後。

「還沒，」她說，「馬上就到啦！」

二十八 父女

陳見夏在幕簾後躲了大概一兩分鐘，感覺卻無比漫長。大廳很聚音，雖然隔了一點距離，爸爸和年輕阿姨的說話聲音還是隱約能聽到。

年輕阿姨抱怨，你這午覺怎麼睡的，怎麼領子都壓歪了。

爸爸說，歪了就歪了，別弄了，孩子來了！

陳見夏不知道要怎樣才能溜到門外裝作剛進來的樣子。她大腦一片空白，心吊在半空，說不上是害怕、憤怒還是羞慚。

幸好此時爸爸又接到電話，一邊說著一邊朝飯店櫃檯的方向走過去了，阿姨也跟在後面，兩人都背向大門口站著。陳見夏連忙趁機溜出門，剛一動身，餘光裡的那位年輕阿姨就無意轉了一下頭，看到了她。

她心裡咯登一下，腳下仍不停步，跑出了門。

旋轉門外冰天雪地，凜冽的冷空氣拯救了即將窒息的陳見夏。她把手貼在臉頰，滾燙的皮膚下，血液仍在汩汩流淌，耳鳴轟響。

她深吸一口氣，昂首重新走進去，對著不遠處的櫃檯喊了一聲：「爸！」

年輕阿姨也轉過身，笑吟吟地看著她說：「這就是小夏啊？果然女兒隨爸，長得眞像老陳！」

陳見夏的父親在一旁也笑呵呵地介紹：「這是我們部門的財務，叫盧阿姨！」

「盧阿姨好。」

陳見夏盯著眼前的女人，女人也溫和地看著她，就像沒看到她剛剛從大廳跑進跑出的行爲一樣。半晌，陳見夏擠出了一點笑容。

不過她沒想到這位盧阿姨也和他們一起吃晚飯。三個人一起在鐵路局賓館附近的一家新開的水煮魚餐館坐定，陳見夏父親一邊翻菜單一邊說，省城就是新東西多，一會兒灌湯包一會兒水煮魚的，什麼流行開什麼。

爸爸和服務生點菜的時候，陳見夏就安靜地盯著用塑膠薄膜封存好的消毒餐具。她感覺到盧阿姨的目光一直若有若無地打量著自己，似乎期待她能抬起頭，給幾秒鐘的視線交流——可她始終垂著頭。

「見夏讀書忙不忙？快期末考試了吧？」盧阿姨主動破冰。

「還有大半個月。一月十號考。」

「振華競爭壓力大吧？妳可是妳爸的驕傲，在我們辦公室總提妳，他們科長愛吹牛在我們部門都是有名的，妳考上振華以前，滿世界吹的都是他兒子，這回可好，妳成了我們的榜首，妳爸他們科長一下就停了，再也不提，就跟自己沒生過一樣！」

盧阿姨說完就瞇眼睛自顧自笑了起來。陳見夏初中畢業考試後的暑假不知道被誇了多少回，早就免疫了，這段話本身也沒什麼有趣的，可盧阿姨的語氣十分輕鬆，暖暖的，笑起來還有虎牙，一下子就讓陳見夏覺得很親近。

她很想抗拒這種天然的吸引力。

「我女兒今年剛讀小學四年級，妳可是她的偶像，妳爸把妳初中的筆記都幫我複印了一份，我打算給我女兒留著，讓她上初中了再用。妳寒假回家了有空到我家去一趟，跟她談談心，偶像的力量最強大了……」

盧阿姨一直不冷場，卻也不聒噪突兀。

陳見夏腦子裡忽然冒出這麼一個詞。

得體。

盧阿姨積極營造和睦的氣氛，這和陳見夏重新進入大廳裝作剛剛到達的行爲是一樣的——將尷尬默默消化，私下解決，也給自己留一點體面。

都是看不開的凡人，追逐利益，屈服於欲望，但有些人就能讓場面不那麼難堪，有些人就會爲了一張房契撅著屁股相互扯頭髮，將所有不堪入耳的謾罵透過手機麥克風傳給外人聽。

陳見夏發現自己在內心默默作著比較。

一種自然而然、無法控制卻又大逆不道的比較。

這家水煮魚的特色是在沸騰時將處理好的魚丟進方槽湯鍋，迅速蓋上玻璃蓋子，有時候魚沒有死透，還會因爲神經反射而彈跳，旁邊的服務生就負責按住蓋子，讓食客觀賞「大吉大利，富貴龍騰」。

那條魚掙扎的瞬間，陳見夏傻掉了，坐在旁邊的盧阿姨溫柔地摀住了她的眼睛，說：「太殘忍了，別看。」

吃完飯之後三個人一起走出飯館，盧阿姨提議讓陳見夏休息一晚上，別著急回去讀書，和爸爸去逛逛街。

「我就先回賓館了，張姐他們還喊我們回去打牌呢，我先替你去頂一會兒，」盧阿姨一邊對見夏爸爸說話，一邊自然地把手搭在見夏的肩上，「你好長時間沒見到女兒了，父女倆好好說會兒話。」

聽到賓館裡還有爸爸的其他同事們，陳見夏忽然鬆了一大口氣，鬆口氣的理由不能細想，她臉紅了。

「就妳？他們鐵定打兩人一組，誰跟妳一夥兒誰倒楣，」爸爸晚飯喝了一點白酒，臉膛紅亮，「妳讓他們先打著，我去小夏宿舍看看，把吃的給她送過去，一會兒就回。」

盧阿姨親暱地拍了拍見夏，「說好了，假期去好好鼓勵鼓勵我女兒！」

盯著盧阿姨的背影，陳見夏說不出的解脫。

她是個溫柔得體的人，沒有距離感，十分親切，親切的人做出親切的肢體動作也很正常啊，比如幫男同事調整領子什麼的。

……對吧？

賓館和見夏的宿舍距離很近，短短的一段路十分沉默，即使偶爾爸爸提起一個話頭，問的也都是成績、同學關係，聊不了兩句就斷掉。陳見夏一直都不是很清楚怎麼和爸爸單獨相處。即使她和媽媽青春期碰撞更年期，三天一小吵，五天一大吵，但母女之間有著天然的親密，不像父女，越長大越疏遠。

其實相比媽媽，見夏更喜歡爸爸，媽媽毫不掩飾偏心，居中調停的往往是一旁看報紙的爸爸，姐弟倆因爲搶東西而打架，也都是爸爸出面多買一份，從根源上平息爭端。小時候，每當見夏哭著問起「你們喜歡弟弟還是我」，媽媽的答案永遠是：「一天到晚淨想些沒用的，再哭，再哭妳看我揍不揍妳！」

爸爸則會平靜地說，哭什麼，爸爸媽媽當然都喜歡。

就算心裡知道答案，陳見夏也更喜歡願意騙騙自己的爸爸。

陳見夏和收發室的宿舍管理老師打了個招呼，領著他上樓。宿舍雖然小，但暖氣供應不錯，陳見夏收拾得很整潔，爸爸略微坐了一會兒就要走了，臨走前把從家裡帶來的吃的留給了見夏。

「爸！」

「怎麼了？」見夏爸爸已經拉開了門，回頭看她。

「盧阿姨……」見夏囁嚅。

爸爸的表情有瞬間的僵硬，只是微微的一瞬間，就恢復了平靜，等著見夏繼續問下去。

「盧阿姨說的是真的嗎？」她心念一轉，揚起臉笑了，「你在部門裡拿我吹牛？」

見夏爸爸笑了，「那怎麼能叫吹牛，我女兒比他們的都強，這是事實。」

「那如果我沒考上振華呢？你們是不是……還是更喜歡弟弟？」

「又來了，都多大的人了，」見夏爸爸啼笑皆非，「妳弟弟有妳一半省心，我就燒好香了。」頓了頓，爸爸又說道：「早點睡，平時也別念那麼晚，省城學生一定比妳底子好，冰凍三尺非一日之寒，慢慢來。照顧好自己。妳媽也很擔心妳，還老是說實在不行就把妳接回縣一中，反正在哪兒都能好好學。」

「擔心？是想讓我回去輔導弟弟讀書吧。」見夏嘟囔，被爸爸拍在了頭上。

送走了爸爸，見夏愣愣地坐在床上回想，剛才閒聊的時候爸爸說了一句，妳媽最近總是睡不好，去看了中醫，這兩天來省城出差，正好給她買點西洋參。

陳見夏刻意忽略了自己提起盧阿姨時父親的反應，在心裡重重地劃了一道線：爸媽還是恩愛的，無庸置疑。

自欺欺人之後是如釋重負。陳見夏起身去拉窗簾，無意間往樓下一瞥，看到門口路燈下站著一個人。

李燃。

少年呼著白氣，來回跺著腳取暖，站在路燈形成的橘色大傘下，仰起頭，可憐巴巴地盯著她的窗戶。陳見夏心中溫柔得要命，像回了家。

塑鋼窗大部分被宿舍管理老師用膠條封上取暖，留下半邊小窗用作平日通風，見夏想推開，窗戶卻凍住了，努力一會兒後只能作罷，這才想起放在口袋裡的手機。

吃飯的時候她擔心李燃來電話被爸爸抓到，於是把手機關機了；此刻看著緩慢的開機畫面，陳見夏心急如焚。

終於信號滿格，一連跳進來四、五條訊息。

「妳同學給妳回信了沒，週末去不去滑雪？」

「我帶妳去吧。」

「我是說妳要是覺得開口求了他，不方便反悔，那就跟他的團。他不帶妳，我們就自己去。」

「怎麼關機了？妳還生氣啊？妳好勝心一點都不強，妳是和平鴿。」

「和平鴿和平鴿！」

陳見夏一腦袋黑線，瞬間不想搭理樓下那條喪家犬了。

二十九 ◆ 人生海海

「你在這兒站多久了？」

「二十分鐘吧，我看見妳和妳爸——那是妳爸爸吧？我看見你倆走過來，就趕緊躲起來了，他走了才出來。本來想拿石頭砸妳玻璃的，可妳住四樓太高了，我丟不上去。」

陳見夏拉著李燃離開門口的人行道，防止被收發室的宿舍管理老師看到，不經意看見他還圍著上次自己借給他的那條圍巾，心中一軟。

「我以為妳還在生氣，怕妳繼續關機不理我，所以就跑過來了。雖然不知道哪裡錯了，但是我錯啦，妳什麼都對。」李燃笑嘻嘻地說。

陳見夏抬眼看他，心中和路燈一般明亮。

她喜歡他的坦然和直接，自己心中繞了十公里的一團亂麻，他只一步就能直線踏過。因為他自信篤定，所以可以坦然說出「怕妳繼續關機不理我」的話，反而不擔心被誰看輕。

這樣的一個人。這樣一個和陳見夏截然相反的人。

「你不知道自己哪裡錯了？」陳見夏歪頭。

李燃嘿嘿笑著抓抓後腦勺，「我要是把錯處說一遍，妳不又得生一遍氣？」

陳見夏樂了，「你說吧，我不生氣。」

「妳不就嫌我說妳讀書努力嗎，我知道你們這種好學生，明明努力，偏要裝自己是天生聰明，就怕誰說自己用功。」

發現見夏的神態又不對了，李燃連忙挽回：「但我、我那是逗妳的，我……」

「我的確不聰明啦，」見夏笑了，也試圖像他一樣坦白，「但我也不笨，聰不聰明都是相對的，看跟誰比了。」

她用含著笑意的眼睛看著他，「比如和淩翔茜比讀書，我就不聰明；和于絲絲比做人，我也不聰明。」

「怎麼又來……」李燃哭喪著臉，「能不提她們嗎？」

「不是不是，不是的，」陳見夏澄清，「我不是……我說眞的。你說得對，我自卑，好勝心又強，見不得你誇別人。」

「我沒誇過她們啊？」

「心裡誇過。」

「妳講不講理啊！我心裡想什麼妳知道啊？有妳這麼給我安罪名的嗎？」

「閉嘴！」見夏霸道地一揮手，「我要跟你討論的是嚴肅的人生觀，不是小情小愛吃飛醋，你給我大氣點！」

幾秒鐘的沉默後，李燃哈哈哈的大笑聲幾乎驚落一樹的積雪。

陳見夏從沒和任何一個人講過那麼多話。

「我沒有朋友。」她一腳踏進花圃的積雪中，說出這樣一句開場白。

也不是沒有過一起牽著手去上廁所的朋友，但後來漸漸玩不到一起去了。陳見夏羞於對任何人承認，她內心是驕傲的，好勝的，瞧不起同學們的。燕雀安知鴻鵠之志，她看不上前後左右那些嘰嘰喳喳的男生女生，只不過偶爾展露冠冕堂皇的笑容，客套地說：「人各有志，條條大路通羅馬。」

然而青春期的好朋友並非陳見夏當初所以爲的那樣「沒有存在意義」——因爲，再懂事的少女也會有心事。

隔壁班那個高高帥帥的體育生又換了女朋友，是後桌那個齊瀏海的漂亮女生，但他一定不知道女友喜歡用五顏六色的指甲挖鼻孔，鼻屎直接往桌底下抹；明明處處比弟弟強，爲什麼他可以買最新款的電子字典，她的愛華隨身聽都絞壞錄音帶了媽媽也不願意給她買個語言學習機；英文老師總是針對她，指桑罵槐，說班上某些成績好的同學目中無人，不好好聽講，可明明就是這個老師自己一口鄉土發音，好好聽課才是害自己呢……

十幾歲的年紀，她竟把這些心思統統埋進了土裡。直到遇見李燃，直到此刻，傾訴欲爆棚，無法抑制，陳見夏才驚訝於自己曾經的沉悶與克制。這麼多年，她是怎麼做到的？

她和李燃講自己的父母。講爸爸大學入學考落榜，抬不起頭來，和大專生對象分手，經人介紹認識了初中學歷的媽媽；講那通被李燃聽到的電話的原委，圍繞著奶奶家一間可能拆遷的老房子而起的曠日持久的難看戰爭；講她覺得爸爸其實不愛媽媽，講她看到盧阿姨和父親的曖昧時內心的震動與矛盾，講她終於懂得感情是多麼混沌又模糊的事情，做爲女兒她不齒這種對家庭的背叛，哪怕沒有實質性出軌，只是精神上的游移——但另一方面，她卻能像一個成年人一樣體諒父親寂寞的精神世界，甚至有些心酸……

陳見夏語無倫次。

李燃張張口，似乎是要出言安慰，見夏卻揪住他的袖子，示意他什麼都不要說。

「趁我還有膽量講下去。」她垂下眼。

李燃輕輕點頭。

他們又走到了那條漂亮的老街，冬天商店關門很早，幸虧臨近聖誕節，行道樹都纏上了綵燈，建築物邊緣的投射燈也沒關，童話般的溫暖光芒減少了幾分淒清。

「其實你說得對，我是個好勝心強的人，也沒有表面上那麼害怕于絲絲和李真萍她們。我也不知道眞正的我自己到底是什麼樣子。從小我就討厭別人說我用功，初三的時候，我們英文老師不喜歡我，總是故意在我面前誇獎別的同學，說人家聰明，非常聰明，只要努力就能超過陳見夏，只不過沒找對讀書方法……」

見夏頓了頓，露出了一個略帶邪氣的驕傲笑容。

「我那次被逼急了，當場就跟老師頂嘴：『連讀書方法都找不對，這還不叫笨？』」

李燃大笑，自然地攬住了陳見夏的肩膀，使勁地拍了拍。

像是一種無聲的褒獎。

「不會覺得我很討厭嗎？不覺得這是小家子氣嗎？我看到你和初中同學在走廊聊起凌翔茜，都會很生氣，不是因爲吃醋，是因爲妒忌。我妒忌她漂亮、家裡有錢、被人寵愛。就這樣的我，你也覺得好嗎？」

她停步，直接而坦蕩地盯著李燃。

「包括……」陳見夏內心顫抖，還是鼓起勇氣說了下去，「包括，我喜歡你，但我怕老師罵，怕別人說我、說我和混混談戀愛，所以不敢和你在一起，卻還是霸道吃醋，想讓你喜歡我，對我好……這樣，你也覺得我好嗎？」

李燃沒有笑，認認眞眞地和她對視，鄭重地點了點頭。

「滿好的。」

陳見夏的眼淚唰地流下來。

李燃忽然猛地拉住她的袖子向前跑，差點把她拽得跌倒。

他就這樣拉著她在人流稀少的老街上大步狂奔，陳見夏迎著冷風，一直在哭。

你到底有沒有聽我說啊？所有陰暗的心思，一句不落，眞的聽清楚了嗎？見夏哭得嗆了風，在百貨大樓前面停下來的時候還在打嗝。

這是整條街唯一一家還在營業的大廈，保全已經在往外趕客人了，李燃領著她硬闖進門。他們上到二樓，在一家見夏不認識的專櫃前面停下，頂著櫃員驚詫的目光，李燃指著貨架上的圍巾問：「妳喜歡哪條？」

見夏剛要詢問，李燃就打斷：「人家快關門了，妳一會兒再問爲什麼，快，選一條。」

她指了一下中間那條棕黃格紋圍巾，「……那個？」

李燃迅速對櫃員說：「買單！」

直到他用嶄新的羊絨圍巾把她的臉都包住，陳見夏依然傻傻的，不明白他發什麼神經。

「爲什麼？」她問。

李燃爲她繫好圍巾，打了個活結，溫暖柔軟的觸感令她整個人都鬆弛下來了。

他看著她，憋了半天只是說：「明天去滑雪，怕妳冷。」

週六王南昱沒有親自帶團。一大早在集合的地方，他當著陳見夏和李燃的面向當天帶團的導遊打了招呼，把他們送上了大巴。

「想不到啊，妳。我們同學要知道了一定不相信。」和陳見夏錯身而過的時候，王南昱狡黠地眨眼，朝李燃的背影努努嘴，善意地調侃道。

陳見夏臉紅，解釋的話卻沒說出口。

「有什麼不相信的。」她嘟囔。

也沒什麼好解釋的。她和李燃，就是別人看到的那種關係。整車都是陌生人。陳見夏笑了，今天，什麼都不用害怕。

陳見夏是第一次滑雪，眨著眼睛跟在李燃身後，看他怎麼租滑雪服、手套、護目鏡，讓他幫自己踩上滑雪板，剛邁出一步就尖叫著摔了第一跤。

碧空如洗。纜車很小，不能兩人同乘，陳見夏只能自己坐上去，到坡頂時纜車是不停歇的，她必須看準時機自己鬆開手下去。見夏緊張得一頭汗，眼巴巴地回頭看身後穿著藍色滑雪服的李燃。

「我說鬆手就鬆手，別怕，」李燃在後面五公尺左右的距離，「上面也有工作人員接妳的。」

被人保護著眞好。陳見夏有些沉溺，像一個從沒吃過糖的孩子，舔到了一點甜，即使全世界都警告她會蛀壞滿口牙，她也忍不住想要再嚐一口、再嚐一口。

昨天晚上，在宿舍門口，她問，爲什麼要對我好呢？我只是一個畏畏縮縮、自大又自卑的普通女生，長得也不算好看，以前還算好學生，可在振華連這點優勢都不復存在了。究竟爲什麼呢？

李燃誠實地說，我不知道。

「一開始只是覺得妳滿好玩的。後來……我也不知道。想那麼多幹嘛。」

這不是一個很讓女生開心的答案，甚至都沒辦法讓陳見夏有安全感。會不會有一天當李燃想清楚了，或者當凌翔茜回頭也喜歡上他了，這種溫暖的給予就會突然中斷？

陳見夏仍然無法確定，自己是不是排在凌翔茜和于絲絲之後的「妥協之選」。

然而李燃的眼神忽然變得清明，笑容鋒利地反問道：「陳見夏，妳摸摸自己的良心，妳眞的覺得自己比她們差嗎？妳眞這麼想嗎？」

當然不。

纜車到了坡頂，見夏毫不猶豫地鬆開牽引桿跳下來，笨拙卻自信地朝著滑道移動過去。走了幾步，她回頭又看了看緊隨而來的李燃，笑了。她當然不差，當然值得喜歡，比誰都值得。未來還會更好。

陳見夏後來玩瘋了，她本來就喜歡雲霄飛車這類失重的遊樂設施，從坡頂滑道俯衝下來的刺激感更是對胃口。第一次滑行時她就牢記李燃的指導，屈膝弓背，重心放得極低，因而一上午過去，她再也沒有摔過跤，還無師自通學會了用滑雪杖急停。

一開始李燃還跟在後面保護她，後來被她完全甩開了，不再時時回頭確認他的方位。到了午飯時間，見夏才終於戀戀不捨地脫下滑雪板，拿下帽子，額髮微濕，在冰天雪地中冒著白氣。

同團的其他遊客都把他們當作一對小情侶。陳見夏大大方方地幫李燃去領自助餐，當著別人的面大聲喊他的名字，問他吃什麼、喝什麼，再也不需要忌諱被誰看到。

午飯後可以選擇騎馬遊覽的項目，也可以繼續回去滑雪一小時。李燃還沒發表意見，見夏就戴上了護目鏡，說，我再去滑幾圈。

李燃愣了愣，說，妳去吧，我有點累，在這邊看著妳。

見夏笑了，頭也不回地朝著白茫茫的山坡奔去了。

這次是值回票價了，雖然他們本來也沒花錢。回程時陳見夏靠在大巴士的玻璃窗上看窗外，東北方的景色緩緩遠離。車上在放著一首奇怪的歌，不知道是哪裡的語言。

「這是哪國語言？」見夏問。

「閩南語。眞奇怪，司機為什麼放這首歌，難道他是福建人？」

「你知道這首歌？」

「我爸以前在福建販賣茶葉，後來買了些閩南語錄音帶回家放，這首我聽過，好像是叫〈人生海海〉。」

眞沒有你不知道的。見夏佩服地問道：「什麼意思？」

「嗯……大概就是，人生像大海一樣，茫茫然的，有起有落，變幻莫測，也不知道下一秒會發生什麼。」

見夏不說話了，看著高速公路邊廣闊的田野發呆。

李燃把她的腦袋扳過來，故作傷心地說：「完了，妳會滑了心就野了，不需要我了。」

見夏被逗笑了，驕傲地一仰脖，「靠自己當然最好。」

「妳當然是這樣的，我有預感。」

「什麼預感？」

「說不清，」他抓抓頭，一副不知道怎麼講的爲難樣子，

「妳昨天不是問我，爲什麼送妳圍巾嗎？」

「是因爲你把我那條扣下了，所以還禮？」見夏故意道。

「屁，」李燃不屑，「妳那條什麼材質，我送妳的又是什麼材質？」

陳見夏翻白眼，有錢了不起嗎。

「其實，就和這圍巾一樣，」李燃不再開玩笑，少年的聲音在汽車行駛的噪音中顯得格外清冽，「妳的圍巾不保暖，我戴著只是因爲妳，而我送妳圍巾，是希望它眞的能爲妳擋風，天氣暖和了就拿下來，不需要了就壓箱底，和季節變換一樣自然。」

見夏懵懂，卻又好像明白了什麼。

「昨天妳問我，如果妳害怕太早談戀愛被發現，所以不想和我走太近，卻又希望我對妳好……」

「別說了。」見夏滿臉通紅。

朗朗白日，夜晚齷齪陰暗的心思怎麼可以被這樣重播。陳見夏正在羞惱，李燃卻笑了，突然伸過手大力地摟過身旁的陳見夏，緊緊的。

「所以，現在妳明白我的答案了吧？」少年語氣懶散，掩蓋著眞誠。

「有時候人和人之間就像冬天要圍圍巾、夏天要吃冰棒一樣自然的。我因爲淩翔

茜漂亮而去追她，因爲妳好玩而接近妳，直到現在喜歡……反正，妳沒必要有負擔。默默守護妳、永遠陪著妳這種噁心話我是不會說的，也做不到，但我保證會像這條圍巾一樣，妳冷的時候就圍上，熱的時候就拿下。這樣就夠了。」

見夏鼻酸，想說些什麼，卻覺得一切都蒼白無力。

歌手還在用難懂的語言唱著他大海一樣茫茫然的人生，車已經開入了市區，開回振華，開向乏味的、不能見光的日常生活。

只有這一車短暫的同伴知道陳見夏和李燃是很好的一對。很好很好的一對。

分別前，李燃拉著圍巾幫見夏繫緊，對她說再見。

陳見夏走了幾步，還是忍不住回頭問：「在車上的時候，你說你有預感……預感什麼？」

李燃雙手插在口袋裡，安然注視她。

「預感夏天遲早會來。」

三十 ● 夏天

冬季白天太短，時間總是過得很快。

高中生早就不流行聖誕節送賀卡這種事了，見夏根據楚天闊的指示，買了幾張聖誕樹和麋鹿的貼紙，在窗戶和前後門草草貼了一下，就算是增加節日氣氛了。至於元旦聯歡會，那純粹是于絲絲等人出謀劃策大顯身手的場合，陳見夏只要在一旁看著就好了。

不出所料，十二月三十一號那天，隔壁二班的熱烈氣氛把一班襯托得像殯儀館。這兩個資優班巨大的性格差異也讓學年裡的其他老師表示不解，而且分化有愈演愈烈之勢。陳見夏心裡清楚，再有性格的個體集合成群體之後也會有趨於一致的表現——正如二班成績比不過一班，就變著方法地表現活潑熱鬧以襯托一班的呆板無趣；一班正相反，努力讀書、穩定排名就是最好的反攻。

期末考複習期間，見夏還是三不五時和李燃在必勝客一起複習功課。他們表現得越來越像兩個普通同學，心卻比以前更近了。

考試前一天晚上，李燃睡醒了之後從桌上爬起來，沒頭沒腦地問道：「妳回家，不用給妳弟弟買個什麼禮物嗎？」

見夏愣住了，「爲什麼？」

李燃無語，二話不說起身出門，不一會兒就回來了，把一個數碼寶貝的怪獸機器人放在桌上。

「你又亂花錢，給他買這東西幹嘛！」

「幫妳緩解姐弟關係啊，這樣妳媽也會高興，」李燃擺出一副已經可以插手陳見夏的家事的樣子，「妳不是說妳弟弟喜歡數碼寶貝嗎？妳就說這是得了獎學金買的。」

「高中哪有獎學金！」

「妳爸媽又不知道！那就說是用外地生補助買的，死腦筋，」李燃話音未落，忽然冒出另一個問題，「對了，陳見夏……妳弟叫什麼？我猜猜，陳知秋？」

陳見夏翻白眼，「叫陳至偉。」

本來應該叫志偉的，但是因爲二叔家的哥哥叫志輝，媽媽不想跟著他們家取名字，硬是改了一個字，變成了至偉。

李燃單手托腮想了半天，緩緩評價道：「厥功至偉……野心夠大的啊。」

見夏噗哧笑出來，看著桌角那隻金黃色的霸王龍模型，笑得越發甜。

期末考試很快結束了。陳見夏的成績和期中考基本上持平，算是不好不壞。她沒有太難過，爲李燃患得患失這麼長時間，沒退步就不錯了。

下學期，要認眞加油了。她暗下決心。

「妳爸爸來接妳？」

「嗯。在家裡聯絡可能不太方便。」

「我懂。還是妳找我吧，安全。」

陳見夏坐在光板床上和李燃發著訊息，被褥都鎖在了櫃子裡，行李放在床尾。等一會兒爸爸開完了期末家長會，她就直接下樓。

模型現在就在行李最上層，陳見夏怕壓壞了，小心翼翼地用棉衣包了起來。

「我爸剛給我打電話了，我得走了。下學期見。」

李燃回覆得很簡單：「去吧。」

陳見夏一直算不清楚到底是寒假長還是暑假長，反正高中一年級的寒假，她過得格外漫長。

和媽媽的關係依舊，剛見面時高興又親熱，不出兩個小時就開始拌嘴。但這一次，情況實在好太多了，都是數碼寶貝模型的功勞，陳見夏覺得弟弟對自己的感情恐怕達到了自他出生以來的巔峰。

年前她眞的去了盧阿姨家，還是媽媽送她去的。怪異的氣氛不復存在，盧阿姨和媽媽也相談甚歡，刹那間陳見夏懷疑自己可能從沒看到過盧阿姨爲爸爸調整領子的那一幕，一切都只是記憶偏差。

還是說，對成年人來說，這都不算什麼？

陳見夏不是單純無知的小孩子，她從不期待父母之間有親密無間、堅貞如鐵的愛情，因而並不覺得幻滅。

保持現狀就好啊，大家親親熱熱的，還是一家人。

除夕夜，鞭炮聲最響的時候，陳見夏偷偷鑽到冰冷的陽台，站在自家懸掛的紅燈籠底下給李燃打電話。

拜年話說了幾句之後，見夏輕聲問：「你想我嗎？」

巧的是說這四個字的時候，鞭炮莫名集體停了幾秒鐘，見夏聽清了自己的聲音，幾乎嚇一跳。

然後客廳裡傳來春節聯歡晚會的跨年鐘聲，外面鞭炮聲響徹雲霄，陳見夏沒聽到李燃的回答究竟是什麼。

但過了一會兒，她收到了李燃的訊息：「妳這破圍巾，起靜電！」

見夏樂不可支，蠻不講理地回覆道：「那也不許拿下來！」

冬天就這樣過去了。

陳見夏重新回到振華的時候，竟有種「這才是回家」的歸屬感。即使啟程的時候捨不得爸爸媽媽，還抱著弟弟掉了幾滴眼淚，然而坐在長途大巴士上，心定下來，她感到鋪天蓋地的喜悅。

這是不是說明她在越變越好了呢？曾經驚慌的、不敢離開熟悉的大樹的松鼠，終於試著撒開手腳跑向一整片森林。

天氣漸漸暖和起來，操場上運動的同學越來越多。楚天闊喜歡打籃球，一班的男生組不成隊，他就約著二班的男生一起打，二班的風雲人物林楊毫不相讓，凌翔茜也堂而皇之地出現在觀戰隊伍裡，和于絲絲等人一樣光明磊落——都是給自己班的男生加油嘛。

誰的青春期不是心懷鬼胎。

陳見夏不是花癡隊伍的一員，於是每天中午都和余周周一起在操場角落打半小時羽毛球，施展不開也沒辦法。有更懶的同學下課的時候直接站在走廊裡打羽毛球，被教務主任抓到之後，貼公告懲處，理由是「從事危險活動」，被處罰人是高一十四班的李燃。

陳見夏和其他同學一樣，盯著這張幽默的公告，啼笑皆非。

十四班的李燃同學後來又在操場上踢足球，再次因爲「從事危險活動」被公告懲處；十四班的李燃同學明明不在這一層，卻總是特意來一班所在的樓層上廁所；十四班的李燃同學喜歡在必勝客的餐桌上枕著物理課本睡覺……

十四班的李燃同學，沒有人知道陳見夏會如此熟識的李燃同學。

夏天就這樣慢悠悠地來了。陳見夏拿下圍巾的時候，恍惚中耳邊響起了一首難懂的閩南語歌曲，送圍巾的男孩好像說了一些什麼傷感的話語，但她已經記不真切了。她的確在天熱的時候拿下了圍巾，那又怎麼樣呢，李燃還在，又沒有被壓箱底。

夏天的確來了，但下一個冬天也不會遠。

人生總有冬天。

三十一 知識改變命運

文理分科的表格發下來了，見夏看都沒看就放進了抽屜裡，余周周卻簡單瀏覽了一遍，拿起筆開始填。講台上俞丹慢悠悠地重申交表截止日期是下週一，話還沒說完，余周周已經填完了。

見夏訝然，「妳要去學文？」

「嗯。」

「爲什麼？」學文可就要離開一班，轉去普通文科班了。

余周周有點溫柔地笑了，「有人說我很適合學文。」

「……就這樣？」

「是啊。」余周周的聲音裡有種以往罕見的昂揚。見夏想起許久之前，余周周曾經大方地對自己說，她有喜歡的人。

現在她聽了喜歡的人的話，不懷疑不糾結，將志願表摺好的動作裡都帶著滿滿的踏實感。

前幾天後面女生小裡小氣地不願意借筆記給病癒歸來的余周周看，見夏還和她嘀咕，這樣的班級待著眞難受，每天都透不過氣。那時候余周周只是笑笑，沒說什麼，今天就塡了志願表，輕巧地對見夏說：「終於要走了。我也不喜歡待在一班。」

陳見夏愣住了。余周周言行合一，說走就走，反倒是一直以來抱怨最多的陳見夏孤零零地留下了。

相比余周周悄無聲息的果斷，同樣選擇學文科的凌翔茜日子實在不大好過——這只是陳見夏的臆斷，卻不無道理，因爲任何人被于絲絲和陸琳琳她們盯上，都不會好過的。

「學文是因爲理科跟不上，腦子笨，沒辦法。女神也有女神的無奈嘛。」

這些人，平時考試的學年排名沒有凌翔茜高，卻天然地因爲「學理科」而優越起來了，見夏看著她們都覺得好笑。當然，女神吃癟，見夏同樣樂見，誰讓李燃還是那麼喜歡站在二班門口閒聊呢。

每次想起李燃和二班的一群男男女女談笑打鬧的場面，她還是會忍不住找點什麼拿在手裡細細地撕。

然而她從沒阻止過他。有了命令的權利，必然要有對等的付出，她給不起。

有天陳見夏晚自習中途起身去茶水間倒熱水，正巧碰見楚天闊和凌翔茜也蹺了課，並肩站在窗台邊講話。天色已晚，她只能看到兩人出衆的剪影。

於是就站在轉角多聽了幾句。

凌翔茜帶著幾分放不開，明明困擾，卻不敢對楚天闊抱怨太過，一番話說得零零碎碎，旁人聽著都著急。楚天闊一如既往正確又疏遠地安慰道：「沒必要在意別人怎麼看。」

凌翔茜立刻自白：「我從來不在乎。」

「那就好。」楚天闊輕描淡寫，結束了這個話題。

陳見夏忽然有些同情凌翔茜了。

放學後的例行會議上，楚天闊提議，余周周和辛銳都去學文了，無論如何應該有個儀式。這兩個人在一班沒什麼存在感，其他班委興趣缺缺，臨近期末考了，誰也不願意花精力去籌備，商量了半天也沒定下一個歡送會的日期，楚天闊皺皺眉，就宣布散會了。

「不開也可以的。」等其他人快走光了，見夏輕輕對楚天闊說。

「那怎麼可以？」楚天闊很意外，「妳不是和余周周關係很好嗎？」

「我覺得她對這種事情不是很熱衷，大家也沒什麼熱情，硬是要弄一個歡送會，反而非常尷尬。」

楚天闊沉重地嘆了口氣，「好累啊。我們班的事，眞煩。」

見夏不禁莞爾。她很喜歡楚天闊抱怨，這讓他看上去像個普通人。

「你早這樣放鬆點不就好了，幹嘛面對人家大美女的時候還裝作一本正經，總裝模作樣累不累。」

楚天闊反應了幾秒鐘，斜她一眼，「妳又在哪裡看見我們了？」

「茶水間……下次又要換地方了？」

楚天闊輕哼一聲，用手中的評分表捲成筒，敲了見夏的頭一下，「八婆。就是幫她分析一下要不要去學文。想去學文，又怕人說自己笨得沒辦法學理。虛榮心吧。」

「你怎麼這麼說她，你不喜歡她？」

楚天闊臉上浮現出一種非常奇怪的表情，「我……不知道。我不想考慮這些問題。」

見夏忽然想起，當時在茶水間附近，凌翔茜長髮柔順披肩，楚天闊背脊挺拔，在逆光的窗台前，實在是整座學校裡最最出色而相配的一對剪影；然而楚天闊的聲音溫柔板正，身體和凌翔茜拉開一段距離，站得直直的，像是在抗拒什麼。

如果他真的不耐煩，爲什麼一次又一次偷偷摸摸地跑去和凌翔茜「談心」呢？她相信以楚天闊的情商，想個拒絕的理由，是非常容易的事。

陳見夏懶得再去揣測楚天闊難懂的心思，高高興興地鎖上教室後門，蹦跳著出了校門。穿過三個十字路口，看著站立的紅色小人變成綠色的奔跑小人，她也奔跑著推開了必勝客的大門。

李燃正把漫畫蓋在臉上，靠著沙發假寐。

「怎麼這麼慢？」

「我得帶他們掃除啊，還開了班級例行會議。我們班長想給學文的同學開歡送會。」

「就他毛病多。」

「你到底是為什麼看我們班長不順眼？」

「假正經，幹嘛對妳動手動腳。」

又來了。見夏覺得荒誕，卻甜得偷偷開心。

李燃不耐煩地站起身，仰頭把檸檬茶灌進肚子裡，「走！」

「不在這兒自習了？」

「禮拜五，爲什麼要自習？帶妳出去玩！」

李燃已經帶著見夏去過了省城的許多景點。教堂、淸眞寺、民國火車站遺址……如果說一班是一團果凍，那麼這些就是陳見夏甩脫一身黏膩的束縛、淸淸爽爽地看世界的寶貴時刻。李燃也不一定什麼都懂，曾經見夏還見到過他偷偷研究旅遊手冊，研究完了就抬起頭用自己的語言複述，厚著臉皮裝文豪。

今天去的不是什麼古蹟，而是兒童公園。

「這個小火車很有名，據說直到現在還是任命小學生來當站長，出名的原因是以前有位總理也來坐過。不過我們還是不要坐了吧。笨死了。」

「就是繞著城牆走一圈？」

「嗯。」

「那不坐了，我們去吃冰淇淋。我請你。」見夏話音未落就自己跑去小攤位，沉重的書包一跳一跳，生怕李燃和她搶。

她也只能在這種小事情上花點錢，平衡一下往日的人情。

他們坐在長椅上，舔著甜筒聊天，相隔很近，肩膀緊緊挨著。李燃再也沒有牽過陳見夏的手，夏季白天越來越長，相攜取暖的冬夜像是很遙遠的傳說。

「你小時候經常來玩？」

「很少。我爸媽沒時間帶我出來玩，爺爺年紀大，這裡太擠了，怕他摔倒。」

「我家那邊也有個小公園，叫人民公園，全縣城就一個，土坡就是假山，破水池就是湖，裡面一共就四隻天鵝船，不小心就會相撞。小孩的遊樂設施也很少，最熱門的就是跳跳床和空中腳踏車，每到兒童節排隊都會排很長。」

「我都不過兒童節的。」

「不過也好。自打我弟弟開始滿地跑，兒童節就是我幫我媽媽看著他，他要玩什麼我就陪玩，我自己想坐雲霄飛車，弟弟不敢，於是就不能坐。直到現在我也沒坐過眞正的雲霄飛車，就用海盜船過過癮。上次滑雪我很開心，從坡上衝下來的時候，感覺自己成了雲霄飛車。」

「去嗎？」

「去哪裡？」

「去坐雲霄飛車。」

李燃站起身，對見夏伸出手。她仰頭看進少年黑白分明如兒童般澄澈的眼睛裡，也笑著伸出了手。

十分鐘後，陳見夏吐得暈頭轉向，小臉蒼白地坐在椅子上發呆。李燃去小攤位買了一瓶冰水和一條毛巾，包好了遞給她，「敷在額頭上。」

見夏照做，連道謝的力氣都沒有了。

「現在感謝妳媽了吧？看這樣妳也不想吃晚飯了，我送妳回去吧。」

「別著急，說一下話，」她懨懨的，「你每天都不讀書的？」

「……我還是送妳回去吧，管家婆。」

「別鬧！」見夏氣笑了，「我說眞的，最後還是要考大學入學考的，你家再有錢也不能直接把你塞進清華啊。」

「再有錢一點就能。」

見夏呆住了。因爲李燃的話裡沒有一絲世故的油滑或者蓄意的抬槓。他就是在陳述一個事實，一個他所看到的事實。

「我爸只有初中學歷，我爺爺倒是個知識分子。我喜歡和爺爺在一起，也喜歡看書，但不喜歡上學。當初我可以走後門去你們一班借讀的，眞的，誰說資優班就塞不進去人？只是我自己不願意，資優班太悶了。我爸賺錢與學歷一點關係都沒有，但他也認同考大學是正道，自己缺少的，就得從兒子身上補回來。可我覺得在這件事上，他壓根沒動腦子，太想當然了。」

李燃坐在見夏身邊，來來回回地翻著毛巾，語氣非常平和。

也讓見夏覺得他非常遙遠。

陳見夏家裡也有富裕的遠房親戚，但都是在農村裡開養牛場，賺再多錢都不認識知名品牌，老太太叼著菸槍每年冬天給自家人縫花棉褲，見夏媽媽對他們嗤之以鼻。

她自己也曾經瞧不起李燃的德行，後來又深深地替他著急——你高中畢業了可怎麼辦？萬般皆下品，唯有讀書高。陳見夏好像從來沒想過如果自己一路上了北大清華，走出校門的時候會不會還是沒有一個養奶牛的人家有底氣。她目光長遠囊括四海，偏偏從來沒想過錢的問題。

第一次受刺激是因為李燃問她：「妳讀書是為了求知還是脫離貧窮？」

我讀書是為了什麼？見夏茫然地盯著頭頂上再次呼嘯而過的雲霄飛車。

為了離開小鎮？為了過上電視裡那些成功人士的生活？優雅而有眼界，做大事，在大公司，忙碌又精英？

什麼是做大事？

「妳怎麼了？魂都丟了？」

李燃在她眼前不斷晃動著食指，終於召喚回了陳見夏的意識。

想那麼多有用嗎？李燃可以選擇混日子，也可以選擇發憤圖強。他有得選。

而她沒得選。

「我們……我們回去吧，我還有練習冊沒寫完。我好些了。」見夏蒼白地一笑。

回去路上，她正和李燃說話，聽到背後有人叫道：「陳見夏？」

俞丹正站在沃爾瑪超市門口，拿著購物袋，身邊的老公抱著女兒。

見夏腦袋「嗡」的一聲，「俞老師……」

李燃頭髮長長之後還是把髮梢挑染成了火紅色，在超市門口的投射燈下十分明顯，俞丹覺得刺目，皺眉連看了好幾眼。

「都幾點鐘了，怎麼不回宿舍？」

「我……」

李燃反應極快，一把扶住她，大聲問：「妳不會又要暈了吧?!」

他一臉不耐煩地轉頭對俞丹說：「老師她是你們班的學生吧？我在大馬路上看到她蜷成一團蹲在路口，穿著振華校服，就見義勇爲了。要不然還是您陪她吧，我得走了。」

俞丹審視李燃，目光在兩人之間來來回回，「見夏妳怎麼了？」

陳見夏蒼白的額頭因爲緊張而滲出幾滴汗珠，話就多了說服力：「我……經痛。」最後兩個字聲如蚊蚋。

俞丹鬆了口氣。

「宿舍也不遠，我帶妳回去吧，欸，同學你哪個班的，叫什麼名字？」

「我叫李燃，」李燃大大方方地回答，他察覺俞丹不喜歡他的髮色，越加反叛地往明亮處站，「十四班的。燃是燃燒的燃，老師您可以跟我們班導師好好誇誇我。」

說完他就轉頭走了，都沒和見夏打招呼。

俞丹被他攛了一道，克制了一番情緒才轉頭對不遠處的老公說：「你等等我。」

見夏覺得她老公的神色比李燃還不耐煩。

「老師，不用您送我，就再過一條馬路就到了。我已經沒那麼痛了。」見夏連忙擺手。

「妳剛才去哪裡了？在哪裡碰見那個學生的？」

陳見夏早就在腦子裡把瞎話編了幾輪，「我去百貨公司想給我弟弟買個數碼寶貝，突然就痛起來了，剛走出大門口就兩眼一黑，多虧他經過。我……」

「走吧，陪妳走一段路，送妳回去。」俞丹打斷她，淡淡地笑著，見夏看不出她有沒有相信李燃和自己演的這齣戲。

三十二 蛻變

許會的生日會，李燃問過見夏要不要來，陳見夏的回覆在他意料之中：「快考試了，我需要好好複習。」

這種場合，她也的確會不自在吧，李燃想。

來的都是許會的朋友，不過是李燃請客，誰讓他有錢。服務生拿了一箱青島啤酒進來，跟他們說，結帳的時候沒喝完的再退。

有個哥們腳踩著塑膠箱怪笑，「退？不喝完不散場！瞧不起我們？」

服務生小妹笑嘻嘻地給他們開了十幾瓶。還沒等蛋糕上來，許會就喝多了。

這樣的場合，幸虧陳見夏沒有來。這群人有些在高職讀書，有些已經不上學了，說起話來百無禁忌，有時候李燃自己聽著都反胃。席間有人問起李燃近況，許會說，他交了個書讀得好的女朋友，天天被帶著上自習。大家起鬨，讓他帶出來看看。

許多人都知道李燃有個書讀得好的女朋友，沒有人見過。

他自己都已經很久沒有見過「女朋友」了。

陳見夏到期末考試結束都沒有再見過李燃。他們每天發訊息，不出三個回合，她便會說：「我要讀書了。」

那天晚上和俞丹走了短短的一段路，她卻深深地受了刺激。

俞丹永遠不急不緩、綿裡藏針，把不信任和瞧不起表達得淋漓盡致——至少陳見夏的感受是這樣。

「到大城市一定會有一些誘惑，但要知道什麼才是正道。女生一定要自重。」

俞丹臨走之前丟下這樣一句話，把陳見夏氣得渾身發抖，還要裝作聽不懂，乖巧地受訓。

我怎麼不自重了？陳見夏咬牙切齒地坐在書桌前，滿心憤懣無處發洩，李燃打來電話問她情況如何，她衝著電話吼過去：「以後不要聯繫我了！」

李燃沒有跳腳，「妳先冷靜點，睡吧。」

他先掛了電話。

說來也奇怪，楚天闊勸慰陳見夏不要太關注旁人的感受，李燃鼓勵她別總是哆哆嗦嗦像隻得了帕金森氏症的松鼠，陳見夏仍然進步緩慢，至今和于絲絲在走廊裡相向而行，還是不敢與人家對視。

最終激發陳見夏旺盛鬥志的人，是俞丹。

從小到大她都是老師的寵兒，何曾被自己的班導師這樣懷疑和輕視？但她心中明鏡似的，這裡是振華，高材生多得很，陳見夏只是中上游，俞丹自然不稀罕。

陸琳琳轉過頭來對陳見夏說：「早上聽見俞老師把鄭家姝叫到門口，好像在問妳在宿舍裡的事。」

陳見夏頭都沒抬，冷笑了一聲。

陸琳琳愣了半晌，屁都沒敢放一個，就急忙轉回去了。

這把陰火燒得太旺，把陳見夏燒變形了。

期末考試見夏考得很好，全班第六名，學年又進了前三十名。雖然主要還是依靠英文和國文往上拉分，但數理化也很平均，沒有特別好和特別弱的，見夏自己很滿意。

當然她並不認為這樣就能讓俞丹對自己高看一眼。一個人守著一間金屋子，當然不會在乎一只鍍金指甲刀。

但至少她能把後背挺得更直了。走廊裡再遇見于絲絲時，見夏破天荒抬起頭，笑了一下，把于絲絲笑毛了。

人為什麼而讀書？求知還是脫離貧窮？

見夏仍然給不出自己的答案。然而她隱約明白，內心潛藏著的尊嚴、驕傲、虛榮和恐懼，此刻都要靠成績來飼養。

她別無選擇。

期末考試後，見夏給李燃發了一條訊息，說：我覺得我變了。

李燃很久才回答：還會繼續變的。

陳見夏都已經把行李整理好了，才接到媽媽喜氣洋洋的電話，對她說先別回來，全家後天一起到省城找她。

「妳爸明天先過來開家長會，後天我和小偉就坐車過去。」

「來玩嗎？我跟宿舍管理老師說好了後天就走，老師都放假不住了，宿舍要停水了。那我和你們住旅館吧。」

「不用住旅館，」媽媽在電話那頭神神秘秘的，壓抑不住喜悅，「我去了就租房子。」

「啊？」

弟弟陳至偉也要來省城讀書了。

見夏坐在飯館裡聽媽媽喋喋不休：家人都誇見夏去省城讀書以後氣質都變好了，大大方方的，果然孩子還是得去大城市鍛鍊；小偉早就想過來讀書了，縣裡的初中教學水準根本不行，學生們天天打架老師都不管，小偉難得被姐姐影響得這麼上進，孩子都有想法了，家長怎麼能拖後腿？

「那戶口怎麼辦？」她一邊啃羊腿一邊問。

「先借讀，初三了再回縣裡考，」媽媽習慣性地給弟弟擦嘴，被他嫌惡地躲開，「我們小偉也能跟姐姐一樣考到振華的特別招生去的，是不是？」

「去哪兒借讀？」

「八中，我聽妳姑姑說，八中不是第一也是第二，最好的是師大附中，可實在辦不進去了。」

一去就去了八中。見夏有些食不知味，雖然這麼多年都習慣了這種不平等。

「姑姑幫你們辦的？」

「妳姑姑哪有那本事，」媽媽嗤笑，「妳爸同事，妳見過，小盧。小盧同學的爸爸是八中副校長，牽線搭橋，我們塞了錢才答應，可惜學籍轉不過去，那得挪動戶籍，太麻煩了。」

「盧阿姨怎麼不把她女兒也轉進來？」

媽媽聽出見夏話音裡的不對勁了，白她一眼，「妳怎麼酸溜溜的？妳不願意？」

「沒有。」

媽媽拿了根牙籤剔海螺肉，嘆口氣，「妳當誰都像妳媽一樣，爲你們多辛苦都不在乎？小盧哪捨得放棄工作陪孩子來省城？」

「那妳和我爸……」見夏驚訝。

「妳爸留在家裡，一有假期就過來，我在這邊找了個工作，妳姑父部門的食堂招人，沒編制也沒人想去，反正不累，我在這邊陪你們。」

也許是注意到陳見夏臉上並沒有浮現特別的喜悅，見夏媽媽很不高興，「怎麼，嫌我來這兒管妳了？我看妳一個人還眞野慣了。我都不想說妳，妳爸去開家長會，你們俞老師特地把幾個外地生家長都留下，讓我們多關心，尤其是女生，自己孤零零在外面，萬一有點什麼不知道輕重的事，哭都來不及。」

陳見夏再次一股火燒到天靈蓋，卻什麼都沒說。

人聲鼎沸的餐館裡，她的靈魂像是飄了起來。

整個暑假，見夏都沒有見過李燃。她打過一個電話，和李燃解釋家中的新情況，李燃表示理解。

也不知道是真理解了，還是徹底認定她在躲他。

反正李燃一整個夏天都沒有主動聯絡過她。見夏頂著日頭，陪媽媽和弟弟逛遍了李燃帶她逛過的商店和景點，漠然地將從李燃那裡聽來的民俗傳說再次講給壓根不耐煩聽的弟弟聽。那些黃昏時候一起看過的浪漫教堂，在盛夏慘白的烈日下，也變得面目可憎起來。

陳見夏唯一的抗爭，就是開學後堅持住回學校宿舍。以前她可以讀書到半夜，早上賴一會兒床，反正從宿舍步行去學校也就三分鐘。但媽媽把房子租在了八中附近，見夏早上上學坐公車還要轉一趟車，最快也要半個多小時。

媽媽拗不過她，大概心裡也有點愧疚，見夏爸爸一勸就鬆口了。

見夏拿著大包小包回到自己那間小小的鴿子籠，有種重獲自由的快樂。

又是一年暮夏，秋老虎曬了她一身的汗，牛仔褲黏在腿上，像扒皮一樣卸下來。她只穿著內衣坐在床上擦汗，鬼使神差地抬起頭，看著緊閉的房門。

她忽然期待一個毛茸茸的腦袋探進來，大言不慚地吼她，開著門穿成這樣，妳要不要臉？

門關得嚴絲合縫，還落了鎖。不會有那樣的人出現了。

只有空出來的座位證明余周周離開了，一班保持著往日的嚴肅凝重，誰走了都一樣。

俞丹重調了一次座位。辛銳的同桌和李眞萍坐到了一起，而陳見夏卻被後調了一排，坐到了于絲絲的身邊、楚天闊的前面。

俞丹宣布完了，見夏還愣在座位上。

這是什麼意思？

她搬著東西默默走過去，于絲絲帶著笑意幫她整理，給她讓位置。講台前的俞丹看了一會兒，放心地笑笑，拿著教材離開了。

于絲絲立刻用很輕很輕的聲音在陳見夏的耳邊說：「俞老師讓我多盯著妳。」

陳見夏一笑，看著于絲絲，「她有病。妳有膽量就去把我這句話告訴她。」

于絲絲徹底傻了。

就是這樣一個普普通通的新學期早晨，毫無預兆，陳見夏心中的野獸破籠而出。

——上冊完

國家圖書館出版品預行編目資料

這麼多年（上）/ 八月長安 著.
--初版.--臺北市：平裝本. 2022.05
面；公分（平裝本叢書；第0537種）
（☆小說；13）
ISBN 978-626-95638-6-9（平裝）

857.7 111005571

平裝本叢書第 0537 種
☆小說 13

這麼多年（上）

作　　者—八月長安
發 行 人—平　雲
出版發行—平裝本出版有限公司
台北市敦化北路120巷50號
電話◎02-27168888
郵撥帳號◎18999606號
皇冠出版社(香港)有限公司
香港銅鑼灣道180號百樂商業中心
19字樓1903室
電話◎2529-1778　傳真◎2527-0904
總 編 輯—許婷婷
執行主編—平　靜
責任編輯—張懿祥
美術設計—單　宇
著作完成日期—2021年
初版一刷日期—2022年5月

法律顧問—王惠光律師

如有破損或裝訂錯誤，請寄回本社更換
讀者服務傳真專線◎02-27150507
電腦編號◎541013
ISBN◎978-626-95638-6-9
Printed in Taiwan
本書特價◎新台幣299元/港幣100元